- 어둠과 함께 사라지다

욕망의 가시 2

김유미 장편소설

청어

욕망의 가시 2 - 어둠과 함께 사라지다

김유미 지음

발행처·도서출판 **청어**
발행인·이영철
영 업·이동호
홍 보·최윤영
기 획·천성래 | 이용희
편 집·방세화 | 이서윤
디자인·김바라 | 서경아
제작부장·공병한
인 쇄·두리터

등 록·1999년 5월 3일
(제321-3210000251001999000063호)

1판 1쇄 인쇄·2015년 7월 10일
1판 1쇄 발행·2015년 7월 20일

주소·서울특별시 서초구 효령로55길 45-8
대표전화·586-0477
팩시밀리·586-0478

홈페이지·www.chungeobook.com
E-mail·ppi20@hanmail.net
ISBN·979-11-86484-25-8 (04810)
          979-11-86484-22-7 (세트)

이 도서의 국립중앙도서관 출판시도서목록(CIP)은 서지정보유통지원시스템 홈페이지
(http://seoji.nl.go.kr)와 국가자료공동목록시스템(http://www.nl.go.kr/kolisnet)에서
이용하실 수 있습니다.(CIP제어번호: CIP2015016654)

- 어둠과 함께 사라지다

욕망의 가시 2

나는 깊이가 없다.

학문에 깊이가 있었으면 교수가 되었을 테지만 한참 공부를 하던 시절에는 한 우물을 파는 것은 지루하기 짝이 없었다. 그때부터 깊이를 거부했다.

그러나 그 반대로 넓이는 있었다.

오랜 직장생활은 다양한 지식과 경험들을 쌓게 만들었다. 깊이가 없는 대신 그나마 넓이가 있어서 글을 쓰는 데 유익한 토양분이 되었다.

학창시절에는 국문학을 전공하고 시골 깡촌에서 교편을 잡으면서 작가가 되고 싶었지만 어찌 원한다고 다 할 수 있었겠는가? 원하지도 않던 경영학을 전공하고 25년을 야인으로 떠돌다가 비로소 고향집에 왔다고나 할까……. 내가 글을 쓴다는 것은 4반세기를 지나서 운명처럼 다가왔다.

글을 쓴다는 것이 행복하리라고는 상상조차 못했었다. 상상조차 못하던 행복이 다시 상상의 꼬리를 물고 상상의 날갯짓을 하면서 내게 찾아왔다. 노트북에 앉으면 밤을 꼬박 새워서 키보드를 두드리다가 아침에 녹초가 되어서 하루 종일 꼼짝을 할 수 없는 날이 수차례, 그 피곤함 속에 행복이 있었다. 새롭게 깨달은 행복은 수고로움이 주는 행복이었다.

빵을 얻기 위해서 처절하게 그린 그림이 명작을 되듯이 나는 빵을 얻기 위해서 글을 썼다. 수중에 한 푼도 남아있지 않을 때 밤마다 눈물겨운 사투를 벌였다. 첫 시작과 끝은 2년이란 세월을 훌쩍 건너뛰어 버렸다. 긴긴 시간을 처절하게 고독과 싸우면서 이겨낸 승리였다. 그 승리의 결과가 두 권의 책으로 잉태되었다.

나에게 글을 쓰는 달란트가 남아있다는 것에 감사한다. 신은 나에게 글을 쓰는 달란트를 예전에 주셨지만 나는 4반세기를 지내고 나서 이제야 발견한 것이었다. 굶주림 끝에 찾은 젖줄처럼 나에게서 솟아나는 이야기의 샘물은 고갈될 줄 모르는 오아시스로 남고 있다.

사막의 오아시스처럼!

따가운 햇살 비추는 집필실에서

김위미

욕망의 가시 2

차 례

동상이몽

재희는 아침부터 가정부 서연을 들볶았다. 아침 식사가 끝나기가 무섭게 장을 볼 수 있도록 식자재가 적힌 메모지를 주면서 빨리 이마트를 다녀오라고 난리다. 서연이 이마트를 가 있는 동안도 드레스룸에 들어가서 오늘 병원에 입고 갈 옷을 고른다고 정신이 없었다. 지난 번 김범수를 만나러 나갈 때보다 더 호들갑이었다.

쌀쌀해진 날씨에 입을 짙은 보라색 샤넬 바바리를 꺼내놓고 바바리 안에 입을 옷을 서너 가지 꺼내어 바바리와 매칭을 시키다가 카라에 레이스가 들어간 화이트 투피스로 정했다. 무릎 위 10㎝ 올라오는 스커트는 얇은 허벅지를 돋보이게 하기에 충분했다.

팬티와 브래지어도 색색가지로 침대 위에 널브렸다. 결혼식을 앞둔 새 신부를 연상하게 할 만큼 유난을 떨더니 블랙으로 된 입생로랑 팬티와 브래지어를 선택했고, 스타킹은 허벅지까지 올라가는 밴드스타킹으로 준비했다.

음식만 준비되면 입고 나갈 수 있도록 입을 순서대로 침대에 펼쳐 놓았다. 남편을 위하여 한 번도 음식을 하지 않고 항상 가정부에게 맡기던 재희로서는 음식까지 손수 만들 참이었다. 어쩌면 재희의 모습은 두 사람이 결혼하고 2년 후 정도의 모습이었다. 그때는 유한의 나이 스물아홉, 재희의 나이 서른둘일 때였다. 세 살 어린 남자를 친구처럼 연인처럼 살던 2년간은 행복에 젖어 살았다. 오늘 재희의 모습에서 14년 전의 신혼 때 모습을 보는 듯 했다. 유한을 위해서라면 그토록 신경 쓸 수 없는 의상에다가 가정부에게 장을 보라고 보낸 것도 결국 다 만들 수 없을 만큼의 식재료를 준비시켰다.

저녁 식사를 하기 전 여섯 시까지만 도착하면 되는데도 아침 9시부터 설쳤다. 고작 5단 찬합에 들어갈 음식이라고 해봐야 과일과 디저트가 들어갈 2단을 제외하면 3단이면 충분했다. 그런데도 무슨 바람이 불었는지 잔칫집 분위기를 내고 있었다.

재희가 유한을 간병한다는 것은 결코 유쾌하지 못한 일이었다. 14년의 세월 동안 2년을 제외하고 12년을 밖으로만 싸돌아다니던 남자. 10년 동안 아내 이외의 여자를 가슴에 품고 산 남자. 내연녀와 여행을 갔다 오다가 교통사고로 내연녀가 죽고 혼자 병원에 입원한 남자. 그런 남자가 남편이라면 어느 여자가 간병을 하고 싶겠는가? 부부관계도 5년 전에 끝난 사이. 애정이라고는 눈곱만큼도 남아있지 않은 남자. 그런 남자가 재희의 남편이었다.

'내가 뭘 하고 있는 거지? 각방을 쓴 지가 5년인데……. 그래. 오늘은 내가 참자. 어제 끝내지 못한 이야기도 있는데…….'

재희는 아버지 박회장이 말한 것이 생각났다. 결코 유한의 감정을 건드리는 행동을 하지 말라는 것, 퇴원 후 컴백한다는 희망을 주라는 것, 유한은 재희가 하기 나름이라는 것, 이런 말들이 떠오르자 재희는 머리가 아팠다. 지금까지 남편을 기만하면서까지 살지는 않았는데, 어제부터는 쇼를 방불케 할 만큼 비위를 맞추라는 박 회장의 말을 거역할 수도 없었다.

딱 한 번 남편을 속였었다. 남편이 바깥으로만 돌다보니 허전한 마음에 옛 남자를 다시 만났고, 그 남자 사이에 생긴 아들을 찾아서 함께 살게 해준 것, 그리고 매주 아들을 위해서 엄마의 자리를 채워준 것, 가정을 둔 여자로서는 도저히 용서 받을 수 없는 일이었다. 옛 남자와 재회한 지 5년이 넘도록 단 한 번도 잠자리는 하지 않았다고 그것으로 용서될 수는 없었다.

남편이 지은 죄와 아내가 지은 죄가 서로 상계될 수만 있다면 좋겠지만 남자에게는 여자의 허물만 보이고, 여자에게는 남자의 허물만 보였다. 유한은 5년 전 재희가 옛 남자를 만나는 것도, 그의 아들과 함께 살 수 있도록 은마아파트를 사주고, 매주 토요일이면 재희가 그 집에 가는 것도 알고 있었지만 한 번도 내색을 한 적 없었다. 그래서 재희는 남편이 모르는 줄 알았다. 차라리 서로가 알고 있었다면 서로를 용서하는 길이 생길 수도 있지 않았을까? 두 사람의 운명은 상대가 모르는 줄 알고 있었기에 어긋나고 있었다.

서연이 짐꾼을 대동하여 주방으로 식재료를 날랐다. 주방 바닥에는 식재료로 넘쳐났다. 쏟아놓은 식재료 중에서 재희는 몇 가지만 선별하여 주방으로 가져갔다. 나머지 식재료를 정리하여 냉장고 넣느라고 서연은 재희를 도울 엄두도 못 냈다.

서너 시간이 족히 걸린 음식들이 5단 찬합에 빼곡히 찼다. 갈비

찜과 동그랑땡, 꼬치구이와 도미구이, 더덕과 두릅초무침, 인삼뿌리와 연근조림, 오이김치와 배추김치로 두 단을 쌓고, 차조와 완두콩이 들어간 흰 쌀밥으로 한 단, 딸기와 거봉, 배와 사과, 파인애플과 망고로 두 단을 채웠다. 가자미로 끓인 미역국을 보온 통에 담고 수저를 챙기자 한 짐이었다.

"서연아, 회사로 전화해서 박기사 다섯 시까지 집으로 오라고 해."

"네. 사모님."

박기사는 유한이 사고로 입원 한 후로 회사에서 다른 임원의 차를 운전했지만 재희가 부르면 언제든지 달려왔다. 음식 준비가 끝난 재희는 음식 냄새를 지우기 위하여 욕실로 향했다. 샤워기에서 떨어지는 따뜻한 물에 온몸을 적시고 거품타월로 닦아내려갔다.

벌써 오후 네 시가 다가오고 있었다. 아침부터 부지런을 떨었지만 하루가 너무 짧았다. 물기를 닦고 나온 재희는 팬티와 브래지어만 걸친 채 화장을 하기 시작했다. 화장을 하면서도 벽시계를 쳐다보았다. 화장도 시간에 맞추었다. 화장이 끝났을 때 박기사가 도착했다. 침대에 순서대로 펼쳐진 옷들을 입고는 거실로 나왔다.

"박기사. 이것 좀 들어요."

"어디 가세요?"

"사장님 병원에 갈 거예요. 박기사는 가봤어요?"

"아뇨. 사장님과 통화만 했습니다. 못 오게 하세요."

재희는 박기사를 앞세우고 지하주차장으로 내려갔다. 벤츠는 단지를 빠져 한 바퀴 돌고는 매봉터널 교차로를 지나 매봉터널도 직진했다. 걸어서도 10분 거리에 위치하는 가까운 거리인데도 재희는 병원을 가는 길이 멀고도 험하게 느껴졌다.

차를 주차장에 세워두고는 재희가 보온병을 들고 앞장을 서자 박기사는 찬합을 들고 뒤따랐다. 병실에 들어가자 젊은 아가씨가 유한의 침대 옆에서 노트북을 만지고 있었다. 재희는 젊은 여자의 정체가 궁금했다.

"영현이 아빠. 저 왔어요."

"사모님 오셨어요?"

간병인만 인사를 할 뿐 두 사람은 얘기를 하느라고 재희가 들어온 줄도 몰랐다. 침대 가까이 가서야 유한은 재희가 온 것을 알아봤다.

"뭐야? 진짜로 온 거야?"

"당신은 사람 말을 허투루 듣는 데 뭐가 있네요. 어제 온다고 했잖아요."

"사장님. 저도 왔습니다."

"아. 박기사도 왔네. 오랜만이야. 잘 지내지?"

"사장님 차 운전할 때가 편했습니다. 하하하."

"그런가? 조금만 기다려. 나도 좀이 쑤시네."

"젊은 아가씨는 누구세요? 인사를 시켜줘야죠."

"아. 이쪽은 내 처자고, 이쪽은 시나리오 작가 아가씨야."

"방수현입니다."

"아, 네. 반가워요. 그런데 무슨 시나리오예요?"

"당신은 알 거 없어. 자. 수현 씨 오늘은 시간이 많이 되었네. 내일 와."

"사장님도 수고하셨습니다. 이만 갈게요."

재희는 젊은 아가씨의 출연에 놀랐다. 젊은 아가씨는 내일 다시

오겠다면서 나가고, 박기사도 회사로 돌아가야 한다며 병실을 나 갔다.

"선애 씨!"

"네. 사모님."

"오늘은 그만 들어가 봐요."

"아녜요. 사모님. 같이 있을게요."

"오늘은 내가 간병할 테니까 들어가요."

"그래도……."

"들어가라니까."

재희는 같이 간병을 하겠다는 선애를 향해 화를 냈다. 들어가라 면 갈 것이지 무슨 잔소리냐는 투였다. 어색해진 선애는 가방을 챙 겨서 병실을 나섰다.

"내일 아침에 오겠습니다."

"수고했어요. 잘 쉬다 와요."

유한은 돌아서는 선애의 머리에 대고 이야기 하고는 재희를 째 려봤다.

"사람 무안하게 왜 그래?"

"가라고 하면 갈 것이지. 안 가잖아요."

"간병인도 당신이 오리라고는 몰랐을 거 아니야. 인격 없는 사람 처럼 왜 그래?"

"미안해요."

유한의 책망에도 재희는 고분고분했다.

"뭘 이렇게 바리바리 싸들고 왔어?"

"이거 준비하느라고 아침부터 바빴어요."

"서연이가 준비한 건 아니고?"

"내가 다 했다니까."

"당신이 웬일이래? 해가 서쪽에서 뜰 일이네. 나 참."

"당신이 어제 직접 만들어서 들고오라고 선……. 힘들게 만들었더니만."

"당신이 언제부터 내 말을 들었어?"

"내가 또 당신 말 안들은 건 뭐 있어요?"

"이 사람 울겠네. 그만."

유한이 면박만 주자 재희의 눈에는 눈물이 비쳤다. 유한도 본인이 심했다고 생각했는지 그냥 오늘은 있는 그대로 받아주는 눈치였다.

"영현이는 잘 있고?"

"잘 있어요."

"당신이 어떻게 자식 가정교육을 시켰기에 두 달이 넘도록 두 번밖에 안 와?"

"걔도 중학교 2학년이면 알건 다 알죠."

"그게 무슨 소리야?"

"신문에 그렇게 떠들었는데 애가 오고 싶겠어요?"

"당신은 흠이 없다는 뜻이군."

"그런 말이 아니라, 걔도 지가 알아서 할 나이라고요."

재희는 유한이 하는 말에 찔렸다. 한 번도 자신을 책망하거나 흠을 지적하지 않던 남자가 당신은 흠이 없냐고 묻는 말에 재희는 말문이 막혔다.

'이 남자가 어제부터 왜 이러지? 어제는 처신 똑바로 하고 다니라고 하더니만 오늘은 나보고 당신도 흠이 있다는 투로 말을 하다니……. 뭔가 있어. 이 남자가 뭔가를 알아챈 거야. 어떻게 하지? 모두 알고 있다면?'

생각이 이렇게 되자 그만 유한에게 주눅이 들어버렸다. 유한의 눈치만 살피면서 그가 시키는 대로만 할 뿐이었다.

"밥 안 먹을 거야?"

"먹어야죠."

재희는 침대에 붙어있는 테이블을 꺼내어 5단 찬합을 펼치고, 싱크대에 있는 국그릇에 끓여온 가자미 미역국을 부었다. 미역국에는 가자미의 흰 살이 동동 뜨면서 참기름향이 가득했다.

"뭘 이렇게 많이 했어? 누가 다 먹어?"

"당신이랑 나랑 먹고 남으면 간병인 먹으면 되죠."

"가자미 미역국을 보니까 당신이 끓인 게 맞구면."

"나한테 속고만 사셨어요? 왜 사람 말을 못 믿어요?"

"당신한테 속은 거 많지."

재희는 머리카락이 곤두섰다. 속은 것이 많다는 말에 목구멍에 넣은 밥알이 걸려버렸다. 가슴을 치면서 화장실에 뛰어갔다. 입에 든 것을 다 뱉고도 화장실에서 나올 수가 없었다.

'그래. 이 사람이 다 알고 있는 거야. 아니면 어떻게 그런 말을 할 수 있겠어? 내가 미친년이지. 이제 어쩔 거야. 아니야. 시치미를 뗄까? 그런다고 뭐가 달라지겠어. 이미 알고 있다면.'

재희는 계속 화장실에 있을 수도 없고 나갈 수도 없었다. 민망해서도 불 수 없었고, 미안해서도 볼 수 없었다. 갑자기 자신의 신세가 한스러워 눈물이 났다. 시카고에서 만난 인연이 처음으로 후회스러웠다. 재희가 좋아서 선택한 유한이었다. 비록 나이는 어려도 장래가 장밋빛이었고, 잘 생기고 듬직한 남자였다. 몸과 마음이 만신창이가 되어서 도망을 치다시피 하고 간 이국땅에서 유한은 구세주였다. 자신의 과거와 상처를 감싸줄 그런 남자였다. 그러나 지금은 그 인연이 후회스러웠다. 유한의 청춘이 재희 때문에 날려버렸다면 재희의 청춘도 유한 때문에 날려버렸다고 말하고 싶었다.

"뭐해? 국 다 식어."

어찌할 바를 모르고 있을 때 유한은 재희를 불러줬다. 16년 전 이국땅에서 힘들어서 몸서리칠 때 그가 불러주었듯이 재희를 불러주었다. 재희는 고마웠다. 불러주지 않았다면 나갈 수도 없었다. 나갈 용기가 없었던 것이다.

"뭐해?"

"밥알이 목에 걸려서……."

"식기 전에 빨리 먹어. 이렇게 맛있는 것을 몇 년 만에 먹어보는지 모르겠어."

"미안해요."

"뭐가?"

"우리가 어떻게 이렇게까지 왔죠?"

재희는 참았던 눈물이 쏟아졌다. 그동안 서럽고 한 맺힌 눈물이었다. 금방 눈물은 마스카라를 뒤덮고 얼굴은 엉망이 되었다. 14년 전 부푼 꿈을 안고 임신한 몸으로 귀국길에 오를 때만 해도 두 사람은 이렇게 되리라고는 상상조차 하지 않았다. 한 남자의 출세욕과 한 여자의 어두운 과거가 만들어 낸 비극이었다. 여자의 과거는 다 이해될 줄 알았다. 그러나 유한에게는 재희의 과거가 이해되지 않았다. 아니, 이해를 할수록 자신이 초라해져 갔다.

"그만해."

재희가 계속 울자 유한도 식사를 더 이상 하지를 못했다. 주머니에 있던 담배를 꺼내 물었다. 보통 담배를 피워도 간호사 출입이 끝난 아홉 시 이후에 피웠지만 유한도 담배를 피우고 싶을 만큼 답답했던 모양이었다. 침대 옆 탁자에 있는 종이컵에 미역국 국물을 조금 붓고서 그것을 재떨이 삼아 담배를 빨았다. 이내 병실 안은 담배냄새가 퍼졌다.

"미안해요. 식사하는데."

두 사람은 결코 원수는 아니었다. 16년 전 두 사람이 처음 만났을 때 함께 끌어안고 운적이 많았다. 서로의 아픔과 상처를 서로가 감싸 안을 만큼 사랑했던 사이였다. 지금은 그 흔적이 희미하지만 그때는 그랬다. 죽이고 싶을 만큼 미웠다가도 돌아서면 그 미움이 없어지기도 했다.

두 사람은 뜨겁게 사랑하다가 이별한 연인처럼 분노의 세월을 살다가 다시 만난 사람들 같았다. 사랑의 표현도 서툴고, 다가가고 싶어도 다가갈 수 없었으며, 그렇다고 영원히 떠나보내기도 쉽지 않은 사람들이었다. 어느 누군가가 두 사람의 상처를 도려내고 중재할 수만 있다면 두 사람은 다시 사랑할 수도 있었겠지만 그들에게는 중재자보다 두 사람을 갈라놓을 사람들만 있을 뿐이었다.

"산책이나 나갈까?"

"어디로요?"

"1층에 가면 노란 은행나무도 있고, 풀밭에 들꽃도 있던데."

"잠깐만요. 이거 치우고……."

재희는 유한이 탄 휠체어를 밀고 1층으로 내려갔다. 1층 내분비내과 앞의 작은 풀밭에는 아직 지지 않은 백일초가 남아있었고, 노란 은행잎은 한 잎 두 잎 떨어지고 있었다. 가을의 정취가 묻어나지만 두 사람은 그 정취를 만끽할 수 없었다. 중재자는 없고 갈라놓을 사람들만 주변에 가득한 그들에게는 이 시간에도 서로의 생각들로 가득 찼다.

"이렇게 이 시간에 나와 본 것이 얼마만이죠?"

"그러게. 12년은 넘은 것 같네. 세월도 무심하지."

"우리…… 어떻게 이렇게까지 되었을까요?"

"난 가정적인 남자는 못되나 보지. 그래도 나랑 결혼해서 대일그룹은 키웠잖아."

"회사 키우려고 당신과 결혼한 건 아니잖아요."

"그래도 원망만 하지 말라는 얘기야. 하나를 잃었지만 하나는 얻었잖아."

"나…… 월요일부터 출근해요."

대일그룹의 임원 인사가 오늘 공고된 내용을 유한은 알고 있으면서도 모르는 척 했다. 그게 좋을 거 같았다. 알고 있다고 해서 달라질 것이 없었기에 묵묵히 재희가 하는 얘기를 듣고 있었다.

"어디로 출근해?"

"아빠가 당신 자리 오래 비워두면 그룹 이미지 안 좋다고 오빠 보고 임시로 가 있으래요. 그리고 나는 오빠자리로 가. 당신 퇴원할 때까지만 있을 거예요."

"그래? 아버님이 잘하셨네. 기획조정실장 자리가 공석이면 그룹 이미지가 안 좋지. 그런데 분명히 임시라고 말한 거지? 퇴원하면 다시 다들 원상복귀라 이 말이지?"

"아빠가 그렇다고 말씀하셨어요. 당신 이해하죠?

"이해해야지 뭘 어쩌겠어. 내가 당장 출근할 수도 없는데. 그건 그렇고 당신 바빠지겠는데? 회사일 말고도 바쁘잖아?"

"바쁘긴요."

유한이 그냥 흘리는 얘기도 재희에게는 비수처럼 꽂혔다. 그래서 두 사람의 대화는 길게 이어지지 않았다. 유한의 말에 재희가 다시 말을 받아쳐야 대화가 되는데 재희는 그럴 자신이 없었다. 그렇다고 옛 남자에 대한 이야기를 먼저 털어 놓을 수도 없었다. 상대가 먼저 말하지 않는데 미리 얘기하기란 결코 쉽지 않은 일이었다.

'그래. 이 사람도 임시라고 하니까 별 군소리가 없네. 아빠는 나중에 어떻게 하시려고 그러실까? 임시가 아닌 줄 알면 이 사람 가만 안 있을 텐데……'

유한이 알고 있기에는 임시직이 아니고 재희가 정식으로 대일산업 대표이사로 등재되는 줄 알고 있었다. 그룹 내에는 유한의 소식통들이 각 부서에 포진되어 있어서 그룹 내 조그만 움직임도 유한의 레이더에 포착되었다.

'임시란 말이지. 왜 나한테 임시라고 거짓말을 할까? 도청장치가

설치되면 면밀히 지켜봐야겠어. 날 만만하게 보면 안 되지. 암 안
되고말고.'

　10월이라서 해가 금방 떨어졌다. 해가 떨어지면 찬 기운이 돌아서
벌써 서늘함마저 느낄 수 있었다. 가을이 짧아지고 겨울이 길어지
는 길목에서 두 사람은 서로가 원하지 않는 하룻밤이 가고 있었다.
　"추워. 그만 들어가지."
　"그래요. 들어가요."
　"나 저녁에 목욕하는 날인데, 할 수 있겠어?"
　"목욕이요?"
　"안되면 지금 간병인 부르고."
　"아, 아니에요. 할 수 있어요. 목욕이 뭐 어렵다고. 몇 시에 할 거
예요?"
　"좀 있다가 아홉 시 넘으면 간호사한테 환자복도 받아오고."
　"알았어요."
　매주 토요일 정희가 시켜주는 목욕이지만 유한은 오늘 목욕하
는 날이라고 거짓말을 했다. 왜 거짓말을 했는지 알 수 없었다. 남
자의 우월감은 여러 방법에서 나타났다. 이런 상황에서도 유한은
재희를 억누르고 싶었다. 그 방법은 일종의 테스트였다. 여자는 상
상도 할 수 없는 방법. 양심이 있다면 상상도 할 수 없는 방법. 유
한은 대수롭지 않게 자신을 목욕시켜 달라고 얘기한다. 마치 12년
전 어느 날처럼……
　병실로 올라가자 SBS 8시 뉴스가 시작되고 있었다. 먹다가 만 저
녁식사로 허기가 질 거라고 느낀 재희는 전자레인지에 국과 밥을

데우고 찬합에 있는 반찬을 꺼내어 유한이 다시 밥을 먹도록 했다. 유한은 국에 밥을 말아서 밥 한 그릇을 다 비웠다. 정희가 사다 준 죽을 먹고 난 다음날부터 식사를 곧잘 했다.

화장실에서 변을 보기 시작한 지난주부터는 밥의 양도 많아졌고, 빠졌던 근육도 되살아났다. 움직일 수 없는 다리 외에 팔은 근육을 회복시키기 위하여 스스로 침대 모서리에 기대어 팔굽혀 펴기를 할 만큼 근력을 강화시켰다. 빨리 회복하여 일선에 복귀라도 하겠다는 행동이었다.

아홉 시가 넘자 병실의 복도는 조용해졌다. 간호사의 교대도 끝났고, 환자복 배급도 끝났다. 유한도 링거를 빼는 시간이 아홉 시 경이었다. 아침 여덟 시와 오후 다섯 시에 맞는 링거였다. 하루 두 번 맞는 링거에는 항생제도 진통제도 없었다. 처음 의사가 말했던 거보다 호전되는 속도가 빨랐다. 앞으로 두 달만 지나면 목발을 하고 걸을 수 있을 정도로 호전되었다.

"목욕준비는 어떻게 해요?"

"먼저 앉을 의자를 욕실에 가져다 두고, 내 옷을 다 벗긴 후 비닐로 왼쪽 다리에 물이 들어가지 않도록 묶어봐. 그리고 목욕이 끝나면 누워서 머리 감을 거야. 머리 감을 땐 저 매트리스에 눕게 해 줘."

재희는 난감했다. 욕실에 함께 들어가서 목욕을 한 건 12년 전, 함께 잠자리에서 섹스를 한 건 5년 전이었다. 남편의 옷을 벗긴다는 것이 너무도 낯설었다.

원래 재희에게는 모성애가 있었다. 두 사람이 만나서 16년 전 처음 잠자리를 할 때에는 남자가 여자를 안고 잤던 것이 아니라 남자가 여자의 품에 안기어 잤었다. 유한은 엄마의 품이 그리웠고, 그래서 나이 많은 재희는 유한을 품어주려고 했었다. 오늘도 그때의 마음 즉, 모성애만 재희에게 있었다.

침대에서 유한의 웃옷과 바지를 벗기고 다리에 비닐로 감쌌다. 부축하여 욕실 의자에 앉히고는 샤워기의 물을 틀자 유한이 화를 내며 말한다.

"당신 목욕을 시키겠다는 거야? 아님 물만 뿌리고 말겠다는 거야?"

"목욕을 하는 거죠."

"그런 사람이 옷을 다 입고시키겠다는 거야?"

재희도 그랬다. 자신이 옷을 벗어야 가능하다는 것을 이제야 알았다. 목욕을 시키겠다고 하면서 투피스를 그대로 입고 서 있는 폼이 도저히 목욕을 시켜줄 사람으로 보이지 않았다. 그러는 자신이 생각해도 우스웠다. 어쩔 수 없이 옷을 벗어야만 했다. 병실로 나가서 병실 문을 잠그고 옷을 벗었다. 밴드스타킹도 벗고 팬티와 브래지어만 한 채로 다시 욕실에 들어갔다. 손바닥만 한 팬티가 걸쳐진 힙은 육감적이었다. 그런 모습은 유한이 아닌 다른 남자라도 색욕이 동할 정도였다.

"진작 그럴 것이지."

재희는 샤워기로 유한의 온몸에 물을 뿌리고는 타월에 바디샴푸를 풀고 두 손으로 비볐다. 거품이 생기자 유한의 가슴과 겨드랑이를 닦았다. 그리고 아래로 내려가다가 손을 멈추었다.

"왜? 위에만 하고 밑에는 안 할 거야?"

유한은 재희의 손길에 점점 흥분되고 있었다. 5년 만에 아내의 손길에 의해서 불타고 있었다. 두 사람은 각 방을 썼을 뿐이지 섹스

궁합이 맞지 않은 사이는 아니었다. 재희도 유한의 손길에 빨리 흥분되는 편이었다. 두 사람의 섹스는 전희의 시간이 길었다. 전희가 한 시간이면, 본론은 십 분이면 끝났다.

재희는 어쩔 수 없었다. 목욕을 한다면 사타구니까지 비누거품으로 닦을 수밖에 없었다. 미끈거리는 비누가 유한의 심벌 위를 스치자 잠자던 귀두가 고개를 들었다. 재희는 민망해서 손을 배꼽으로 올라갔다가 다시 아래로 내려가자 유한의 손이 재희의 팬티를 잡았다. 놀라서 뿌리치는 손을 유한의 억센 팔이 다시 재희의 허리를 감아왔다. 일어날 수는 없어도 앉아있는 그대로 움직이는 유한의 힘에 재희는 도저히 이길 수 없었다. 재희의 팬티가 벗겨지고 브래지어가 풀어졌다. 유한의 손이 재희의 사타구니 사이를 비집고 들어왔다. 감정이 죽어있을 줄 알았던 재희는 유한의 손길에 질이 젖어들자 자신이 혐오스러웠다. 재희를 돌려세우고 앉아있는 그대로 포개어 앉으려고 할 때였다.

"잠깐만, 비누거품이 있잖아요."

샤워기로 유한의 몸에 묻은 거품을 씻어 내리자 재희의 머리를 잡아서 자신의 사타구니 쪽으로 끌어당겼다. 그 힘에 이끌려서 재희는 12년 만에 남편의 심벌을 입안에 넣었다.

16년 전에 처음 섹스를 할 때에는 유한은 섹스를 할 줄도 몰랐다. 재희를 만날 때까지 단 한 번의 섹스가 전부였던 남자. 재희는 하나씩 유한이 자신에게 빠져들도록 오랄 섹스를 즐겼다. 남자의 심벌이 여자의 따뜻한 입 속에서 춤을 출 때면 남자는 황홀감에 젖었다. 그 성감은 온몸으로 느끼는 듯했다.

유한에게 처음부터 오랄 섹스에 맛을 들인 재희는 12년 전부터

오랄 섹스를 하지 않았다. 유한은 아내가 해주지 않는 섹스를 집 밖
에서 탐닉했다. 그게 남자였다. 오랄 섹스를 하지 않는 아내보다 오
랄 섹스를 하는 다른 여자에게 남자는 점점 빠지는 것이다.

재희는 감성이 이성을 지배하고 있었다. 머리에서는 안 된다 하면
서도 몸은 유한이 이끄는 대로 움직이고 있었다. 심벌이 입안에 들
어오자 맛 좋은 아이스크림을 빨듯이 핥았다.

잠시 후 유한은 재희를 일으켜서 뒤로 돌리고는 그대로 주저 앉
혔다. 커질 대로 커진 심벌은 재희의 질 속으로 미끄러지듯이 들어
갔다. 그러자 재희는 스스로 엉덩이를 들었다 놓았다 하면서 질 속
에서 느껴지는 감정대로 몸을 움직였다. 그 자세는 불편했다. 재희
가 잡을 수 있는 것이 없어서 오래할 수가 없었다. 재희는 일어나
더니 유한은 마주보고 앉았다. 더 이상 유한이 시킬 필요가 없었
다. 재희는 본능에 이끌려서 섹스를 하고 있었다. 남편이 아닌 다
른 남자라도 이 정도로 흥분되면 언제든지 할 수 있는 몸짓이었다.

한참을 지나자 유한에게서 신호가 왔다. 일주일에 한번은 분출
하는 정액이지만 5년 만에 아내랑 하는 섹스가 남달랐다. 절정에
도달했을 때 느끼는 쾌감이 더 컸다. 재희도 유한이 오르는 절정과
동시에 분출했다.

재희는 힘이 들어서 일어서지 못했다. 두 사람은 서로 얼굴도 보
지 않고 한참을 안고 있었다. 재희가 일어서지 않으면 계속 안고 있
어야만 했다.

"그만 일어나. 힘들지?"

재희는 말이 없었다. 머릿속이 복잡했다. 섹스가 끝난 후의 자
신이 처량했다. 남자들이 사창가에서 하는 섹스랑 똑같은 기분이

었다. 사창가에 들어갈 때는 가슴 설레고, 섹스를 할 때에는 기분이 좋은데, 막상 섹스를 하고 나면 느끼는 찝찝한 기분이 재희의 기분이었다.

남자들은 섹스를 하고 나면 으레 여자에게 묻는다. 좋았느냐고? 그러나 유한은 좋았느냐고 물을 수도 없었다. 두 사람이 한 오늘밤의 섹스는 그랬다. 느낌을 물어볼 수도 없는 섹스가 오늘밤 섹스였다. 섹스로 하나가 될 수도 없는 섹스⋯⋯. 두 사람이 나눈 마지막 섹스였다.

프로젝트 U

    박흥식은 다혜의 동선에서 찍힌 CCTV영상을 하나 둘 모아두고 있었다. 심지어 관할 파출소에서 설치한 것들은 돈으로 경찰을 매수했다. 사고 전 3개월분이라서 그 분량은 엄청났다. 다혜가 이혼하고 난 후 열흘 정도 지난날부터 사고 전날까지였다. 비디오테이프를 담아 놓은 박스가 사무실 한 구석을 겹겹이 쌓였다.

    "이형사, 영상분석실 장소는 어디로 정했어?"

    "교대 후문 쪽인데 지하로 구했습니다. 방음장치를 한다고 해도 지상보다는 지하가 좋을 거 같아서, 오늘 먼저 두 달 치 임대료를 선불로 달라고 해서 저녁에 가기로 했습니다."

    "두 달 치 얼마를 달라고 하는데?"

    "한 달에 150만 원입니다. 우리가 원하는 평수가 없다고 해서 50평으로 했습니다."

    "괜찮네. 영상분석 직원은 어떻게 했어?"

    "화요일부터 두 명 출근합니다. 둘 다 옛날에 정보원으로 일한 애들인데 믿을 만해요."

"굳이 수사내용은 얘기해줄 필요는 없잖아?"

"그러려고 합니다. 단순 업무이긴 하지만 한 달에 150만 원은 줘야 합니다. 안 그러면 사람 구하기가 너무 힘이 들어서……."

"돈 걱정은 하지 말고 필요하면 언제든지 말해."

"알겠습니다."

"김형사는 도청장치 설치할 거 준비 다 됐지?"

"어젯밤에 세팅했습니다."

"지금 한 시니까 슬슬 준비해서 나가지. 기다려도 그 앞에서 기다리는 게 낫지."

김형사와 이형사는 케이블을 공사하는 직원들처럼 옷까지 갈아입고는 도청장치를 공구함 두 개에 넣고 사무실을 나섰다. 서초동에서 선릉동까지는 직선거리로 10분이면 충분했지만 세 사람은 여유 있게 사무실을 나섰다. 상제리제 빌딩 옆에서 전화가 오도록 기다렸다.

"비서실 윤정희예요."

"네. 최반장입니다."

"지금 올라오시면 됩니다. 1층 경비실에 가셔서 36층 케이블 공사하러 왔다고 말씀하시면 됩니다."

"네. 지금 가겠습니다."

박홍식은 차에서 대기하고 이형사와 김형사만 대일그룹 사옥으로 향했다. 1층으로 들어가자 안내데스크가 있었다. 두 사람은 곧장 안내데스크에 가서 36층 케이블 공사하러 왔다고 말하자 보안을 담당하는 직원은 36층으로 올라가는 직통 엘리베이터가 있는 곳으로 안내했다. 36층은 직통 엘리베이터 한 대와 다른 층을 경유해서 올라가는 엘리베이터 두 대가 가도록 되어 있었다. 직통 엘리베이터가 36층에 도착하자 정희가 엘리베이터 앞에 나와 있었다.

"공사하러 오셨죠?"

"네."

"이쪽으로 오세요."

정희는 기획조정실장 방으로 안내하고 자신이 만져서 고장 낸 인터넷과 TV케이블을 알려주고는 나와서 비서실을 지켰다. 김형사는 이형사는 숙달된 솜씨로 도청장치를 설치했다. 사내 전화기와 직통 전화기에 설치하고 책상 밑과 응접세트 밑에도 쉽게 찾을 수 없는 초정밀 도청기를 심었다. 그러고는 사무실에 전화를 하여 도청이 되고 있는지 확인했다.

오늘 아침부터는 도청을 전담하는 직원이 출근했다. 수서경찰서에서 퇴직하고 낚시를 석 달 동안 다녀서 몸살이 날 정도였던 박신도는 박흥식의 제안을 받고 출근을 한 것이었다. 박신도는 의경으로 복무하다가 바로 경찰로 눌러앉은 케이스였는데, 상습도박판을 검거하다가 도박 판돈을 꿀꺽한 이유로 불명예로 퇴직한 억세게도 운이 없는 경찰이었다. 보통은 그런 것으로 옷을 벗을 정도는 아니었는데 내사과에 적발되는 바람에 자진 퇴직을 하는 조건으로 사건이 마무리 되었다. 삼십 분이 지나서야 김형사 이형사는 방에서 나왔다.

"다 끝나셨어요?"

"네."

"그럼 안녕히 가세요."

정희는 두 사람이 나가자 서둘러서 퇴근 준비를 했다. 월요일부터 박재호 사장을 모신다는 것이 정희에게는 기분 좋은 일이 아니었다. 자신이 사랑하는 남자가 어느 날 갑자기 못 나오면서 하루하루가 적적했는데 그 자리를 다른 사람이 들어오는 것도 싫었지만 회장의 아들이 온다는 것이 부담스럽기도 했다. 퇴직을 하지 않는 한 어쩔 수 없다고 생각했다.

그래도 위안이 되는 것은 이달 말이면 이사를 가는 것이었다. 자신의 명의로 된 청담역 앞 삼성아파트에 이사를 가는 날이 하루하루 다가오자 정희는 마음이 들떠있었다. 정희는 택시를 타고 강남 세브란스병원으로 향했다. 구내식당에서 점심을 먹고 늦게 퇴근하는 일은 종종 있는 일이 아니었다. 병실에 들어서자 수현은 유한과 함께 이야기를 하고 있었다.

"사장님! 저 왔어요."

"정희언니 오셨어요?"

"어서 오너라."

"선애 언니 어디 갔어요?"

"방금 나갔는데, 마주치지 않았어?"

"네. 못 봤어요."

"정희 올 때가 다 된 거 같아서 먼저 집에 가라고 했지."

"잘하셨어요. 근데 무슨 재미난 이야기를 하세요?"

"하하하. 재미나지. 영화 시나리오가 이렇게 재밌는 줄 몰랐네. 정희도 오늘 읽어봐."

"언니도 문학 전공이니까 읽어보고 좋은 의견 좀 줘요."

"얘는. 졸업한 지가 6년도 넘어. 너처럼 계속 전공한 일을 계속하면 모를까."

"그래도 그 감성이 어디 가겠어요? 계속 접하다보면 언니도 시나리오작가 되지 말라는 법도 없잖아요."

"나도 그러고 싶어. 소설도 쓰고, 시나리오도 쓰고……."

"정희는 꿈이 뭐냐? 아직 안 물어 봤네."

"시집가서 애기 기르면서 소설도 쓰고, 시나리오도 쓰는 거요."

"어려운 꿈이 아니네. 충분히 실현가능하잖아."

정희는 말하고 싶었다. 당신한테 시집가서 당신 아기 키우면서 그렇게 꿈을 실현하고 싶다고. 불가능에서 절실함이 있다고 했던가? 정희는 유한이 말한 평범함이 누구보다도 절실했다. 여자의 욕심은 한이 없었다. 유한이 한두 달에 한 번 정도 자신의 집을 방문할 때만 해도 충분하다고 생각했지만, 유한의 사고 이후에는 매주 한 번씩 함께 밤을 지새우지만, 이제는 그것도 부족했다. 서면 앉고 싶고 앉으면 눕고 싶은 게 사람이라고 했다면 여자는 그 이상이었다. 특히 사랑하는 남자를 독차지하고 싶은 마음은 여자의 특권이었다.

"나도 오늘부터 시나리오 한번 봐야겠네."

"그러세요. 언니."

오후 다섯 시가 되자 수현은 돌아가려고 준비를 한다. 정희는 수현이가 나가는 참에 함께 나가서 저녁에 먹을 것을 사오겠다면서 수현이를 따라 나섰다.

정희는 수현이가 다듬고 있는 시나리오가 궁금했다. 유한 앞에서는 물어볼 순 없지만, 유한이 관계된 모든 것들이 궁금했다. 그만큼 정희에게 유한은 직장 상사가 아니고 자신의 남자로 여겨지기 시작했다. 자신이 돌봐야 하는 남자, 자신 말고는 사랑해줄 여자가 없는 남자, 영원히 함께하고 싶은 남자가 유한이었다.

두 사람은 병실을 나와 걸으면서 대화를 했다.

"수현아. 시나리오 작업은 잘 되어 가?"

"이달 안으로 완성해야 해요. 모든 게 이달 안으로 끝이 나요."

"그게 무슨 말이야?"

"시나리오가 완성되어도 워낙 대작이어서 국방부와 공군의 협조를 얻어야 하는데……. 우리 회사 대표님이랑 유사장님이 약속을 했거든요. 이달 안으로 협조공문을 받아와야 투자를 하신다고. 그러니까 저도 바쁘죠."

"총 투자액이 얼만데?"

"백억 원이래요."

"그렇게 많아?"

"지금까지 이런 대작은 없었다네요."

"잘될 것 같니?"

"이제는 우리 대표님이 해결할 숙제죠. 그래서 저도 안절부절못해요. 잘못되면 나도 회사 그만둬야 하고."

"수현이가 신경이 많이 쓰이겠네."

"그러니까."

수현의 집은 병원과 멀지 않았다. 수현이 근무하는 영화제작사는 양재역 부근이었고, 수현의 집은 양재구청 뒤라서 대중교통을 이용하기에는 어중간한 거리였다.

두 사람은 병원 앞 큰길까지 걸어 나왔다. 택시를 잡아주고는 수현의 손에 만 원짜리 한 장을 쥐어주었다. 받기를 꺼려하는 수현에게 다음 주에 보자면서 자주 가던 횟집으로 걸어갔다. 매주 가는 횟집은 어느새 단골이 되어서 주인이 알아보았다.

"어서 오십시오."

"사장님. 오늘은 싱싱한 것 뭐 있어요?"

"하하하. 싱싱하기야 다 싱싱하죠. 요놈 한번 드셔보세요. 줄돔하고 농어로 하시면 멍게랑 해삼 넣어 드릴게요."

"얼마예요?"

"자연산이니까 13만 원까지 드릴게요."

"그럼 소주 한 병도 서비스로 주세요."

"알겠습니다."

횟집에서 돌아가는 길에 편의점에서 햇반 두 개도 샀다. 정희가 쓰는 돈을 유한이 별도로 주진 않았지만 이제는 유한의 돈이 정희 돈이고 정희 돈이 유한의 돈처럼 서로를 위하여 쓰는 돈에 인색함이 없었다. 정희는 유한이 아파트를 준비하라는 말을 듣고 청담역 옆 아파트를 준비하면서 퇴원을 하면 함께 살 꿈에 부풀어 있었다. 이달 말 잔금을 치르고 입주를 하면 가전제품과 가구를 넣으려고 하나씩 계약하고 있었다.

'오빠가 퇴원을 해도 사모님이 계시는 집은 불편할거야. 두 분은 이제 다시 합치기가 어렵겠지. 설마 사모님이 오빠랑 같이 살자고 하지는 않겠지?'

정희는 철없는 소녀마냥 장밋빛 꿈에 부풀어 있었다. 사랑하는 남자의 아이 하나만 있다면 그 사람을 자주 볼 수 없더라도 살 수 있을 것 같았다. 함께하는 시간이 길어질수록 정희에게는 오로지 유한이 전부처럼 느껴졌다.

"오빠. 뭐 사왔을까요?"

"아참. 오늘은 회 먹는 날이잖아?"

"줄돔이랑 농어 사왔어요. 멍게랑 해삼도 있고요. 짠."

"뭐야? 소주도 사왔어?"

"오늘은 소주 한 병 마셔요."

"빨리 냉장고에 숨겨. 간호사가 보면 난리나요."

"알았어요. 호호호."

"일곱 시에 저녁 먹자."

"네. 오빠."

"그런데 너 돈 너무 쓴다. 돈은 있어?"

"없으면 오빠 통장에서 빼 쓰면 되죠. 호호호."

"그래. 필요하면 얼마든지."

"이달 말에 이사 가면 오빠한테 못 보여줘서 어떻게 해요?"

"볼 날 많을 텐데 뭘."

"그래도 오빠가 함께 있었으면 얼마나 좋을까."

"지난번처럼 사진 찍어서 보여줘. 나도 빨리 나을 수 있도록 밥 잘 먹고 있잖아."

"빨리 퇴원했으면 좋겠다."

"나도."

재희는 출근하면서부터 박기사를 다시 불러서 자신의 벤츠를 운전하게 했다. 대일산업 대표이사가 손수 운전을 한다는 건 있을 수 없는 일이었다. 결국 박재호는 도청장치와 정희가 맡은 것이 되었고 재희는 박기사가 맡은 것이 되었다. 유한은 병원에 있으면서도 두 사람이 움직이는 모든 것을 알 수 있었다. 재희는 아침 회의에 참석한 부장급 이상 임원들과 회식을 하기로 마음먹었다.

"제가 출근한 지 벌써 사흘입니다. 그래서 더 늦기 전에 오늘 여러분들과 저녁에 회식을 하려고 하는데 다들 어때요?"

"사장님. 다들 기다리고 있습니다. 언제쯤 신고식을 하시나 하고 말입니다. 하하하."

수입담당 전무는 해외 출장 나가기 전에 회식을 해서 감사하다는 말을 하기도 하고, 재무담당 상무는 3/4분기 영업 실적이 좋아서 다들 회식을 기다리는 눈치라고도 했다. 재희는 첫 출근과 동시에 회사의 법인 카드 두 장을 재무담당 상무로부터 받았다. 카드의 사용액은 무한대라는 귀뜸을 하였지만 사주의 딸이 막무가내로 낭비할 것도 아니었다.

"그럼 오늘은 부장급 이상 임원들만 가시기로 하고, 다음 주 금요일은 전 직원 회식을 할 겁니다."

"사장님. 전 직원이 들어갈 만한 장소가 없습니다. 항상 부서별로 자유롭게 회식을 했습니다만……."

"아, 그렇군요. 서울에 우리 직원들이 다 들어갈 장소는 없겠네요. 그럼 다음 주에는 각 부서에서 알아서들 회식하도록 하세요."

회의에 참석한 임직원들은 재희의 통 큰 결정에 화색이 돌았다. 보통은 분기별로 회식을 했지만 유한의 사고 이후로 경색된 분위기 때문에 한 번도 회식을 못하고 있었다.

월급쟁이들에게는 사주의 사위가 무슨 짓을 하든지 관심이 없었다. 월급 잘 나오고 실적에 대한 성과만 잘나오면 다른 건 신경을 쓰지 않았다. 그러나 늘 해왔던 회식이 없으면 그것부터 불만이 쌓이는 것이 월급쟁이였다. 그런 불만을 재희가 부임하면서 일시에 해소된다는 것이 부서장들로서는 반가웠다.

퇴근시간이 지나자 논현동 '오사카' 앞으로 차들이 미여 들어왔다. 대일산업 부장급 이상 임원들이 타고 온 차들로 주차장은 만석이었다. 재희로부터 미리 전화를 받고 한쪽에 있는 룸 여섯 개의 미닫이를 걷어내고 큰 룸으로 만들었다. 36명이 앉을 수 있는 자리에 40명이 들어가자 비좁게 끼어 앉을 수밖에 없었다. 서빙을 하는 종업원이 전부 붙어서 음식들을 날랐다.

"오사카 함재길입니다. 오늘 와주셔서 감사드립니다. 박사장님 단골집인데, 앞으로 찾아주시면 잘 모시겠습니다."

"사장님 단골집에는 안가는 거 모르십니까? 가서 부딪쳐야 좋은 거 없잖습니까. 하하하."

"하하하. 그런가요? 부족하시면 말씀하십시오. 오늘 특별히 모시겠습니다."

함사장은 직원들에게 인사말을 하고는 룸에서 나갔다. 모두가 남자들인데 재희와 인사담당 부장만 여자였다. 대일산업에서 깐깐하기로 소문난 인사부장은 재희가 대표이사로 취임하는 것을 제일 반겼다. 부장급 이상 임원 회의를 할 때면 홍일점이라는 이유로 번번이 의견이 묵살되었던 것이 한이 맺혔는데, 또 다른 홍일점이 대표이사라는 것이 자신에게는 대리 만족이었다.

모두가 술잔에 술을 따르자 관리총괄 부사장이 먼저 일어나서 말을 한다. 부사장은 재희가 최종 결재를 하기 이전에 결재를 하는 자리여서 재희에게는 무척 중요한 사람이었다.

"오늘 새로 오신 사장님께서 마련해주신 자리입니다. 먼저 사장님의 말씀을 듣도록 하겠습니다. 자, 사장님. 한 말씀 해주시죠."

"여러분 반갑습니다. 제 할아버님께서 세우셨고, 제 아버님께서 키우신 대일산업에 누가 되지 않도록 하겠습니다. 모르는 것이 많으니까 함께 한다는 마음으로 많이 가르쳐주시고 특히 부사장님의 지도편달을 잘 받겠습니다. 오늘은 즐겁게 드세요. 그래도 내일 지각하시면 곤란해요."

재희의 인사말이 끝나자 박수소리가 터져 나왔다. 그러자 부사장은 다시 일어서서 건배 제창을 할 사람으로 수입담당 전무를 불러 세웠다.

"그러면 수입담당 전무님께서 건배 제창을 해주십시오."

"제가 월요일부터 아랍 에미리트로 열흘 동안 출장인데. 그 전에 회식 자리를 만들어 주신 사장님께 다시 한 번 감사를 드립니다. 제가 대일산업과 박재희 사장님의 무궁한 발전을 위하여! 라고 하면 위하여! 위하여! 위하여! 이렇게 세 번 하는 겁니다. 자, 대일산업과 박재희 사장님의 무궁한 발전을 위하여!"

"위하여! 위하여! 위하여!"

많은 사람들의 회식 자리란 결국 가까이 앉은 사람들끼리 잡담하는 자리로 변해가는 법이었다. 술이 오가고 얘기가 오가다 보면 그렇게 시간이 지나갔다. 재희는 옆자리에 수입담당 전무를 불렀다. 술을 한잔 부어주고는 핸드백에서 신용카드 한 장을 꺼내어 전무의 손에 쥐어주었다.

"사장님. 이게 뭡니까?"

"술자리 끝나면 부장들은 집에 보내고 임원들만 2차 가세요. 전무님 출장 가실 때 기분 좋게 다녀오시라고 2차 가시라는 겁니다."

"사장님은 남자도 아니시면서 남자의 마음을 어떻게 잘 아십니까? 안 그래도 다들 2차 얘기를 하던데, 차마 여사장님이라서 말씀 못 드리고 있습니다. 하하하."

"여자도 알 건 다 알아요. 조금만 관심을 가지면……."

"고맙습니다. 내일 아침에 카드는 비서실에 맡겨 두겠습니다."

"그렇게 하세요. 저는 조금 있다가 조용히 나갈게요. 모르는 척하세요."

"알겠습니다. 사장님. 오늘 고생하셨습니다."

재희의 회사생활은 순조로웠다. 난생처음 출근해 본 회사이지만 마치 오래 전부터 일을 하던 사람 같았다. 굴러온 돌이라고 괄시하는 사람도 없었다. 부사장을 포함하여 전 임원들이 나름대로 재희를 가르치면서 결재를 받는 형태였다. 모르거나 의문이 생기면 풀릴 때까지 계속 묻고 또 물었다. 사주의 딸이라는 것이 그래서 무서웠다. 아버지와 할아버지의 피를 이어 받은 사람은 달랐다. 그렇게 하나하나 회사에 적응해 나갔다. 이날도 박기사는 어김없이 유한과 통화를 했다.

그 무렵, 재호는 쉽지가 않았다. 지금까지 관리만 했던 사람이 뭔가를 창출하고 창조하는 일을 해야 한다는 것이 첫째로 적응하기가 어려웠다. 공대 출신의 재호에게는 경제나 경영에 대한 이론들이나 거시경제를 이해하는 것도 힘들었다. 전략기획담당 전무에게 일일이 물어본다는 것도 우습게 보일 것 같아서 대충 아는 척하면서 넘어가다 보니까 갈수록 더 어려워졌다. 기획조정실장이 주도적으로 기획조정실을 이끌어 가는 것이 아니라 자신이 뒤에서 끌려가는 형국이었다.

그룹 유효자산운용에 대한 보고도 결재자가 리스크를 파악하기보다는 올라오는 결재를 하기에만 급급했다. 유한의 결재방법과 전혀 다른 결재방법이었다. 이런 방법은 결재를 받는 입장에서는 처음에 편할 수 있지만 나중에 문제가 되었을 때는 결재라인에 있었던 모든 사람들이 무능하다는 질타를 받을 뿐 아니라 리스크에 대해서 연대책임을 진다는 것이었다.

정희는 유한의 비서임에도 불구하고 보직 변경 없이 재호의 비서로 계속 일을 했다. 그러나 비서로서의 업무보다는 감시자로서 재호를 지켜보고 있었다. 지시에 순응하면서도 '왜?'라는 의문이 꼬리처럼 붙었다. 나름대로 그 문제를 풀어나가기도 했고, 어떤 것은 토요일 유한을 만났을 때 물어보기도 했다. 재호의 모든 움직임을 체크해서 유한에게 보고할 때 또 다른 희열을 느끼기도 했다.

박홍식은 일제 영상분석기가 생각보다 성능이 떨어지는 것을 느끼고 독일제 영상판독기를 다시 사 들였다. 독일제 영상 판독기는 하루에 1만 대의 차량번호를 판독하여 그것을 리스트를 만들어 일목요연하게 했다. 두 명이 사무실에서 숙식을 하면서 만들어내는 결과였다. 강남톨게이트와 동서울톨게이트를 빠져나간 차량은 86만여 대, 부산톨게이트를 빠져나간 차량이 28만여 대, 다혜의 동선에서 얻어온 차량이 2만여 대, 세 종류의 영상에서 동일한 차량번호를 추적하는데 두 달 반이 소요될 예정이었다.

한 사람은 강남과 동서울을 빠져나간 데이터를 구축하고 또 한 사람은 부산을 빠져나간 데이터를 구축했다. 두 군데 나타난 동일한 차량번호가 다혜의 동선에 나타난 차량번호가 일치한 것이 나온다면 그 차량번호가 바로 범인이었다.

그렇게 피 말리는 작업을 한 것이 오늘로 한 달이 가까워지고 있었다. 약 30만 대의 차량번호가 확보된 셈이었다. 점점 거리가 좁혀질수록 박흥식 일행은 긴장감이 높아져 갔다.

"형님. 그간 별고 없습니까?"

유한은 박흥식의 전화를 보름 만에 받았다. 수사의 별다른 진전은 없고 병원생활은 더욱 지루해져 갔다. 수현이와 작업하던 시나리오는 끝이 났지만 이현우는 약속한 날이 지나도 국방부와 공군의 협조공문에 대한 소식이 없었다.

"그래. 어떻게 되어 가나?"

"낮과 밤을 새워가면서 하고 있습니다. 앞으로 한 달 보름은 더 해야 결과가 나올 것 같네요. 요즘은 저희들도 입이 바짝바짝 탑니다."

"병원생활 하기가 너무 지루하네. 나도 한 달만 더 있으면 목발이라도 짚고 움직일 텐데……."

"왜 안 그러겠습니까? 답답해도 조금만 참으십시오. 곧 무슨 결과가 나오겠죠."

"입원한 지도 벌써 삼 개월이야. 벌써 11월이라고……. 한번 왔다 가."

"빈손으로 형님한테 가는 것이 미안해서 그렇죠. 빨리 결과물이 나와야 하는데……."

"그거야 시간이 말해줄 것이고……. 내가 심심하니까 한 번씩 왔다가게."

"알겠습니다. 내일 저녁때 한번 가겠습니다."

유한의 생활은 변함이 없었다. 먹고 자고 또 먹고 자는 것이 전부였다. 책을 읽는 것도 재미가 없었고 드라마를 보는 것도 재미가 없었다. 회사 생활을 하면서 항상 긴장 속에서 살다가 삼 개월 동안 긴장이 풀려버려서 살아도 사는 것 같지가 않았다.

사람이 사는 데는 적당한 긴장감이 있어야 했다. 적당한 긴장감은 뇌혈관의 팽창과 수축을 도와서 정신 건강도 좋게 하고 심신도 노화를 막는 법이다. 한 달 동안 수현과 시나리오 수정을 할 때만 해도 병원 생활이 그런 대로 적응이 되었었다.

토요일이면 정희가 와서 하루를 놀아주기도 했고, 지루하지 않던 생활이 갑자기 지겨워져 버렸다. 지난 주 밤에 꿈을 꾼 이후로 더 했다. 꿈속에서 유한은 돛단배를 타고 있었다.

그러나 그냥 탄 것이 아니라 돛 꼭대기에 매달려서 배를 바라보고 있었다. 그 배는 폭풍우가 몰아치는 망망대해를 아무도 없이 혼자 떠돌고 있었다. 아무리 소리쳐도 도와줄 사람이 없는, 고립된 난파선에 홀로 어두움 밤바다를 떠돌고 있었다.

그러다가 잠이 깨어서 멀뚱히 있다가 잠시 잠들었는데, 이번에는 다혜가 나타났다. 자꾸 오라는 손짓을 하고 있었다. 뭐라고 말은 하는데 알아들을 수가 없었다. 겨우 잠에서 깬 다음에는 밤을 꼬박 새웠다. 그날 이후로 병원 생활이 지겨워진 것이다. 유한은 이현우에게 전화를 했다.

"이대표."

"네. 형님. 잘 계시죠?"

"어떻게 되어가나? 국방부와 공군 말이야."

"형님. 면목이 없습니다. 시나리오가 남한과 북한에 너무 민감한 사안이라고 이건 먼저 청와대의 승인이 전제되어야 한답니다. 그래서 아는 사람 다 동원해서 백방으로 청와대에 손을 넣어보는 중입니다. 죄송합니다."

"내가 시나리오 선택을 잘못했군."

"아닙니다. 시나리오는 제대로 된 놈을 고르신 것 맞습니다."

"시간 날 때 한번 왔다 가지. 하이첵킹이 아니면 다른 것이라도 연구해 봐야지. 그렇게 두 손을 놓으면 어떻게 해?"

"다음 주에 한번 찾아가겠습니다. 이번 주까지 답이 없으면 저도 포기하렵니다."

"그래. 다음 주에 꼭 와."

"죄송합니다. 형님."

"죄송하긴……."

유한은 무료함을 잊기 위해서 옛날에 읽었던 책을 다시 읽었다. 김성종의 추리소설을 한동안 전부 읽었을 정도로 김성종에 매료되었다. 유한은 갑자기 추리소설이 보고 싶어졌다. 어쩌면 다혜의 사건을 파헤쳐나가는 마음이 한 편의 추리소설 같아서일까.

유한은 그 중에서도 제5열이 인상 깊었다. 유한은 선애에게 서점에서 제5열을 사오라고 시켜서 탐독하기 시작했다. 선애도 입원 초기처럼 간병할 일이 크게 많지 않아서 유한이 읽은 다음에는 선애도 같이 책을 읽었다. 식사를 준비해주거나 하루 한 번 물수건으로 온몸을 닦아주는 것과 소변 통을 비워주거나, 대변을 보기 위해 화장실을 갈 때 부축하는 것이 전부였다. 지겨운 병실에서 그나마 말동무기 되어주는 간병인이 있다는 것이 다행이었다.

정희는 퇴근을 하고 논현동 가구골목을 걸었다. 이사한 아파트에 새로 넣을 가구를 사려고 일주일 전부터 고르고 다녔다. 돈에 구애받지 말고 예쁘게 꾸미라는 유한의 말에 신혼집처럼 꾸미려고 작심을 한 상태였다. 논현동 가구거리는 수입 가구부터 국산 가구까지 다양한 가격대의 가구가 넘쳐났다. 비록 수입은 아닐지라도 엔틱한 디자인을 원했다. 진열되어있는 가구를 보던 정희는 한 가구점으로 들어갔다.

"사모님. 어서 오십시오."

사모님이란 얘기를 듣자 정희는 더욱 기분이 좋아졌다. 자신이 꼭 대일그룹 기획조정실장의 부인이 된 느낌이었다.

"원하시는 디자인이 있습니까?"

"엔틱한 거 찾아요. 신혼살림인데……."

"그러시면 카탈로그를 보고 고르시죠. 장롱, 침대, 서랍장, 화장대, 장식장, 그리고 사이드 장까지 다 있습니다. 세트로 하시면 저렴하게 해드리겠습니다."

"유럽풍 스타일……. 이거 좋네요. 침대 옆 탁자까지 다 합쳐서 얼마나 나와요?"

가구점 주인은 가격표를 가지고 나와 계산기를 두드렸다.

"다 합쳐서 사천삼백팔십만 원 나왔습니다. 현금으로 하신다면…… 딱 잘라서 사천만 원까지 해 드릴게요."

"배송은 언제 되나요? 이번 주 일요일 가능해요?"

"맞춰 드릴게요."

"현금으로 할게요. 계약금으로 천만 원 드리고 갈 테니까……. 운반 도중에 흠집나지 않도록 신경 써 주세요."

"여부가 있겠습니까? 일요일 몇 시까지 도착하도록 할까요?"

"일요일, 이 주소로 오후 두 시까지 도착하도록 해주세요. 이건

제 연락처고요……."

"사모님. 안목이 좋으십니다. 오늘 선택 잘하셨어요. 남편분도 마음에 드실 겁니다."

정희는 가구점을 나오면서 날아갈 것만 같았다. 가전제품은 벽걸이TV부터 에어컨, 냉장고, 김치냉장고, 세탁기 등 어제 다 들어왔기에 가구만 들어오면 설렁한 집 안이 달라 보일 것 같았다. 이것을 모두 유한에게 보이고 싶었지만 집 안에 가구가 다 배치가 되면 사진을 찍어서 보여주리라 생각했다.

정희는 나와서 걷다가 눈앞에 보이는 약국으로 들어갔다. 보름 전에 생리가 있어야 하는데 아직 없었다. 콘돔을 사용하지 않는 남자와의 섹스는 임신이 예견되는 건 당연했다.

유한이 정희의 집에 다녀갈 때에는 정희는 먹는 피임약으로 피임을 했었다. 콘돔 사용을 싫어하는 남자라면 당연히 여자가 피임을 하는 것이 옳았다. 그러나 언제부터인가 정희는 유한의 아이를 가지고 싶다는 생각에 피임약을 먹지 않았다. 유한은 반대를 하지만 정희는 달랐다. 사랑하는 남자의 아이를 낳고 싶은 것이 여자의 마음이었다. 달거리를 하지 않던 정희는 내심 임신이기를 바라면서 임신 테스트기를 사서 테스트를 해보기로 했다.

"어서 오세요."

"저…… 임신 테스트기 있죠?"

"네. 잠깐만요."

약사는 임신테스트기를 주면서 테스트 하는 방법을 자세하게 알려주었다. 아침에 일어나서 첫 오줌을 넣어서 두 줄이 나오면 임신이라고 일러주었다. 정희는 제발 임신이기를 바라면서 택시를 탔다.

대학교를 다닐 때부터 시작해서 9년이 넘도록 혼자 생활을 한 정희지만, 요즘은 혼자라는 것이 너무도 싫었다. 마음 같았으면 퇴근 후 매일 유한의 병실에 가고 싶었지만, 유한은 토요일만 오라는 말이 야속하기까지 했다. 혼자 먹는 밥도 익숙했고, 혼자 자는 잠도 익숙했지만 유한이 입원하고 난 후 일주일마다 남자랑 함께하는 날이 많아질수록 여자는 혼자가 싫어졌다.

남자는 여자하기 나름이 아니라 여자는 남자하기 나름이었다. 남자의 사랑을 받으면 받을수록 여자를 더 사랑을 갈구했다. 혼자서 먹는 밥은 살이 찔 수 없었다. 먹는 즐거움보다 살기 위해서 억지로 먹는 밥이었다. 누군가 먹어줄 사람이 옆에 있다면 여자는 맛있는 음식을 만들 자신이 있었다.

그러나 자신만 먹을 밥을 한 시간 이상 정성을 쏟을 이유가 없었다. 그래서 항상 간편식으로 해결하는 경우가 많았다. 결국 저녁은 라면과 햇반 하나, 김과 김치가 전부였다. 저녁을 먹고는 빨리 아침이 오기를 기다렸다. 열 시가 지나자 오지 않는 잠을 억지로 자려고 애썼다. 그렇게 밤은 깊어갔다.

정희의 아침은 여섯 시부터 시작이었다. 유한의 비서가 되고 난 후 늘 아침 기상시간은 여섯 시였다. 그 습관은 재호의 비서가 되어서도 똑같았다. 재호는 유한보다 두 시간이나 늦게 출근했었다. 일찍 출근할 필요도 없었고 샌드위치를 만들 필요도 없었지만 습관에 베여있는 기상시간은 같았다. 여유 있는 아침이 되어버린 것이었다.

정희는 눈을 뜨자마자 임신테스트기를 가지고 화장실로 갔다. 아침에 처음 나오는 오줌으로 테스트를 하라는 약사의 말대로 종이컵에 소변을 받아서 테스트기 위에 부었다. 잠시 후 두 줄이 선명하게 나타났다. 정희는 기뻤다. 미혼의 여성이 임신을 하였다면 모두가 울고 싶은 마음일 테지만 정희의 입가에는 행복한 미소가 번졌다.

'그래. 드디어 임신이야. 오빠의 애기를 가졌다고……. 토요일에는 퇴근하고 산부인과에 가서 확진을 받아봐야지. 그런데…… 당분간 오빠한테는 비밀이야. 내가 아니어도 얼마나 머리가 복잡하겠어. 나 때문에 더 머리 아프게 하면 안 되지. 나중에 천천히 얘기해야지. 배가 많이 불러서 중절 수술을 못할 정도가 되어서 얘기 해야지.'

정희는 식습관부터 바꾸겠다고 다짐했다. 자신은 필요하지 않더라도 태아한테는 영양이 가득한 음식물이 필요함을 알았다. 여자는 그렇게 임신 초기부터 모성애가 생기기 시작했다. 좋은 것을 먹고, 좋은 것만 보고, 좋은 말만 하는 엄마로 거듭나고 싶었다. 당장 먹지 않던 아침사과를 먹고 물 대신 우유를 마셨다. 토요일 산부인과에 가게 되면 산모의 건강관리부터 꼼꼼히 챙기겠다고 마음먹었다. 샤워를 하는 동안에도 따뜻한 물줄기로 배를 적시면서 손으로 쓰다듬었다.

'그래. 태명을 만들어야지. 뭐로 하지? 뭐가 좋을까? 오빠의 성을 따고……. 아들이면 좋겠다. 아들이면 내 이름과 오빠의 이름을 따서 유정한, 아냐 태명이니까 그냥 이쁜 이름으로 만들어야지. 사랑스러운 내 애기…… 사애? 오빠한테 지어 달라고 할 수도 없고…….'

정희는 출근할 때 입는 옷부터 신경을 썼다. 되도록 배를 압박하지 않는 옷으로 입었다. 기분이 들뜬 마음으로 출근길에 나섰다. 매일 하는 출근길이지만 유난이 세상이 아름다워 보였고 걸어가는 사람들도 밝은 미소를 띤 것처럼 보였다. 자신이 행복하니까 모든 사람들도 행복해보였다.

정희가 회사를 걸어가는 동안에 이른 시간임에도 불구하고 일신기획 이현우는 유한의 병실을 찾았다. 국방부와 공군의 협조를 받으려고 무진 애를 쓰다가 결국 청와대의 승인이 있어야 한다고 해서 청와대를 아는 지인을 통해서 알아보았지만 결국 제작 불가라는 통보를 받고 말았다. 대작을 꿈꾸는 젊은 영화제작자는 살아갈 희망이 보이지 않았다. 큰소리를 친 자신이 후회스러웠지만 이미 버스가 떠나간 뒤에 손을 드는 격이었다.

어제 청와대의 불가 통보를 받고 한잠을 못자다가 아침이 밝아오자 몽유병 환자처럼 자신도 모르게 유한의 병실로 가는 중이었다. 아무런 대책도 없어 유한의 병실 문을 열었다. 유한은 아침 식사를 끝내고 양치질을 하는 중이었다.

"이대표. 아침 댓바람에 어쩐 일이야? 식사는 하고 온 거야?"

"형님 뵐 면목이 없습니다."

"청와대의 승인이 어려운가 보네."

"어제 안 된다는 통보를 받고 밤새 한잠도 못 잤습니다. 너무 억울해서……."

"그래서 얼굴이 다 죽어가는구면."

"어떻게 얻은 투잔데, 이렇게 날리게 되다니……."

이현우는 유한 앞에서 눈물을 보였다. 지금까지 10개월이란 세월

을 달려버렸다는 것보다도 힘들게 유한에게서 투자의향을 받은 것
이 하루아침에 공수표로 만든 자신이 너무도 싫었다. 마음 같으면
당장 한강대교로 가서 뛰어들고 싶은 심정이었다.

"이 사람아. 그만한 일로 의기소침하면 어떻게 하나? 심기일전해
서 다시 시작해야지."

"이제 와서 뭘 하겠습니까?"

"지난 10개월은 과외비라고 생각해. 큰 경험했잖아. 돈 주고도 못
사는 경험인데 뭐."

"어떻게 다시 시작할지도 눈앞이 캄캄합니다."

"영화를 만들었다가 망가진 사람이 한둘이 아닌데……. 자넨 망
가진 것은 아니잖아. 잠시 늦어질 뿐이지."

유한의 격려로 이현우의 얼굴빛이 다시 되살아났다. 선애가 가
져온 과일과 주스를 마시면서 두 사람은 한참을 말이 없다가 유한
이 입을 열었다.

"혹시 말이야. 혹시 내 얘기를 영화로 만들면 어떨까?"

"네? 형님 얘기요?"

"왜? 안되겠지? 내 얘기로는?"

"아니, 안되는 게 아니라 형님의 인생에 어떤 스토리텔링이 있는
지를 몰라서……."

"아참. 그렇지. 오늘부터 며칠간 내가 살아온 이야기부터 들어
봐. 한 사람의 인생을 추적해서 들어가면 소설보다 더 소설 같고 영
화보다 더 영화 같다고 하잖아."

"그건 그렇습니다만……."

"얼마 전에 누가 소설 실미도도 영화로 만들겠다고 찾아온 사람

이 있었어. 시나리오 작업 들어가기 전에 투자자를 미리 알아본다고 찾아왔지. 자네와 내가 하이첵킹으로 연결만 되지 않았어도 실미도에 투자를 했을 거야."

"그런 일이 있었군요. 죄송합니다."

"죄송하긴. 실미도도 결국 한 사람의 인생 스토리지. 어떻게 극화를 하느냐의 숙제는 감독의 능력이고. 내 이야기를 영화로 만들겠다면 투자액 전부 내가 지원하지."

"정말이십니까?"

"내가 허투로 말하는 사람 아니잖아?"

"그건 압니다만……."

"시나리오 작업하는 데 얼마나 걸리겠나?"

"길어도 4개월이면 충분합니다."

"그러면 그 다음 스케줄은?"

"시나리오 작업 4개월. 시놉시스 1개월, 캐스팅 2개월…… 7개월 이후에는 크랭크인 할 수 있습니다."

"제작 기간은?"

"내용에 따라서 다르겠지만 국내 촬영만 한다면 8개월에서 1년 정도 충분하고 해외 촬영분이 있으면 2개월 추가로 보시면 될 겁니다."

"그래? 그럼 내일 계약서 하나 만들어 와."

"정말이십니까?"

"이 사람이 내가 이런 일로 농담하겠어? 단, 하나 시나리오는 방수현 씨와 윤정희 씨 공동 집필로 하기로 하고."

"윤정희 씨는 누구입니까?"

"내 비서인데, 방수현 씨 다녔던 대학교 3년 선배야. 불문학과 출신인데 문학 전공한 여자 둘이면 뭘 해도 해내지 않겠어?"

"네. 알겠습니다. 내일 계약서 만들어 와서 형님 인생 스토리 듣도록 하겠습니다."

유한은 어제부터 이런 생각을 했었다. 자신의 이야기를 영화로 만든다면 정희를 시나리오 작가로 데뷔 시킬 수 있으리라 생각했다. 자신이 없는 대일그룹에 언제까지 머물게 하고 싶지는 않았다. 돌아가리란 보장도 없는 대일그룹에 자신을 사랑하는 유일한 여자를 남겨둘 수 없었다. 문학을 전공했으니까 기회만 만들어주면 영특한 정희로서는 충분히 헤쳐나가리라 믿었다. 자신의 인생 스토리를 중심으로 논픽션에 픽션을 적절하게 가미하면 훌륭한 시나리오가 될 것 같았다. 잘만 성공한다면 유한은 계속 투자자로 남고, 정희는 시나리오 작가로 활동할 수 있으리라.

이현우는 유한의 제안에 힘이 났다. 무너진 꿈을 다시 하나씩 조각을 맞추었다. 내일 오후에 오겠다면서 일신기획으로 돌아갔다. 일신기획은 양재역 서강빌딩 6층에 자리하고 있었다. 20평 남짓한 작은 공간에는 네 명의 직원뿐이지만 투자를 받고 본격적인 제작에 들어가면 상주하는 직원의 수는 10배 이상 불어나는 구조였다. 핵심인력으로만 운영되는 작은 조직이지만 모든 영화사들이 평소 운영되는 규모는 고만고만했다. 이현우는 사무실에 들어서면서 방수현을 자신의 방으로 불렀다.

"네. 대표님."

"수현아. 윤정희 씨 잘 알아?"

"갑자기 정희언니는 왜요?"

"아마 두 사람이 시나리오 작업할 게 생길 것 같은데……. 윤정희 씨는 어떤 사람이야?"

"그 언니, 제 대학교 3년 선배세요. 그리고 유사장님 비서고요. 불문학 전공했는데 전공을 못 살리고 회사에 있다던데……. 아마 하게 되면 잘할 거예요."

"그래? 수현이랑은 친한 편이야?"

"네. 매주 토요일이면 꼭 병원에 오세요. 자주 보니까 친해졌죠. 집이 충주라는데 성격도 좋고, 착하고, 예쁘고, 암튼 그래요. 정희 언니랑 같이 일해요?"

"아마 그럴 것 같아."

"하이첵킹 말고 다른 걸로 하시기로 한 거예요?"

"내일 계약하기로 했는데……. 내일 오후에 수현이도 나랑 같이 가자."

"다행이네요. 저는 다른 직장 구해야 하나 걱정했거든요."

"그런 일은 절대로 없어. 다만 유사장님 요구조건을 충족해야 하는 일이 남았지만."

"요구조건이라니요? 뭘 조건으로 거신 거예요?"

"자신의 이야기로 영화를 만들자고 하셔."

"네?"

"일단 며칠간 유사장님 인생 스토리를 들어보고 거기에 픽션을 적당히 넣으면 될 거야."

"대표님도 모르세요? 유사장님이 어떻게 사셨는지?"

"지금까지 공적인 일 얘기만 했지, 사적으로 서로 과거지사 털어 놓고 술 한잔 한 적 없잖아."

"그러면 내일 가실 때 술이랑 안주 좀 사가지고 가야겠어요. 지나온 과거 얘기를 하는데 맨송맨송하게 들을 수 없잖아요. 술 한잔씩 해야 이야기가 잘 나오죠."

"그런가? 하하하. 아무튼 윤정희 씨와 수현이가 함께 일하는 것으로 결정 난 거야."

"저는 좋죠. 친언니도 없는데 정희언니랑 잘 지내면 좋은 거죠."

수현이 처음 정희를 만났을 때는 지금처럼 가까운 사이는 아니었다. 수현은 회사의 지시로 시나리오 수정을 위하여 유한의 병실을 방문했었기에 어떻게 하든지 유한이 기분 좋게 시나리오를 보고 수정본이 조금 나오도록 애써야 했다.

그래서 당연히 유한의 비위를 맞추는 입장이었고, 정희는 비서이면서 유한을 사랑하는 여자이었기에 그렇게 수현이 유한의 비위를 맞추는 것이 꼬리를 치는 여자로 보였다. 서로 견제심리가 심했었지만, 두 사람이 이화여대 선후배임을 알고 각자 맡은 일을 이해하면서부터 급속도로 가까워졌다.

"그래. 이제부터 다시 시작해보자고."

"대표님. 다행입니다. 저도 열심히 할게요."

정희는 토요일 출근을 했는데도 일이 손에 잡히지 않았다. 퇴근 후 산부인과에 가는 것도 그랬지만 자신의 뱃속에 사랑하는 남자의 씨앗이 자라고 있다는 것이 너무도 기쁜 나머지 기획조정실장 박재호를 찾아온 손님에게 차를 내어 가는 것도 잊고 있었다. 인터폰으로 재호가 정희를 불렀다.

"윤비서! 차를 달라니까 뭐해요?"

"아, 네. 사장님. 바로 들어가겠습니다."

정희는 허둥대며 서둘러 쌍화차 세 잔을 들고 재호의 방으로 들어갔다. 전략기획팀 조무현 전무와 손님이 얘기를 나누다가 정희가 들어가자 잠시 말문을 닫았다. 정희는 차를 테이블에 놓고 나오면서 속으로 구시렁거렸다.

'내가 못 듣는다고 비밀스러운 건 아니지. 난 관심도 없으니까. 내가 아니라도 듣고 있는 사람이 있거든.'

정희는 시계를 보았다. 조금 있으면 퇴근시간, 퇴근시간이 되면 나가야 하는데 재호의 방에서 나가지 않는 손님 때문에 병이 날 지경이었다. 빨리 나가라는 기도에 응답이라도 하는 듯이 재호는 손님과 함께 엘리베이터를 탔다.

"윤비서. 수고했어. 월요일에 봐요."

"네. 사장님. 안녕히 가세요."

토요일은 특별한 날이면 나오는 박회장이기에 오비서는 벌써 퇴근 준비를 하고 기다리고 있었다. 비서실장은 재호가 퇴근하자 바로 일반 엘리베이터를 타고 내려갔다.

"언니. 우리도 퇴근해요."

"그래. 수고했어. 잘 가."

정희는 걸어서 삼성역 쪽으로 갔다. 삼성역 부근 출근길에 봐 둔 산부인과는 큰 대로변이 아닌 후면도로에 있었기에 들어가는 것을 보는 사람도 없을 것 같았다. 난생처음 가는 산부인과라서 정희는 떨렸다. 입구에 들어서자 토요일인데도 대기하고 있는 여자들이 많았다. 혼자 온 여자는 몇 명 없고 다들 남편과 함께 온 모양이었다.

만삭의 배를 만지는 남자도 있었고 남자의 어깨에 기대고 앉은 여자도 있었다.

'나도 오빠랑 같이 왔다면 얼마나 좋을까.'

접수창구에 초진이라고 말하고 이름을 부를 때까지 기다렸다. 삼십 분이 지나자 간호사가 정희를 불렀다. 안내하는 진료실에 들어서자 의사의 옆쪽에는 커튼이 쳐져있었다. 처음 들어와 본 산부인과 진료실은 내과의 진료실과는 사뭇 달랐다. 마흔이 넘어 보이는 여의사가 두리번거리는 정희를 보고 웃으면서 말했다.

"산부인과 처음이시죠?"

"어떻게 아세요?"

"15년 정도 하다보면 다 안답니다. 호호호."

"아. 네……."

"초임이시죠?"

"네?"

"임신 처음이시냐고요?"

"네. 처음이에요."

"자가 테스트는 해보셨어요?"

"어제 아침에 했어요."

"생리가 언제 중단되었나요?"

"한 20일 정도 되었나 봐요."

"이쪽으로 오세요. 치마와 팬티는 벗고 이 옷으로 갈아입고 올라가세요."

의사가 옆에 있던 커튼이 젖혀지자 침대가 나왔다. 침대는 두 다리를 걸 수 있도록 만들어져서 보기에도 내과 침대와는 기분 나쁘게 달라보였다.

의사의 지시대로 팬티와 치마를 벗고는 치마처럼 긴 가운으로 하반신을 가리고 침대에 누웠다. 의사는 두 다리를 걸이에 걸고는 긴 가운을 젖히자 하반신이 의사가 볼 수 있도록 적나라하게 펼쳐졌다. 의사의 손이 질 속으로 들어오자 기분 나쁜 이물질이 들어오는 것 같은 느낌에 정희는 눈을 꼭 감았다.

"임신 맞습니다. 축하드립니다. 초음파로 한번 볼게요."

정희의 배 위에 차가운 젤이 올라왔다. 그 젤을 따라서 굵은 주걱처럼 생긴 것이 지나가자 모니터에는 조그만 생물체가 꿈틀거리는 것이 보였다. 자신의 뱃속에 생물체가 존재한다는 것이 너무도 신기해서 의사가 말을 하는데도 정희의 귀에는 들리지 않았다.

"얼마나 된 거에요?"

"7주라니까요."

"아. 네……."

"이제 내려오셔도 됩니다."

정희는 침대에서 내려와서 다시 책상 앞에 있는 의자에 앉았다.

"한 달에 한 번 정도만 나오시면 되고요. 직장 나가세요?"

"네……."

"5개월이 지나면 되도록 정신적인 스트레스를 받는 직장은 잠시 쉬시는 게 좋아요. 그리고 12주부터 16주까지 유산이 잘되는 시기이니까 조심하시고. 이 수첩 참고하시면 영양식부터 가벼운 체조하는 방법과 몸이 어떻게 변하는지 알 수 있답니다. 다음 달에 오실 때에는 남편분과 함께 꼭 나오세요."

"네. 감사합니다."

정희는 오늘부로 엄마가 된 것이었다. 여자가 엄마가 되었을 때 비로소 완성된 여자라고 했던가? 정희는 완성된 여자로 거듭 태어난 기분이었다. 그러나 임신 소식을 사랑하는 남자에게 알리지 못하는 것이 가슴 아팠다. 유한이 반대하던 임신을 정희는 해 버렸다. 아기가 자신의 생명줄 같은 느낌이었다. 다음 달에는 월차를 내어서 배가 더 불러오기 전에 고향에 갔다 오리라 생각하며 가까운 가락국숫집으로 들어갔다.

'오늘부터는 날 위해서 먹는 것이 아니야. 우리 아기를 위해서 꼬박꼬박 먹어야지.'

우동 한 그릇과 유부초밥 한 접시를 거뜬히 해 치우고 유부초밥 4인분을 포장을 해 달라고 했다. 시계는 벌써 네 시를 지나고 있었다. 유한에게는 잠시 어디 갔다가 늦게 병원에 가겠다고 말은 했지만 생각보다 시간이 많이 지나버렸다. 택시를 타고 세브란스병원에 가는 동안에도 마음속으로 태명을 무엇으로 할 지 고민 중이었다.

토요일 네 시가 넘은 병원은 조용했다. 외래진료도 끝나버렸고 방문객도 뜸한 주말이었기에 엘리베이터도 한산했다.

"사장님. 선애언니. 정희 왔어요."

"어서 와, 정희야. 오늘은 늦었네."

"우리 정희 왔구나."

"언니 죄송해요. 일이 있어서 늦었어요. 이제 나가 보세요."

"그래. 고마워. 내일 아침에 올게."

"선애 씨. 잘 쉬다 와요."

"네. 사장님. 아침에 뵐게요."

선애가 병실을 나가기가 무섭게 정희는 유한의 입에 입맞춤을 한다.

"뭐 좋은 일 있어? 얼굴에 나 좋은 일 있어요! 라고 써져 있는데?"

"호호호. 있긴 한데, 다음에 말할게요. 난 토요일만 되면 얼굴이 밝아지잖아요. 오빠 만나는 날이니까. 일주일동안 토요일만 눈 빠지라고 기다려요."

"난 매일 눈 빠지도록 기다리는데. 토요일이 언제 오나 하고."

"내 말이 그 말이죠. 나 참."

"그런가? 같은 말인 거야?"

"오빠. 이제 병실이 지겹죠? 3개월 넘었는데……."

"그래. 지겨워 죽겠다. 다리는 아직 걷지를 못하고 미칠 지경이다."

"이달 말이면 움직일 수 없어요? 4개월짼데……."

"글쎄다. 나도 움직여서 정희랑 바람 쐬러 가고 싶은데……."

"정말?"

"정말이지. 춘천가도를 달리면서 강바람도 마시고 싶고……."

"이달 말에 한번 시도해 봐요. 그런데 안 되겠다. 차가 없어서……."

"정희는 면허증 있어?"

"장롱면허예요. 딴 지는 6년이 넘었어요. 호호호."

"그래? 그러면 연수 좀 받아. 일요일마다 연수받으면 한 달이면 운전할 수 있을 거야. 그래야 나를 데리고 다니든지 할 거잖아."

"그것도 그러네. 내일은 안 되고, 다음 주부터 운전 연습할게요."

"내일은 왜 안 돼?"

"내일은 가구 주문한 것 들어오는 날이에요. 집에 다 들어오면 사진 찍어서 가져올게요."

"예쁜 걸로 했어?"

"유럽풍으로 엔틱한 것으로 했어요. 깎아가지고 사천만 원으로 끝냈어요."

"비싼 것으로 하지 그랬니?"

"그 정도만 해도 엄청 좋아요. 암튼 사진을 찍어서 보면 오빠도 마음에 들 거에요."

"나야 정희가 마음에 들면 나도 마음에 들지. 그리고 자동차도 하나 사."

"운전도 못하는데 도로연수를 끝내야 사죠."

"나오는데도 시간이 걸려요. 미리 주문해 둬."

"어떤 걸로 해요?"

"나도 가끔 사용할 거니까⋯⋯. 뭐가 좋을까."

"난 차에 대해서 몰라요."

"그러면 BMW로 하나 사자."

"네?"

"BMW7시리즈 말고 5시리즈는 정희도 몰기 편할 거야."

"그건 오빠가 주문해요. 난 차에 대해서 진짜 몰라."

"알았어. 내가 주문해둘게. 월요일 퇴근할 때 주민등록등본이나 하나 가져와."

"오빠 주민등록등본?"

"아니. 정희 것으로 가져와. 난 집에 벤츠 있잖아."

정희는 유한을 만나고 나서 여러 가지로 변했다. 원룸에 살던 집도 아파트를 정희 명의로 사게 되었고, 외제 자동차도 정희 명의로 사게 되었다. 아기도 임신을 했고, 이제 유한만 청담동 아파트로 들어오면 완벽했다.

여자는 욕심을 부리지도 않았다. 오로지 사랑하는 남자가 필요했고, 그 남자가 유한이었을 뿐이었다. 그러나 유한은 정희에게 한 가지라도 더해주고 싶었다. 비서 일을 그만 두더라도 새로운 전문직을 가져서 평생 살아갈 수 있도록 해주고 싶었다. 그것도 자신이 영향력을 발휘할 수 있을 때 만들어주고 싶었다.

그것은 시나리오 작가였다. 정희와 이야기를 하고 있을 때 제일기획 이현우와 방수현이 병실에 나타났다. 지난주에 이미 시나리오 작업은 끝이 난 줄 알고 있었던 정희는 하이첵킹이 엎어진 줄 모르고 있었다. 이제 곧 캐스팅 단계로 들어가는 줄 알고 있었다.

"언니. 오랜만이에요."

"수현아. 오늘 어쩐 일이니?"

"형님. 저희들 왔습니다."

"어서들 와. 오늘 정희도 있고, 얘기하기 좋겠구먼."

"무슨 일이에요?"

"수현이는 이대표한테 얘기를 들었을 테고…… 정희는 오늘 처음 듣겠네. 잘 들어봐. 우리가 검토하던 하이첵킹은 더 이상 진행을 못해. 정부에서 못하게 했거든."

"왜요?"

"남북한 서로에게 너무 민감한 시나리오라서 정부에서 승인을 못한다네."

"민간 영화를 정부에서 승인을 받아야 해요?"

"정부 승인이 있어야 국방부와 공군의 지원을 받을 수 있거든."

"아. 그랬군요."

"그래서 내 이야기로 시나리오를 써보자고 내가 제안을 했어."

"네? 사장님 이야기로요?"

"그래. 내가 살아온 이야기를 영화로 만들어 보려고. 그래서 시나리오 작업은 정희와 수현이가 맡도록 해."

"전 회사 다니잖아요."

"당분간 두 가지 일을 병행하면 되지. 평일에는 수현이가 내 이야기를 듣고 작업을 해뒀다가 토요일과 일요일에는 정희가 와서 수현이랑 시나리오 수정 작업을 하면 되잖아. 정희도 자신의 전공을 살릴 수 있는 기회이기도 하고."

정희의 눈앞에 꿈같은 이야기가 펼쳐졌다. 대학에서 문학을 전공하고 제일 하고 싶었던 것이 소설을 쓰던지 시나리오를 쓰는 일이었지만 전공과는 거리가 먼 일반 직장에서 비서 일을 한다는 것이 못내 아쉬웠다. 자신이 원하던 삶을 산다는 것이 결코 쉬운 일이 아니었다. 우리나라 대학생들이 자신이 전공한대로 직업을 구한 경우는 불과 5% 미만이었다. 그래도 돌아가는 산업구조였지만, 유한이 자신의 전공을 살릴 수 있는 기회를 만들고 있다는 것에 정희는 너무 놀라웠다.

"정희야. 할 수 있겠지?"

"기회가 된다면 열심히 해볼게요. 제 꿈이 작가가 되는 것이었는데 아직 시작을 못하고 있었어요. 이번에 마지막 기회라고 생각하고 부딪혀 볼게요."

"언니. 이제 우린 파트너야. 잘 해봐요."

"그래. 수현이가 많이 도와 줘."

"이대표. 이러면 된 거 아냐?"

"형님 구상대로 한번 해 보죠. 여기 계약서 초안 가지고 왔습니다. 읽어보시고 수정할만한 대목이 있으면 형님이 수정하십시오."

"먼저 제목부터 정하지. 그래야 계약서가 완성되잖아. 시나리오가 완성되면 그때 시나리오에 맞게 제목을 다시 정하고…… 지금은 프로젝트 U로 하지. 어때?"

"좋은데요. 프로젝트 U."

"총 투자금은 삼십억 원으로 정하고……. 먼저 오억 원을 계약금으로 줄게."

"고맙습니다. 형님."

"보통 시나리오 작가들은 한 편에 얼마정도 받나?"

"이천만 원에서 삼천만 원정도 받습니다."

"그럼 수현이와 정희에게 시나리오 작업비로 삼천만 원 측정해. 월요일 세 사람이 다시 계약서를 쓰고."

"알겠습니다. 영화 자막에도 시나리오에 윤정희, 방수현, 꼭 넣겠습니다."

"당연하지. 그게 계약 조건이야. 하하하."

정희는 생각했다. 유한이 어떻게 사고가 났는지? 과거의 여자가 누구인지? 그리고 지금 대일그룹에 복귀를 못하는 이유 등과 유학 시절에 재희를 만난 스토리를 듣고 있을 때 한 편의 소설 같은 이야기였다. 그런 소설 같은 이야기를 시나리오로 극화한다, 정희는 충분히 가능하리라 생각했다. 그 소설 같은 이야기에 자신을 끼어 넣고 조금의 픽션을 첨부하면 멋진 시나리오가 될 것이라 확신했다.

정희는 자신의 인생도 유한의 스토리와 함께 극화된다는 것에 흥분이 되는 듯 했다. 유한이 입원한 지난 3개월은 정희의 29년 인생보다 더 쇼킹했다. 매주 토요일이면 두 사람이 함께 있을 때부터 계속 좋은 일만 생겼다. 때로는 자신의 볼을 꼬집어보기도 했다. 제발 꿈이 아니길 바랐고 꿈이라면 깨지 않기를 간절히 바랐다. 정희가 원하는 대로 모든 것들이 꿈이 아닌 현실 그대로였다.

박홍식의 사무실은 두 명이던 직원이 다섯 명으로 늘어났다. 한 달에 지출되는 고정비용만 해도 천만 원이 넘었다. 다섯 명의 인건비와 사무실 두 군데의 임대료와 각종 유지비가 당초에 생각했던 것보다 지출이 많아졌다. 필요한 경비는 유한이 모두 제공한다고는 했지만 만일 성과가 없다면 이 또한 못할 짓이었다. 그래서 박홍식은 직원들을 독려했다. 어떻게 하든지 빨리 끝을 보고 싶었다. 꼬리가 밟히면 밟히는대로, 아니면 헛고생이면 헛고생인대로 빨리 끝을 보고 싶었다.

독일제 CCTV영상 판독기 성능이 좋았다. 두 달 반이 족히 걸릴 자료들이 두 달 만에 서서히 윤곽을 드러내고 있었다. 동서울 톨게이트와 강남 톨게이트를 빠져나간 차량과 부산 톨게이트를 빠져나간 차량들을 대조하니까 동일한 차량이 43,000여 대 나타났다. 그 중 서울 번호판을 취합해서 다시 축출했다. 서울 번호판은 17,000여 대, 그 중에서 차량 소유자가 남자로 등록된 차 16,000여 대, 렌트 차량이 2,000여 대 나타났다.

이제부터가 시작이었다. 다혜의 동선에서 파악된 CCTV영상에 등록된 차량 번호를 다시 비교하기 시작했다. 그러자 일반 차량이 196대, 렌트 차량이 23대가 나타났다. 김형사와 이형사는 일반차량의 등록사항을 점검했고, 차주의 직업을 알아보기 시작했다.

박홍식은 렌트 차량의 대여기록과 대여자의 인적사항을 탐문하기 시작했다. 판독기를 분석하던 두 사람은 빠진 것이 없는지 다시 한 번 판독기를 돌렸다. 판독기에서 빠져버리면 영원히 찾을 수 없기 때문에 세심하게 다시 점검해 나갔다. 총 219대의 차량에 대하여 차주의 인적사항과 직업을 조사하는 데에도 많은 시간이 소요되었다.

유한은 매일 수현과 프로젝트 U 시나리오 작업을 하느라고 여념이 없었다. 유한의 이야기를 듣고 시나리오 형식으로 써 내려가는 수현은 점점 이야기 속으로 빠져 들었다. 자신이 다혜가 되고, 자신이 재희가 되면서 상황에 따른 여자들의 심리 묘사를 세밀하게 터치해 나갔다.

유한은 시나리오 작업을 하면서도 뭔지 모를 답답함이 생겼다. 밤마다 꿈속에서 나타나는 다혜는 뭔가를 이야기를 할듯하다 끝내 못하고 사라지는 것이었다. 처음에는 유한에 대하여 원망을 하는 줄 알았지만 그게 아니었다. 눈물을 흘리면서 억울하다고 말하는 것이었다. 그래서 매일 박홍식에게 진행 과정을 체크 하였지만 좀처럼 결과가 도출되지 않았다.

시간이 걸린다는 되풀이 되는 말에 유한도 속이 타들어 갔다. 건강이 회복되는 조짐이 보여도 재희는 대일산업 대표이사로 취임할 때 다녀가고는 찾아오지 않았다. 대일그룹에서 잊힌 사람으로 남지는 않을까 조마조마하기도 했다. 그래서 유한은 포커를 하는 심정으로 상대방의 패를 한 번 읽어보기로 했다. 유한이 강하게 나갔을 때 상대가 어떻게 나오는지 한 번 본다면 앞으로 어떻게 처신해야할지 방법이 쉽게 나올 듯 했다. 유한은 재호에게 전화를 걸었다.

"박사장님. 잘 지내십니까?"

"유사장. 그래. 요즘 건강은 좀 어떤가?"

"우리 사이에 너무 무심한 거 아닙니까? 얼굴 뵌 지 3개월이 지났습니다."

"아. 벌써 그런가? 바쁘게 살다보니까 세월 가는 줄 모르고 살았네. 한번 찾아가겠네."

"말로만 그러실 것이 아니고 이번 주에 한번 오십시오. 긴히 할 얘기도 있고. 이젠 마무리 할 때가 되지 않았습니까?"

"뭘 말인가?"

"다 아시면서 왜 그러십니까? 서로 시간 낭비하지 말고 순리대로 풉시다."

"알겠네. 금요일 저녁에 찾아 가겠네."

"알겠습니다. 기다리겠습니다."

유한은 평소와 다른 상당히 건방진 어투를 일부로 사용했다. 금요일 만나보면 뭔가 예상할 수 있을 것 같았다. 유한은 늘 재호가 뭘 생각하는지 알고 있었다. 특히 자신의 거취와 관련된 일에 재호가 나선다면 다음 수순까지도 알 수 있다고 자신했다. 재호는 유한의 전화를 끊고 나서 생각에 잠겼다. 지난 3개월이 넘도록 조용했던 폭풍우가 수면 위로 올라오는 느낌이었다. 한 번은 정리를 해야 할 관계였다. 일단 금요일에 만나서 유한의 의중이 무엇인지 알고 싶었다.

　'그냥은 물러나지 않겠지. 14년간 공을 들여서 대일그룹을 키워왔으니까. 나라도 그냥은 안 물러나지. 그렇다면 뭘 원할까?'

　재호는 담배연기가 자욱하도록 생담배를 태워가면서 생각을 했지만 유한이 벌리고자 하는 판을 읽어낼 수가 없었다. 재호는 아버지 몰래 이 문제를 처리하고 싶었다. 그래야 후계자로서의 체면도 설 것 같았다. 여동생한테 의논한들 뾰족한 방법이 있을 리가 만무했다. 결국 여동생은 결정적인 순간에는 남편의 편을 들 것이라 생각이 들자 오로지 이 문제를 해결할 사람은 자신뿐이라 여겼다.
　재희는 대표이사 취임 이후 일에만 빠져 살았다. 회사일이 조금 한가한 토요일에 유한의 병실을 방문하겠다고 하면 토요일은 오지 말라고 했기 때문에 차일피일 미루다 보니까 병실을 갔다온 지 한 달이 지나고 있었다. 물론 토요일에 오라고 해도 잠시 다녀오려던 생각이었다.
　대일산업에 출근을 한 후에도 토요일이면 은마아파트는 꼭 다녀왔다. 내년 동혁이가 대학에 붙는 날까지는 엄마의 역할을 조금이나마 해주고 싶었다. 그렇게 자신과의 한 약속은 지키려고 노력했다.
　유한이 병원에 입원해 있는 기간이 길어질수록 재희도 걱정이 되기 시작했다. 유한에게는 당신이 병원에 입원해 있는 동안만 임시로 당신의 자리에 오빠가 가있고 오빠의 자리에 자신이 들어간다고는 했지만 시간이 지날수록 유한의 컴백이 가까워질수록 앞으로 어떻게 하려고 처음에 시작했는지 아버지가 걱정되기만 했다. 일단 시간을 벌어보자는 식으로 유한의 자리에 아들을 넣었지만 시간이 지날수록 결과는 예측하기 어려운 길로 접어들고 있었다. 박회장을 비롯한 세 사람은 서로 눈치만 볼뿐 어떤 묘책도 없었다. 그러던 중에 재호가 유한을 만나보기로 한 것이었다.

금요일에도 방수현은 여느 때와 마찬가지로 프로젝트 U 시나리오 작업을 위하여 아침부터 유한과 마주 앉았다가 점심을 먹고 오후 다섯 시에 되어서 돌아갔다. 토요일은 정희와 그간에 써 온 시나리오에 대한 수정을 하는 날이었고, 오후에 재호가 오기로 한 날이었기에 서둘러 수현을 돌려보냈다. 재호는 여섯 시가 지나자 큰 과일 바구니를 하나 들고 병실로 들어왔다. 재호가 들어오는 것을 보고 유한은 선애를 병실 밖으로 내보냈다.

"유사장. 오랜만이네."

"어서 오십시오. 신수가 훤해 보입니다."

유한은 인사말에는 비아냥거림이 있었다. 평소에 전략기획팀 조전무로부터 누구를 만나서 무슨 일을 하는지 보고를 받고 있어서 재호의 행동반경을 전부 알고 있지만 전혀 모르는 척 하였다.

유한의 인사말은 예전과 달랐다. 같이 한 빌딩에서 근무를 할 때에는 나이도 나이 차이지만 손위 처남에게 예의가 반듯한 사람이었다. 자신이 아무리 능력적인 면에서 월등했다고 해도 서열을 함부로 무시하는 유한이 아니었다. 재호는 유한의 비아냥거림을 알았다.

"무슨 말을 그렇게 하나?"

"제 자리에 앉으시니까 좋아 보인다 그 말입니다."

"미안해. 자주 찾아오지 못해서……."

"형님이나 집사람이나 둘 다 엄청 바쁘신가? 봅니다."

"왜? 재희도 자주 안온거야?"

"저는 남매가 일부로 안 오는 줄 알았는데요?"

"무슨 말을 그렇게 해? 자네도 일을 해봐서 알겠지만, 일에 빠지면 그럴 수도 있잖아."

"아, 일에 빠지면 그럴 수도 있겠죠. 그런데 임시로 가 계시는 분들이 너무 일에 빠져서 사는 것 아닙니까?"

"그게 무슨 소린가?"

"집사람이 그러던데……. 제가 퇴원해서 복귀하면 다시 원위치하는 거 아닙니까?"

"재희가 그러던가?"

"왜? 아니었습니까? 그럼 절 가지고 놀았군요."

"자네를 가지고 놀다니……. 무슨 말을 그렇게 하나?"

"거두절미하고 제 거취를 정해주십시오. 퇴원하면 어떻게 할 건지……."

"내가 아버님께 말씀드려서 계열회사 대표이사 자리로 갈 수 있도록 할 테니까 좀 기다려보게. 너무 서둘지 말고."

"계열회사 대표이사 자리라고요? 그룹 기획조정실장으로 있던 날 계열회사 어디로 보낼 생각이십니까? 기껏 회사를 키워 놓았더니 이제는 필요 없다 이겁니까?"

"자네가 한 실수도 생각해야지."

"무슨 실수 말입니까? 아……, 교통사고 난 것을 말합니까? 아니면 이다혜와 내가 신문에 난 것을 말하는 겁니까?"

"이 사람이 정말……."

"옛날에 장인어른께서 남자들이 이런 일이 다반사지 뭘 그런 것을 가지고 난리냐고 할 때는 언제고 이제는 이용가치가 없어졌다 이거군요. 그렇다면 이 사진도 보십시오."

유한은 정희가 보관하고 있던 재희의 사진들을 칼라복사를 하여 지난 주 토요일부터 보관하고 있었다. 유한은 협상의 달인답게 자신이 가지고 있는 카드 중에서 제일 낮은 패를 보여주면서 레이스를 걸었다. 재호는 유한이 건네준 사진을 보고 놀라움을 금치 못했다. 사진에는 한 번도 본 적 없는 남자와 재희가 함께 있었고 초등학생으로 보이는 사내아이가 두 사람의 사이에서 손을 잡고 있었다. 사진은 장소가 다르면서도 여러 각도에서 찍어서 하루에 찍은 사진이 아니었다.

"이 사진은 뭔가?"

"형님 여동생한테 가서 직접 물어 보십시오. 이 사진은 5년 전부터 내가 가지고 있던 것입니다. 그리고 제 방에 있는 금고는 왜 열었습니까? 열려면 금고의 주인한테 양해를 구하고 여는 것이 상식 아닙니까? 왜? 열고 보니 허탕이었습니까?"

재호는 재희의 사진만으로도 할 말을 잃고 있었는데 재호가 기획조정실장으로 취임한 이틀 후 유한의 금고를 금고회사까지 불러서 열었지만 금고 안은 아무것도 없던 일이 상기되면서 얼굴이 붉어졌다.

"형님. 아직 저를 모르십니까? 14년을 함께 일했으면 어느 정도 아셔야 하는 것 아닙니까? 그러니까 장인어른도 형님이 못미더운 겁니다. 섣부른 행동하지 마시고 저를 어떻게 할 것인지 장인어른과 잘 상의하십시오. 답이 늦어지면 내가 먼저 요구할 겁니다."

"알겠네……."

재호는 유한과 맞서서 이길 상대가 아니었다. 자신은 상대도 다 아는 상대의 약점을 손에 쥐고 있었지만, 상대는 자신도 전혀 모르는 자신의 약점을 히든카드로 남겨두고서 휘몰아갔다. 여러 번의 M&A를 성사시킨 유한으로서는 논리적인 싸움에서 결코 어떤 상대라도 밀리지 않았다.

협상력은 하루아침에 만들어진 것이 아니었다. 숱한 세월동안 산전수전을 겪으면서 만들어진 유한의 무기였다. 재호는 돌아가는 차 안에서도 분이 풀리지 않았다. 유한이 무시해서도 아니고, 재희의 사진 때문도 아니었다. 유한에게 아무런 큰 소리도 칠 수 없는 자신이 너무 싫었다. 분은 자기 자신에게 내는 화였다. 재호는 김 기사에게 집으로 가지 말고 강남역으로 가자고 하며, 재희에게 전화를 했다.

"어. 오빠."

"어딘데?"

"오랜만에 친구를 만나려고 논현동으로 가고 있어. 왜?"

"오늘 약속 취소하고 지금 강남역으로 와."

"무슨 일인데?"

"전화로 말 못하니까, 강남역 10번 출구 외환은행 뒤쪽에 보면 더 에스호텔이라고 있어. 그 호텔 커피숍으로 와. 아니다. 차라리 강북으로 넘어와. 강남은 너무 아는 사람들이 많아. 신라호텔 1층 '라이브러리'로 넘어와. 너도 지금 출발하면 비슷하게 만나겠네."

"무슨 일이냐니까?"

"전화로 말 못한다고 하잖아. 계집애야."

재호는 자신도 모르게 욕이 튀어 나왔다. 한 번도 동생한테 욕을 하지 않던 재호는 자꾸 무슨 일이냐고 묻는 말에 성질이 나 버렸다. 되도록 동생에게 조용히 이야기를 하려고 마음을 먹었으나 워낙 엄청난 일을 저질러버린 동생에게 어떻게 해야 할지 자신도 알 수 없었다.

벤츠는 재호의 전화목소리를 듣고 자연스럽게 한남대교를 지나서 남산 3호 터널 우측을 돌아 신라호텔로 내려가고 있었다. 이 거대한 유한과 맞서서 승산이 있을지도 자신이 없었다. 선할 때에는 한 없이 선했다가도 교활할 때에는 한없이 교활한 유한이었다.

'하긴 그렇게 교활한 놈이니까 대일그룹을 키웠겠지. 법대로 순리대로 했다면 지금의 대일그룹이 존재하기나 했겠어? 참. 앞으로 난감하네. 난감해.'

벤츠는 신라호텔 정문에 섰다. 어두워진 호텔은 야간 조명으로 운치가 더했다. 김기사에게 주차장에서 대기하라고 말하면서 재호는 차에서 내려서 1층에 있는 '라이브러리'로 들어갔다. 오랜만에 친구들과 저녁식사를 하고 쇼핑을 하려고 압구정동으로 가던 중에 오빠의 전화를 받은 재희는 깜짝 놀랐다. 약속도 없이 갑자기 만나자는 전화도 놀랄 일이었는데 웬만해서는 욕을 하지 않던 두 살 터울의 오빠가 전화로 한 욕은 그것만으로도 예삿일이 아니었다. 한남대교로 올라가서 고갯길을 지날 때에도 도대체 무슨 급한 일이 있기에 이 호들갑인가 싶었다.

신라호텔에 정문에서 내려 1층 로비를 지나 '라이브러리'로 들어 갔다. '라이브러리'는 남산 전망을 볼 수 있는 라운지바, 여러 사람들이 모임을 할 수 있는 커뮤널바, 그리고 밀실처럼 조용히 사용할 수 있는 VIP바로 되어 있었다. 재희는 재호가 기다리고 있는 VIP바로 향했다.

"어서 오세요. 일행 분 성함이 어떻게 되세요?"

"박재호 사장님이라고……."

"이쪽으로 안내해 드리겠습니다."

재호는 다섯 개의 룸 중에서 제일 구석진 방을 잡고 있었다. 재희가 룸으로 들어서도 재희의 얼굴을 쳐다보지도 않았다. 외투를 벗어서 옷걸이에 걸고는 재호의 맞은편에 앉으면서 눈치를 살폈다. 항상 살갑게 대하든 다정한 오빠의 모습이 아니었다. 웨이터가 들어오자 재호는 와인과 과일, 샐러드를 시켰다. 웨이터가 나가자 재호는 봉투를 하나 재희 앞으로 던졌다.

"이게 뭐야?"

"열어보면 알 거 아냐."

재희는 재호가 던진 봉투를 열어서 들어있던 사진을 꺼내다가 그만 사진을 바닥에 흘려버렸다. 굳어버린 재희는 움직일 수가 없었다. 웨이터가 문을 여는 바람에 정신을 차린 재희는 바닥에 흩어진 사진들을 주어서 봉투에 다시 담았다. 웨이터는 와인을 오픈하여 시음하도록 권했으나 재호는 빨리 나가라는 손짓이었다. 무안한 웨이터는 얼른 문을 닫고 사라졌다.

"이 사진, 오빠가 어떻게 가지고 있어?"

"내가 왜 가지고 있느냐가 중요한 게 아니고 오늘 사실대로 다 말해. 이제 더 이상 나한테 감추려고 하지 마. 이 사진이 언제 꺼야?"

"5년 넘었어."

"좋아. 이 남잔 누구야?"

재호는 재희의 결혼 전의 남자를 몰랐다. 어머니와 아버지만 알고 쉬쉬하다가 결국 어머니는 재희 때문에 풍을 맞아서 요양을 하게 되었지만 어머니의 중풍도 재희 때문인지는 몰랐다. 재희는 18년 전의 일들을 하나도 빠짐없이 이야기 할 수밖에 없었다. 감춘다고 감출 수 있는 상황이 아니라는 것을 알았다.

재희의 이야기를 듣고 재호는 한숨을 내쉬었다. 유한의 방종을 유한의 책임으로만 묻기에는 동생의 과오가 너무도 컸다. 머리가 복잡해서 터질 지경이었다. 이 사실을 아버지가 아신다면 사진 속의 남자는 살아있을 수 없었다. 두 사람이 헤어진다는 조건으로 일억 원을 그 남자에게 지급을 하고 아이는 아버지가 고아원에 맡겨버린 것을 다시 찾아서 한 아파트에 함께 살고 있다는 것을 어떻게 얘기할 것인가? 재호가 아무리 강심장이라고 해도 차마 이 일을 아버지에게 얘기 할 수는 없는 노릇이었다.

"도대체 어쩔 셈인데?"

"애가 지금 고등학교 2학년인데. 내년에 대학 입학할 때까지만 보살피려고 해."

"참 대책이 없네. 넌 누굴 닮아서 이러는데? 네가 이러고 사는데 유서방만 어떻게 책임지라고 하겠어?"

"이 사진, 유서방이 준거야?"

"그래. 넌 유서방이 모를 줄 알았어? 그 친구가 얼마나 영악한데? 너한테 보여주라고 하더라. 나 참."

"나도 말을 하고 싶었지만 이미 늦어버렸어."

"오늘 유서방한테 갔다가 망신만 당하고 왔는데 앞으로 어쩌면 좋을지……."

"유서방이 뭐래?"

"몸이 빠르게 회복되니까…… 자신의 거취를 어떻게 할 건지 결정해서 통보해 달래."

"그래서 어쩔 셈이야?"

"난들 지금 무슨 뾰족한 수가 있겠어? 사진 속의 남자는 몇 살이야?"

"나보다 한 살 많아."

"무슨 일 하는데?"

"주식 투자클럽 대표야."

"도대체 이 복잡한 가정사를 어떻게 감당을 하려고? 생각이 있는 거냐? 없는 거냐?"

"그 남자랑은 아무런 사이가 아니야. 아들 때문에 한 번씩 보는 것이지만……."

"아파트를 네가 사줬는데 네 말을 믿을 사람이 어디 있겠어?"

"정말이라니까. 5년 동안 그 집에서 한 번도 자고 들어온 적 없어."

"그래. 참 장하다. 안 자고 들어와서……."

"미안해, 오빠."

"이게 미안하다고 해결될 문제가 아니야. 지난번에 유서방이 사용하던 금고를 열었는데 텅 비었더라. 그게 무슨 뜻인 줄 알아? 회사의 기밀문서를 이미 다 빼 놓았다는 뜻이야."

"언제?"

"그거야 모르지. 사고 나기 전인지, 사고 난 후인지……. 아무튼 이건 보통 심각한 문제가 아니야. 아까 유서방한테 계열회사 대표 이사 자리를 만들어 보겠다고 말했다가 난리 났었어."

"유서방이 뭐래?"

"대일그룹 기획조정실장으로 그룹을 이만큼 키웠더니 이제 와서 이용가치가 없어졌냐면서 길길이 뛰는데, 이 사진을 보고 나니까 더이상 유서방한테 할 말이 없더라."

"이제 어떻게 해?"

"차라리 18년 전에 내가 너의 과거를 알았더라면……. 남자에게 여자의 과거란 용서의 대상이 아니야. 그것을 네가 몰랐다는 것이 실수지. 유서방도 평생 힘들었을 거야. 그냥 이다혜와 살도록 놓아 주지 그랬어?"

"그러게. 다 내 욕심이었나 봐."

재호는 재희와 얘기를 하면 할수록 더 힘이 들었다. 이제는 수습해야 할 일만 남았지만 도저히 지금으로서는 어떤 방법도 떠오르지 않았다. 재희의 이런 얘기를 박회장이 알게 된다면 쓰러질 것이 뻔했다. 가뜩이나 요즘은 혈압이 높아서 꾸준히 혈압 약을 먹는 박회장이었다. 재호의 나이 마흔 여섯. 아직 그룹을 이끌어 갈만큼의 연륜은 아니었다. 앞으로 박회장이 5년만 더 버텨준다면 하는 간절함이 재호의 마음이었다.

두 사람은 돌아가는 차 안에서도 고민에 싸였다. 유한을 안고 가느냐? 버리고 가느냐를 두 사람이 결정하기에도 힘든 일이지만 설령 한고 가기에도 유한은 부담스러운 존재였다.

정희는 수현과의 시나리오 작업에 정신이 없었다. 유한의 이야기를 듣고 써내려간 A4용지는 벌써 100페이지가 지나고 있었다. 정희는 시나리오를 읽으면서 유한에 대하여 몰랐던 것들을 하나씩 알게 되었다.

육군사관학교를 지원하였으나 6·25때 행방불명된 얼굴도 모르는 고모 때문에 떨어졌으며, 집안 대대로 나라의 녹을 먹던 가문이라서 아버지는 법대를 가라고 했지만 유한은 자신이 가고 싶은 상대를 지원하고는 아버지가 무서워서 일주일간 집에 못 들어갔었고, 대학교 2학년 때에는 전두환 군부독재 종식을 외치면서 운동권에 뛰어들었다가 서울역 집회에서 연행되어 서대문 구치소에 수감되었다가 두 달 만에 풀려났으며, 풀려났다는 이유만으로 변절자로 몰려서 오로지 공부에만 몰두한 남자.

유한의 아픈 기억들을 고스란히 토해놓은 시나리오는 하루하루 그 분량이 쌓여갔다.

"언니."

"왜?"

"유사장님 인생이 너무 가엽지 않아요?"

"그러게. 유사장님 들으실라. 쉿……."

"아마도 이 스토리가 영화로 된다면 대박 나겠죠?"

"글쎄다. 이제 백 페이지인데 몇 페이지까지 쓸 거야?"

"이백 페이지는 넘어야죠."

"읽으니까 재미는 있다. 그지?"

"그러게요. 호호호 요즘 유사장님 이야기 듣는 낙으로 산다니까……."

"며칠째 쓴 거야?"

"오늘이 이십 일째예요."

벌써 유한이 병실에서 시간을 보낸 것도 넉 달하고도 열여덟 날이 되었다. 12월 하순으로 접어들자 서울에는 첫 눈이 내렸다. 많지 않은 양이었지만 눈을 유난히 좋아하던 정희는 유한과 드라이브를 가기 위하여 도로 연수를 세 번이나 마친 후였다. 마지막 한 번만 갔다 오면 지하주차장에 세워둔 BMW를 끌고 춘천가도를 달릴 생각이었다.

토요일은 선애가 병실을 비우지만 낮에는 정희와 수현이 유한을 지키고 있었다. 재희는 은마아파트에 가는 날이라서 정희와 마주칠 일이 없었다.

재희는 안진우가 준비한 사업계획서를 보고는 십억 원을 투자했었다. 엄격하게 말하면 투자는 아니었다. 투자란 원금을 돌려받고 이익도 덤으로 받기 위한 것이지만 재희는 안진우가 동혁이랑 살아갈 수 있도록 사업자금을 준 것이었다.

투자클럽을 처음 설립하고는 두 달간 적자였지만 조금씩 실적이 나오면서 투자자가 몰려오는 중이었다. 재희는 사업에 수완이 없을 줄 알았던 진우가 큰 무리 없이 회사를 유지하고 있다는 것만 해도 보람이 있었다. 이제 일 년만 더 운영하면 두 사람이 평생 힘들이지 않고도 살아갈 수 있겠지 하는 마음이었다.

겨울방학이 다가오고 있었다. 이번 방학에는 과외 시간을 늘려서 부족한 과목에 대하여 더욱 공부를 시켜주고 싶었다.

"엄마."

"왜?"

"겨울방학 때 아빠랑 같이 여행 한번 가면 안돼요?"

"엄마가 그럴 수 없다는 걸 너도 이제 알잖니?"

"엄마 아들 때문에?"

"그래."

"나도 한번 보고 싶다. 엄마 아들……. 엄마가 같으니까 우린 형제잖아요."

재희는 할 말이 없었다. 기구한 운명 앞에 두 아들이 있지만 두 남자가 존재하는 한 서로 만날 수가 없는 운명이었다. 모계중심의 사회라면 여자가 낳은 자식은 모두가 형제였다. 한 집에서 서로 도와가면서 형제로 살 수 있을 텐데 하는 생각에 재희는 자신도 모르게 피식 웃었다.

"왜 웃어요?"

"아니야."

"여행갈 때 엄마아들도 같이 가면 좋을 텐데……."

"넌 괜찮겠지만 걔는 아직 너의 존재를 모르고 있어."

"그래요?"

"그게 현재 엄마의 처지란다. 그러니까 네가 이해를 하렴."

"알겠어요."

대화는 영현이보다 동혁이가 편했다. 영현이에게는 감추어야 했지만 동혁이에게는 감출 이유가 없어서 편할 수도 있었다. 엄마의 형편과 입장을 이해하는 동혁이가 있어서 때로는 위안이 되기도 했다. 스스로 판단하고, 스스로 자신의 진로를 결정할 수 있는 날이 멀지 않았다. 재희는 기구한 운명의 굴레에서 벗어날 수가 없었다. 철없을 때 저질렀던 과오를 평생을 안고 살아가는 형국이었다. 그러나 재희는 도망가고 싶지 않았다. 남편이 알게 된 이상 이제는 당당하게 자신의 주관대로 밀고 갈 참이었다. 1년 동안만 더……

대신탐정사무소는 주말이 없었다. 서초동 사무실은 비워두고 교대 후문 쪽에 새로 만든은 영상분석실에 나와 있었다. 50평의 지하 공간은 30평의 취조실과 20평의 영상분석실로 갖추었다. 30평의 취조실은 다시 각 15평씩 나누었고, 방마다 검찰청에서 사용하다가 버려진 책상 하나와 의자 두 개가 놓여 있었다.

60촉짜리 백열등은 눈을 부시게 할 만큼 좁은 방을 비추었지만, 한쪽 걸상 가까이에 등을 내려서 전체를 밝게 비추지는 않았다. 한쪽 벽면은 고문에 사용할 온갖 도구들이 즐비하여 취조실에 들어서기만 해도 오줌이 지릴 정도였다.

20평의 영상분석실에는 독일제 영상판독기와 미제 도청기가 있어서 누가 봐도 별도의 수사본부를 차린 느낌이었다. 대일그룹 기획조정실장실에 설치한 도청장치에는 이렇다 할 이상 징후가 없었지만 한 명의 담당자는 매일 도청 내용을 체크하고 있었다.

"이형사, 아직 안 나와?"

"아마 일주일 안으로 나올 거 같습니다."

"네미. 기다리는 사람 숨넘어가겠네."

"제 말이 그렇습니다. 김형사, 오늘 저녁은 뭐 먹을 거야?"

"오늘은 다른 거 먹읍시다. 매일 중국집 지겨워 죽겠습니다요."

"얌마. 돈 있으면 네가 시켜 먹어. 최반장님이 비용 아끼라고 말씀하시잖아."

"김형사. 그래, 오늘은 다른 것 시켜먹자. 나도 물린다."

"최반장님, 뭐로 드실랍니까?"

"오늘은 부대찌개랑 수육 하나 시켜. 소주도 각 반병씩 시키고."

"반장님, 감사합니다. 오늘 누구 생일날이네. 야, 막내. 오늘 너 생일이다. 알았지?"

"네. 김형사님. 헤헤헤."

그때였다. 이형사가 이다혜의 동선에서 발견한 차량이 이다혜가 부산톨게이트를 벗어날 때 50미터를 두고 뒤쫓아 가는 차량의 번호가 일치함을 발견했다. 두 차종은 똑같은 검정색 그랜저였다. 그러나 강남톨게이트나 동서울톨게이트를 빠져 나간 흔적에는 없었다.

"반장님, 이거 보십시오. 이놈 걸렸습니다."

"뭐야? 그런데 왜 빠져나간 건 없어?"

"내려갈 때는 미행을 하지 않은 모양인데요?"

"미행을 안했는데 어떻게 부산에서 이다혜의 체로키를 찾았다는 거야?"

"글쎄요."

"반장님. 이건 두 사람 중에 한 사람의 핸드폰이 도청된 거 아닐까요?"

"김형사 말도 일리가 있군. 그래서 미리 행선지를 알고 중부나 경부를 안타고 다른 곳으로 갈 수도 있겠지. 아니면 이 차량 말고도 협조를 한 다른 차가 있을 수도 있고."

"일단 이놈을 잡아서 족쳐봅시다. 그러면 불겠죠."

"월요일에 차적 조회해서 차주가 누군지 파악하고 거주지 파악해. 김형사, 할 수 있지?

"제 동기가 아직 현직에 있잖습니까. 걱정 마십시오."

"자. 밥 왔다. 이왕 시킨 것이니까 밥은 이곳에서 먹고 오늘 2차는 내가 쏜다."

박홍식은 직원들이 밥을 먹도록 하고서는 취조실로 들어가서 담배 하나를 빼어 물었다. 회심의 미소가 번지는 입가에서 담배연기가 모락모락 새어 나왔다. 밥을 먹지 않아도 배가 고픈 줄 몰랐다. 다혜의 동선 중에서 아파트 입구에 설치되어 있던 CCTV와 청담동 피부샵, 명동 로얄호텔 CCTV 세 곳에서 검정색 그랜저가 발견된 것이었다. 그 그랜저가 체로키를 뒤쫓고 있었다면 분명히 체로키가 전복을 하였을 때 뒤따라가면서 사고를 목격을 하고 지나쳤을 것이 뻔했다. 그렇다면 브레이크를 어디에서 손을 봤을까? 호텔 주차장이었을까? 박홍식은 온갖 추리를 다 했지만 차주를 잡기 전에는 알 수가 없었다. 급히 전화를 했다.

"어……. 최반장?"

박홍식은 이다혜의 조사 내용은 평소에 사용하던 핸드폰이 아니라 조사를 시작하기 전에 별도로 준비한 대포폰을 이용했다. 물론 뒤늦게 합류한 직원들에게도 대포폰을 지급하였기에 일체의 비밀이 새어나갈 수가 없었다.

"네. 형님."

"이 밤중에 무슨 일이야?"

"꼬리를 잡았습니다."

"정말? 꼬리를 잡았어?"

"네. 이다혜 씨 동선 세 곳에서 발견된 차량이 체로키가 부산 톨게이트를 빠져 나올 때 50미터 간격을 두고 뒤쫓고 있었습니다."

"무슨 차야?"

"검정색 그랜저입니다. 혹시 기억나십니까?"

"아니. 본 기억이 없어."

"월요일에 차적 조회를 해서 차주의 인적사항은 조사하고 거주지를 일단 파악하고 난 뒤에 형님한테 따로 보고 드리겠습니다."

"최반장, 고생 많았네. 알았어. 푹 쉬고 월요일에 통화하지."

"네. 형님. 들어가십시오."

경찰에서 이다혜 사고를 덮고 난 후 80일 만에 꼬리가 잡힌 것이었다. 경찰도 하지 못한 일을 박흥식은 해낸 것이었다. 강남경찰서 조사과장 나창진의 소개로 처음 박흥식을 알게 되었을 때는 박흥식이 이 일을 해낼 수 있을지 자신이 없었다. 그러나 박흥식이 이다혜 사고 전담 팀장이던 강남경찰서 최일호 반장과 틀어지면서 오기가 생긴 것이다. 결국 최일호는 사건에서 손을 떼었고 수사는 미제사건으로 덮어지면서 본격적으로 박흥식이 수사를 하게 된 것이었다. 실로 놀라운 집념을 가진 사나이였다. 전화는 방수현이 돌아간 후 정희가 싸온 전복죽과 치킨으로 저녁식사를 대신하고 함께 텔레비전을 보고 있을 때 걸려왔다.

"오빠. 누구에요?"

"지난번에 도청 장치하라고 말한 박흥식."

"그런데 왜 최반장이라고 해요?"

"이다혜 수사를 하던 사람이 최일호 반장인데, 박소장이 이다혜 수사를 다시 시작하면서 최일호 이름을 사용하고 있는 중이야."

"결과는 나왔데요?"

"꼬리를 잡았나봐."

"오빠는 제게 전부 말씀해주셔야 해요. 왜냐하면 정희가 프로젝트 U 시나리오 작가잖아요."

"하하하. 그런가? 알았어. 하나도 안 빠트리고 얘기 다해줄게."

유한은 박홍식이 이다혜 사건에 관여하게 된 경위부터 지금까지 수사를 준비하고 오늘 꼬리를 잡은 결과까지 자신이 아는 내용을 빠짐없이 이야기했다. 정희는 유한이 말하는 것을 모두 메모에 남겼다. 그러면서도 자신의 존재를 어디에서부터 넣을 지 고민했다.

유한을 처음 만난 것은 5년이 넘었지만 정희와 첫날밤을 보낸 3년 3개월 전부터라면 이다혜가 결혼하고 난 후 3개월쯤 되는 날이었다. 정희는 프로젝트 U 시나리오를 쓰면서 유한이 날마다 술을 마시고 다녔는지도 알았고, 허전함을 달랠 길이 없어서 한두 달에 한 번씩 자신의 집을 방문한 것도 알았다. 한 남자의 인생이 한 여자를 통하여 이렇게도 꼬여버릴 수가 있었다.

그러나 자신은 유한의 꼬여버린 인생을 제대로 풀게 해주고 싶었다. 제대로 여자의 사랑을 받으면서 행복한 노후를 맞이하게 해주고 싶은 것이 정희였다. 정희는 아기의 태명을 환희라고 지었다. 너로 인하여 기쁘고 즐겁다는 뜻이었다.

환희는 무럭무럭 자라고 있었다. 12주가 지나자 조금씩 배가 불러오고 있었다. 헐거운 치마와 티셔츠를 입고 출근하지만 비서라는 위치라서 다시 타이트한 유니폼으로 갈아입는 것이 힘들었다. 치마의 허리는 세탁소에서 조금 늘였지만 그것으로는 부족했다. 정희는 16주가 되면 유한에게 사실대로 말하고 회사도 그만둘 계획이었다. 표시를 안내려고 계속 복대를 할 수는 없었다.

토요일만 되면 유한과 함께 목욕을 늘 해 왔기에 거부할만한 명분도 없었다. 조금씩 색깔이 변해가는 유륜을 보면 임신을 한 여자

같았지만, 유한은 아직 눈치를 못 챘었다. 회사일이 힘든 일은 아니어서 임신한 표시만 안 난다면 더 오래 다니고 싶었지만, 정희의 몸은 한 달이 다르게 변해갔다. 16주가 되면 퇴직을 하겠다고 생각하자 이제 월요일에 사직서를 내야겠다고 생각했다. 새로운 대체 인력을 준비할 시간은 필요했다.

"오빠. 나 다음 달에 회사 그만 둘까 봐요."

"왜? 힘들어?"

"박사장님이 자꾸 눈치 주는 것 같고, 오빠 없는 회사에 나가기도 싫고……."

"그래. 다음 달에 그만 두고 시나리오에만 신경 써."

"정말이죠? 나 그러면 월요일에 사직서 낼 거예요."

"그래. 정희가 편한대로 해."

"그리고 나 오늘 생리라서 목욕 같이 못해요."

"알았어. 하하하."

드디어 꼬리를 밟다

월요일 아침부터 움직인 김형사는 용의차량의 인적사항을 가지고 박흥식이 기다리는 커피숍으로 달려갔다. 경찰 동기한테서 용의자에 대한 인적사항을 확보하고 송파구청에서 경찰신분증을 보여주면서 차량등록증과 주민등록등본까지 복사본으로 받은 것이었다.

서울21사6347 차량의 등록지는 송파구 문정동이었다. 차량등록자는 조태수. 등록일은 1997년 4월 12일. 1966년생. 김형사가 알아둔 용의자의 신상은 이것이 전부였다. 송파구청 앞에 있는 조그만 2층 커피숍으로 김형사는 올라갔다.

"최반장님. 날씨가 쌀쌀합니다."

"고생했어."

"여기 차량등록증과 주민등록등본입니다."

"부인도 있구먼. 애도 둘이나 되고……."

"경찰서에서 얼굴도 확인했는데 멀쩡하던데요?"

"이놈 직업이 궁금하군. 일단 오늘저녁에는 집에 들어오는지 확인을 하고 밤새 잠복했다가 내일 아침에 미행하도록 해. 그래서 직업이 뭔지 파악부터 하자고."

"알겠습니다. 이형사랑 같이 잠복근무 하겠습니다."

두 사람은 오늘밤 잠복근무를 할 장소부터 답사했다. 문정동 시영아파트는 작은 평수의 아파트들이 오밀조밀 모여 있는 작은 단지였다. 단지 앞 도로는 자동차가 두 대 교행 할 수 있을 정도로 좁았고, 단지 우측에는 편의점과 과일가게가 있었다. 아파트가 오래 전에 지어져서 주차난으로 몸살을 앓는 아파트였다. 203동으로 들어가는 입구를 정면에서 주시하여 관찰하려면 일찍 주차장을 차지해야 했다.

"반장님. 차는 지금 주차를 시켜야할 것 같습니다."

"그러지. 저녁에는 차 둘 곳도 없겠어. 경비실에는 공무중이라고 말해 둬."

"알겠습니다. 내리시죠."

김형사는 203동 출입구가 잘 보이는 서편 주차장에 차를 세우고 경비실로 향했다. 경비실 창문을 연 경비는 잡상인인줄 알고 차를 빼라고 손짓만 할뿐 김형사를 쳐다보지도 않았다. 김형사는 화가 나서 경비실 문을 열고 들어갔다.

"영감님. 사람이 왔으면 쳐다는 봐야 할 거 아닙니까?"

"차를 거기에 주차하면 안 된다고 했잖아요. 빨리 빼요. 안 그러면 견인됩니다."

김형사는 말이 통하지 않는 늙은 경비와 더 이상 말다툼을 하기 싫었다. 안주머니에서 경찰신분증을 꺼내어 늙은 경비의 눈앞에 보여주자 그때서야 경비는 자리에서 일어나서 인사를 한다.

"아이고……. 몰라 뵈었습니다."

"영감님. 찾아오는 사람이 모두 잡상인은 아닙니다."

"죄송합니다."

"공무중이니까 며칠 저 자리에 주차해 두겠습니다."

"아, 네. 얼마든지 주차하세요."

"그럼 수고하십시오."

김형사는 하루만 주차해도 될 것을 며칠간 주차할 거라고 말하고 어깨에 잔뜩 힘이 들어간 모습으로 경비실을 나왔다. 시영아파트는 복도식이어서 304호에서 나오는 조태수의 움직임을 차 안에서도 훤히 관찰할 수가 있었다. 저녁부터 잠복하라는 박홍식의 지시에 밤새 추운 겨울밤을 차 안에서 보낼 생각에 머리가 아플 지경이었다. 박홍식이 기다리던 단지 입구까지 어슬렁거리며 걸어갔다. 코트의 깃을 세우고 서있는 박홍식은 김형사의 느림보 걸음에 속이 탔는지 빨리 오라는 손짓을 했다.

"무슨 굼벵이야? 느려 터져서."

"반장님 새벽에 와서 잠복하면 안 되겠습니까? 저녁에 오면 밤새 얼어 죽겠습니다."

"엄살. 저녁에 오든지 새벽에 오든지 내일 확실하게 직장도 파악해서 사무실로 들어와. 실수하면 알아서 해."

"염려 마십시오. 제가 언제 실수하는 것 봤습니까? 헤헤헤."

두 사람은 단지 앞으로 나가자 빈 택시가 지나갔다. 최반장은 택시를 타면서 말했다.

"난 강남세브란스 들렀다 갈 테니까 김형사는 먼저 사무실로 들어가."

"알겠습니다. 반장님."

두 사람의 대화를 듣고 있던 택시 운전사는 행선지를 묻지도 않고 출발을 했다. 택시는 문정동 로데오거리를 지나 가락시장방향으로 향했다. 기사는 백미러로 반장이라는 남자를 쳐다봤다. 남자는 눈을 지그시 감고 골똘하게 생각에 잠겨있었다. 기사는 뭔가 말을 붙이려고 했다가는 이내 고개를 놀려 운전에만 전념했다.

박흥식은 다음 수순을 생각하고 있었다. 만일 조태수가 범인이라면 조태수를 사주한 사람을 잡는 것은 너무 쉬운 일이었다. 시간이 많이 걸리긴 하였지만 모든 일이 순조롭게 풀리고 있다는 것이 이상했다.

만약에 조태수가 범인이 아니라면? 이런 의문이 들자 박흥식은 머릿속이 하얗게 되는 것 같았다. 범인이라면 잡아서 취조를 하면 다 끝나는 일인데 아니라면 사태가 심각했다. 조태수를 잡아서 취조를 했는데 그가 범인이 아니라면 그 뒤의 수습이 쉽지가 않았다.

조태수가 엄청난 취조를 받고도 입을 다물 수 있을까? 그리고 우리가 경찰이 아닌 것을 안다면 어떻게 될까? 생각이 여기까지 다다르자 박흥식은 일생일대의 위기감이 엄습해왔다. 경찰에 있었을 때의 실수는 경찰 옷을 벗으면 그만이었지만 지금은 상황이 달랐다. 자칫 실수라도 하게 되면 공문서위조 및 공문서위조 동 행사, 공무원사칭, 사기, 감금, 폭행 등 무수한 죄명을 쓰고 법의 심판을 받기에 충분했다.

박흥식은 좀 더 신중해야겠다고 생각했다. 한 치의 오차도 없이 신중하자고 다짐했다. 택시는 강남세브란스병원 앞에 멈추었다. 박흥식은 서둘러 내려 엘리베이터에 올랐다. 월요일 오전은 유한의 병실도 한가했다. 병실로 들어서자 유한은 침대 모서리를 두 손으로 뒤로 잡고 팔의 근육을 강화시키고 있었다.

"형님. 뭐하십니까?"

"최반장. 어서 와."

"이제 많이 움직이십니다."

"다리가 불편해서 그렇지 목은 크게 불편하지 않아. 단 목을 옆으로 돌릴 때 목을 돌리는 것이 아니고 이렇게 몸을 돌려야 한다는 거야. 목을 돌리려면 앞으로 6개월은 더 있어야 한다는군."

"그나마 다행입니다. 처음에는 회복이 상당기간 늦어질 줄 알았는데."

"아직 젊잖아. 하하하."

"맞습니다. 형님은 아직 젊으십니다. 이제 사십 초반인데요. 하하하."

"그래. 어떻게 되었나?"

"오늘 주거지 확인했고, 내일 직장까지 확인하려고 합니다. 그런데 너무 쉽게 잡히니까 왠지 불안합니다."

"뭐가? 감사한 것 아닌가?"

"아닙니다. 수사에 이런 일은 없었습니다. 그래서 더 신중하게 처리하려고 합니다."

"왜?"

"만약이 이놈이 범인이라면 배후를 캐는 것은 식은 죽 먹기입니다. 이놈 역시 취조를 당해도 어디 가서 입 벙긋 못하고요. 살아있는 것만 해도 감사하다고 생각하겠죠."

"그런데?"

"그런데 말입니다. 이놈이 범인이 아니라면 하는 설정을 해보면 문제가 심각해집니다."

"이놈 차가 검정색 그랜저라면서?"

"차가 이놈 소유라고 해서 이놈이 범인이라고 단정할 수 없다는 것입니다."

"만약 이놈을 족쳤는데 범인이 아니라면?"

"이놈이 가만히 있겠습니까? 고발을 하겠죠. 그렇게 되면 걸리는 죄목이 한두 개가 아닙니다. 그래서 신중히 접근하려고 합니다. 여기서 실수를 하면 안 되니까요."

"무슨 말인지 알겠네. 최반장이 알아서 해."

박흥식이 염려하는 것을 모르는 유한이 아니었지만 범인을 눈앞에 두고 걱정만 하는 박흥식이 답답하기만 했다. 신중하자는 말에 더 이상 자신의 주장만 할 수가 없어서 유한은 박흥식의 생각대로 밀고나가라고만 했다.

그 시각, 정희는 사직서를 봉투에 넣고 비서실장 자리로 갔다. 5년이 넘도록 일한 회사에 처음으로 사직서를 내는 정희는 만감이 교차했다. 서울에 유학을 와서 어렵게 공부를 했고 운이 좋게도 4학년 가을학기에 공채로 입사하여 매일 새벽이면 일어나서 출근하는 힘겨움은 있었지만 상사를 잘 만나서 별도의 과외 월급을 받기도 했다. 지금은 그 상사를 사랑하게 되었고, 그 남자의 아기를 임신한 정희였다. 만감이 교차하지 않을 수 없는 시간들이었다. 정희는 권창수 비서실장이 앉아있는 책상 위에 사직서를 내밀었다.

"윤정희 씨. 이게 뭐야?"

"실장님. 죄송해요. 사직서입니다."

"왜? 왜 갑자기 사직서를 내냐고?"

"그럴만한 사정이 있어서……."

"왜? 힘들어?"

"아니에요."

"그럼 뭔데? 이유를 알아야 들어줄 거 아냐."

"제 전공을 살려보려고요."

"전공이 뭐였지?"

"문학입니다."

"글을 쓰겠다고? 글은 아무나 쓰나. 그리고 사장님이 새로 오신지 얼마나 되었다고 사표는 사표야? 빨리 가져 가."

"아니에요. 그냥 내는 것 아니니까 받아주세요."

비서실장은 난처했다. 5년이 넘은 비서는 회사에서 정희뿐이었다. 새로 입사하는 비서도 정희에게 실무교육을 받을 만큼 비서일은 곧잘 하던 정희였다. 그런 비서가 그만둔다면 당장 대체 인력을 알아봐야 했고, 업무의 지속성도 문제지만 사장의 의전은 신입이 감당할 수 없는 업무였다. 완강하게 사직을 하겠다는 비서를 권창수는 말릴 수 없었다. 사직서를 인사팀에 전달하고 박재호 사장에게 구두로 먼저 보고했다.

"뭐? 윤비서가 그만 둔다고?"

"네. 사장님."

"왜? 갑자기 그만둔다는 거야?"

"더 늦기 전에 자신을 전공을 살려보겠답니다."

"그래? 언제까지 근무할 수 있는 거야?"

"내년 1월 중순입니다."

"그래봐야 한 달 남짓이구만. 빨리 대체할 직원 알아 봐."

재호는 정희가 탐탁하지 않았다. 유한의 비서로 5년간 근무를 했다지만 유한이 깨끗하게 사직을 한 것도 아니었고, 대일그룹의 아킬레스로 위협적인 존재이기도 했지만, 재호가 취임하고 나서 유한의 금고를 열 때 제일 먼저 반대한 것이 정희였다. 물론 5년간 모시던 상사의 금고를 다른 사람이 강제로 연다면 비서로서 반대할 수도 있었지만 막상 금고를 열고 난 후 내용물이 아무것도 없다는 것이 뭔가 석연치 않았다. 내부에서 유한을 도울 수 있는 사람은 제일 지근거리에 있는 비서라고 재호는 생각했지만 비서를 바꿀만한 명분이 없고, 트집을 잡을 만한 행동이 없었기에 계속 비서 자리에 둘 수밖에 없었다.

그런데 자진해서 사직을 하겠다는 말에 앓던 이가 빠지는 기분이었다. 중요한 심부름을 비서에게 시키는 것이 다반사였지만 재호는 비서 대신에 전략기획팀 여직원을 시켰다. 어제도 유한이 걸려온 전화 때문에 심기가 불편했다. 재호가 유한의 병실에 찾아 갔을 때 빠른 시간 안에 거취를 결정해 달라는 유한의 말을 듣고도 이렇다 할 결정을 못하고 전전긍긍하고 있는데, 유한은 그룹에서 결정을 못한다면 직접 요구를 하겠다고 열흘 전에 선전포고를 한 셈이었다. 그 선전보고가 어제 걸려왔다.

대일그룹 계열회사 중에서 대일금속을 하나 떼어 달라는 것이었다. 대일금속은 기계부품과 베어링, 엔지니어링 배관을 생산하는 회사로 상장은 되지는 않았지만, 순수 자산 가치로는 천억 원을 호가하는 회사였다. 특히 거성중공업을 인수하면서 거성중공업과 플랜트 사업의 파트너로서 3년 이내로 기업공개가 가능했다. 대일금속은 8년 전 유한이 인수하여 그룹에 편입시킨 회사였다.

인수하기 전에는 중소기업이던 태성금속이 회사명을 대일금속으로 바꾸면서 매년 성장세가 눈이 부시게 발전했다. 재호는 어제부터 대일금속의 재무구조를 펼쳐들고 나름의 저울질을 하고 있었다.

'대성금속이라. 업력이 32년, 자본이 185억 원, 자산이 1,420억 원, 부채가 380억 원, 연 매출액이 2,410억 원. 이것을 달라고?'

평소 재호는 대성금속의 실적에 관심이 없었다. 18개의 계열회사 중에서 15위를 차지하는 정도의 회사로만 여겼다. 그러나 내용을 들여다보니 유한에게 쉽게 내어줄 회사가 아니었다. 그룹 전체로 보면 외형적으로는 5퍼센트에 불가하지만 순수 자산가치가 천억 원이 넘는다는 사실 앞에 입이 벌려졌다.

재호는 유한의 능력을 간과했다. 유한은 14년 동안 대일그룹은 외형적으로 열 배가 넘는 성장을 시켰다. 8개에 불과하던 계열회사를 18개로 만들었고 사업도 다변화시켜서 새로운 수익구조를 창출했다. 그런 유한의 능력과 실적을 간과했던 것이다. 단순하게 순수 자산 가치가 천억 원이 넘는다는 사실 하나만 보고는 많다고 판단한 것이었다.

'이놈이 미친 거 아냐? 대일금속을 달라고? 네놈이 기여를 했으면 얼마나 했다고 천억 원을 꿀꺽 하겠다는 거지? 내가 사장으로 있는 한 어림도 없는 소리지. 뭐? 앞으로 한 달 시한을 준다고? 그래. 한 달 안으로 못주겠다면.'

재호와 유한은 어제부로 처남매부의 사이가 아니었다. 이제는 지키려는 자와 뺏으려는 자의 보이지 않는 전쟁만이 존재했다. 차라리 박회장에게 유한이 원하는 바를 말했다면 편하게 정리될 수도 있었다. 그러나 그룹의 후계자는 박재호라는 사실 하나만으로 무조건 지키려고 했다.

지난번에 스쳐지나가는 말로 재호는 동생에게 물어보았다. 회사를 하나 달라고 하면 어떻게 하겠냐고 하자 동생은 하나를 떼어 주자는 쪽이었다. 그때는 유한이 구체적으로 대일금속을 말하기 전이었다. 재호도 처음에는 동생의 말도 일리가 있다 생각했지만 막상 자신이 그룹의 후계자가 된 입장에서 보면 유한의 요구는 터무니가 없었다.

'이놈이······. 먹여주고 키워주고 호의호식시켜줬더니 간이 배 밖에 나왔구먼······.'

재호가 이런 마음을 먹는다는 것은 더 이상의 협상은 있을 수 없다는 뜻이었다. 유한도 대일금속이 욕심이 나서 던진 말은 아니었다. 자신의 거취에 대해서 어떤 언질도 없는 처남이 야속했고, 회사의 모든 비밀서류를 본인에게 있다고 말함으로써 유리한 협상을 이끌어 내기 위한 방편이었다.

물론 재호를 궁지에 몰아서 혼을 내려는 의도가 없지는 않았다. 도저히 해결책을 만들 수 없는 재호가 양해도 없이 기획조정실장에 앉은 것을 먼저 사과하면서 서로 좋게 풀자고 손을 내밀기를 유한도 바랐다.

그러나 유한의 오산이었다. 재호는 협상의 방법을 모르고 있었다. 협상의 경험도 없었고 협상의 원리를 이론적으로 공부한 적도 없었다. 유한이 근무할 때에는 계열회사들이 노조와 임금협상을 할 때에는 반드시 사용자의 위치에 유한이 참석했고, 별다른 무리 없이 원만한 합의점을 찾아서 협상을 마무리 했었다.

하지만 재호는 노조와의 협상 테이블에 앉아본 경험이 없었다. 내년 3월이 되어야 노조의 춘투가 시작되기에 이대로라면 내년 3월을 장담할 수도 없는 일이었다. 협상에도 기술이 있고 원칙이 있다는 것을 모르는 재호로서는 자신의 의지대로 밀고나갔다. 그것은 초보들이 겪는 시행착오와 같은 것이었다.

재희는 회사 일에 재미가 붙었다. 정기적인 임원회의에도 참석을 했고, 매월 첫 월요일 회사 강당에서 하는 조회에도 참석하여 훈시를 하기도 했다. 자리의 반이 일을 하게 한다는 말은 재희를 두고 하는 말이었다. 친구를 만나는 일은 한 달에 한두 번이 고작이었고 토요일을 제외하면 오로지 회사 일에 파묻혔다.

오너의 자식은 일반인과 다르긴 달랐다. 하나를 배우면 서너 가지는 스스로 깨우쳤다. 취임한 지 한 달이 지난 후부터 임원들도 결재 받기가 까다로운 사장이었다. 모르고 묻는 질문이기에 더욱 임원은 준비가 철저해야만 했다. 질문에 머뭇거리기라도 하면 담당자를 불러서 다시 질문했다. 그러기에 준비가 안 된 임원은 부하직원 앞에서 망신을 당할 수밖에 없었다. 처음에 우습게 본 임원들도 점점 신뢰하기 시작했다. 유한의 사고로 인하여 어쩔 수 없이 취임한 재희가 발군의 능력을 발휘하고 있는 것이었다.

재희는 그런 자신에게도 놀라워했다. 잠재되어있던 경영감각이 유한으로 인하여 빛이 발한 것이다. 동기야 어떻게 되었던 재희를 경영일선에 나가게 해준 장본인은 유한이었다. 재희는 이런 면에서는 유한에게 감사하게 생각했다.

재희는 두 사람이 이별을 하는 것은 운명이라고 생각했다. 16년 전 만난 것이 운명이었다면 헤어지는 것도 운명이라고 생각했다. 그래서 유한과 이별을 하게 된다 하더라도 안진우와 비슷한 관계를 유지할 수 있으리라 믿었다. 그것은 두 사람을 이어주는 아들이 있었기 때문이었다.

재희는 이혼을 하든지 아니면 사고 이전처럼 그렇게 살든지 그게 중요하지는 않았다. 남편과 오빠, 남편과 아버지와의 관계가 어떤 방법으로든 깨끗하게 매듭지어져서 안진우를 볼 때처럼 편하게 봤으면 했다.

할아버지가 세우고 아버지가 일군 대일그룹을 남편이 키운 것은 재희도 알고 있었다. 비록 끝이 안 좋았지만 그 공을 무시할 수는 없었다. 남편으로서 빵점이었다면 사위로서는 백점이었다. 그런 유한이 대일그룹 계열회사 중에서 하나를 떼어 독립시키는 것도 괜찮다고 생각했다.

"최비서. 난 건설교통부에 들어가니까 퇴근 시간이 되면 퇴근해."

"네. 사장님. 잘 다녀오세요."

김형사와 이형사가 사무실로 들어온 시간은 정오가 다될 때였다. 새벽 다섯 시부터 조태수의 집 앞에서 잠복을 하다가 조태수가 집에서 나오는 것을 발견하고 유심히 살폈다. 짙은 감색 양복을 입고 코트를 손에 쥐고는 다른 손에는 서류가방을 들고 차에 올랐다. 조태수가 몰던 검정색 그랜저를 따라서 뒤쫓던 두 사람은 운전해서 가는 길이 눈에 익었다. 그 길은 대신탐정사무소가 있는 서초동이었다.

조태수가 주차를 하고 들어가는 5층 건물에는 변호사 간판이 즐비했다. 그 간판 중에서 '조태수 변호사'라는 간판을 발견하고 두 사람은 입을 다물지 못했다. 김형사는 소나타 승용차를 조태수가 세운 주차장에 세웠다.

"뭐야? 저놈 변호사잖아?"

"이형사. 우리가 헛다리짚은 거야?"

"설마……."

"어떻게 해? 그냥 돌아가?"

"잠깐 있어봐. 한번 들어가 보자. 그래야 뭔가 건질 것 아냐."

"무슨 일로 왔냐고 하면 뭐라고 할 건데?"

"우리…… 사건 상담 왔다고 들어가 보자."

"무슨 사건?"

"그러니까…… 유사장님 있잖아. 교통사고 난 거 보상금 얼마나 받을 수 있나 물어보자."

"난 모르겠다. 이형사가 물어 봐."

"알았어. 따라와 봐."

이형사는 '조태수 변호사'라고 간판이 붙은 3층으로 향했다. 3층은 여섯 개의 방이 있었고 각 방마다 변호사 간판이 붙어있었다. 방문을 열고 들어가자 조태수는 커피를 마시고 있었고 여직원과 남자직원 두 사람은 쌓여있는 서류를 구분하느라고 정신이 없었다. 여직원은 서류를 넘기다가 문을 열고 들어오는 두 사람을 보고 인사했다.

"어서 오세요. 어떻게 오셨습니까?"

"변호사님 만나러 왔는데요."

커피를 마시던 조태수는 얼른 자리에서 일어나면서 두 사람을 소파에 안내했다. 서른다섯 살의 조태수는 개업한지 얼마 되지 않은 듯 했다. 사무실이 깨끗했고, 사무장으로 보이는 남자직원도 젊어 보였다. 여직원은 커피 잔을 세 사람이 앉은 소파에 내려놓고는 자리로 돌아갔다. 조태수는 명함을 두 사람에게 내밀었다.

"조태수 변호사입니다. 무슨 일로 오셨습니까?"

"아. 다름이 아니고 매형이 이번에 교통사고를 당했는데 크게 다쳤습니다. 지금 4개월째 입원을 하고 있고요. 그런데 보험회사에서 합의할 생각을 안 합니다. 그래서 누나가 한번 알아보라고 해서 왔습니다."

"네. 잘 오셨습니다. 저도 그런 소송을 많이 하고 있습니다. 보험회사도 피해자가 변호사를 선임하면 그때부터 고분해지니까요. 직접 운전하셨습니까?"

"아닙니다. 운전자 옆에 탔는데 운전자는 죽었습니다."

"진단은 얼마나 나왔습니까?"

"아마도 앞으로 5개월은 족히 입원을 더한다고 하던데……."

"그러면 보험회사에서도 아직 안 움직일 겁니다. 9개월이라면 보통 7개월째 움직이죠."

"변호사님은 변호사 하신 지 오래 되셨습니까?"

"5년째입니다. 대학교를 졸업하고 사시에 붙는 바람에 연수원을 졸업하고 바로 개업했죠."

"고향은 어디십니까? 전라도 같으신데……."

"억양이 많이 남아있죠? 고등학교를 광주에서 나왔습니다. 서울에서 15년 살았죠. 하하하."

"매형도 전라도 분입니다. 그래서 물어본 겁니다."

"전라도 어디신데요?"

"함평이라고 하던데요."

"아. 그렇습니까? 광주하고 함평은 가깝죠. 한 40분 거리니까 함평이 고향인 친구도 있습니다. 동향분이니까 더 반갑네요. 3개월이 더 지나도 보험회사에서 합의 안 해주면 바로 연락 주십시오. 제가 깔끔하게 처리해 드리겠습니다."

"변호사님. 친절하셔서 좋네요. 다음에 꼭 오겠습니다."

두 사람은 서둘러 변호사 사무실을 나왔다. 두 사람은 조태수를 만나고 나서 분명 헛다리를 짚었다고 생각했다. 주차장에 세워진 차 안에서 담배를 피울 뿐 누가 먼저 입을 여는 사람이 없었다.

"그래도 이형사 연기는 잘하던데……. 히히히."

"야. 지금 연기가 문제냐? 들어가서 뭐라고 해? 이거 보통 문제가 아니네."

"최반장님, 난리 나겠네."

그렇게 두 사람은 낙담을 하고 들어온 것이다. 사무실은 한가했다. 바쁘게 움직인 두 사람을 제외하고는 모두가 한가했다. 영상분석 직원은 만일의 사태를 위하여 모든 톨게이트의 영상들을 다시 한 번 점검을 할 뿐 오늘 두 사람의 성과에 기대를 걸고 있는 눈치였다.

"다녀왔습니다."

"왜 둘 다 풀이 죽었어?"

"최반장님. 우리 헛다리 짚은 겁니다."

"무슨 소리야? 헛다리라니. 김형사도 이형사도 모두 확인한 거잖아."

"네."

"그런데 헛다리가 뭐야? 알아듣게 얘기해 봐."

"조태수는 변호사입니다."

"뭐야? 변호사라니?"

"그것도 우리 사무실과 30미터도 떨어지지 않은 고승빌딩 3층이 사무실입니다."

박홍식은 이형사의 말을 듣고 억장이 무너졌다. 처음 검정색 그랜저를 찾았을 때 뭔가 잘 풀린다고 생각은 했지만 이렇게 결말이 나올 줄은 꿈에도 몰랐다. 갑자기 유한의 얼굴이 떠오르면서 가슴이 답답해졌다. 주머니에서 담배를 찾아서 입에 물었다. 눈치를 보던 막내가 담배에 불을 붙였다.

"조태수는 만나본 거야?"

"네. 변호사 된 지 5년차이고요, 대학교를 졸업하고 나서 사시에 붙어서 연수원 졸업하고 바로 개업했답니다."

"어느 학교 나왔어?"

"아. 그건 못 물어 봤습니다. 고등학교는 광주에서 나왔다는데……."

"광주? 전라도 광주?"

"네. 전라도 광주입니다."

"전라도 광주라……."

박홍식은 전라도 광주만 되새길 뿐 미동도 않고 담배 세 개비 째를 태웠다. 유한을 만나도 할 말이 없었다. 큰소리 친 자신이 한심스러웠고 그간 들어간 돈을 생각했다. 직원들에게는 밥을 시켜 먹으라고 돈을 주고는 영상분석실을 빠져 나왔다. 유난히 추운 12월이 가슴을 더욱 움츠리게 했다. 길가로 나오자 눈에 보이는 순댓국집으로 들어갔다. 가슴이 답답해서 도저히 견딜 수가 없었다.

"아줌마. 순댓국 하나 하고 소주 한 병이요."

순댓국이 미처 나오기도 전에 소주를 맥주잔에 가득 채워서 한번에 마셔버렸다. 빈속에 들어간 소주는 위와 창자를 뒤틀었다. 청량고추 하나를 된장에 찍어서 씹고는 다시 한 잔을 소주로 가득 채웠다. 두잔 째도 단번에 마셔버리자 가슴이 진정되는 듯 했다. 콩닥거리는 소리도 줄어들었고 졸아들었던 간도 다시 회복되는 듯 했다. 순댓국이 나오자 소주를 한 병 더 시켰다.

'조태수가 변호사라……. 개업 5년차. 서울생활 15년차. 전라도 광주가 고향이고……. 그런데 누군가가 조태수의 차량을 이용했다면……. 변호사의 차량을 범죄에 사용했다면……. 간이 엄청 큰 놈인데 그게 누굴까…….'

박홍식은 다시 맥주잔에 소주를 가득 채웠다. 소주 한 병이 빈속에 들어가서 요동을 치는 동안 박홍식의 머리는 그 반대로 맑아졌다. 다시 한 잔을 마시자 마신 소주가 역류되듯이 위로 내려간 액체가 식도를 타고 코로 나왔다. 겨우 올라오는 느낌을 누른 후 순댓국을 서너 숟가락 입에 넣었다.

100

소주와 위가 싸우는 동안에도 박홍식의 뇌를 빠르게 돌아가고 있었다. 소주 반병과 순댓국을 남기고선 급히 계산을 하고 순댓국집을 나섰다. 소주의 뜨거운 기운도 차가운 겨울바람을 이기지는 못했다. 나오면서 코트 깃을 세운 박홍식은 택시를 타고 고등학교 친구가 근무하는 강남구청으로 갔다.

택시 안에서 이형사에게 전화를 걸어 조태수의 인적사항을 문자로 받았다. 강남구청 호적계 창구에서 근무하는 김동식은 한 달에 한 번 볼 정도로 가까운 친구였다. 가끔 부탁을 하지만 그 때문에 두 사람이 만나면 박홍식이 술을 사는 경우가 많았다.

"동식아. 부탁 하나 하자."

"점심시간에 웬일이야? 너는 밥도 안 먹어? 낮술 마셨구나. 에휴, 냄새."

"급해서 그래."

"또 뭔데?"

"이 사람. 호적등본 두 통 떼어줘. 형제까지 다 나오는 걸로……."

"떼 주면 밥 사냐?"

"알았어. 밥 살게."

"기다려봐."

박홍식은 조태수의 호적등본을 떼어 보기로 했다. 분명 변호사의 차량을 이용할 수 있는 놈이라면 아마도 형제일 수 있다고 생각한 것이다. 빈속에 쏟아 부은 소주가 뇌를 때리면서 생각해낸 결과물이었다. 잠시 후 김동식은 조태수의 호적등본을 가지고 왔다.

'조순옥……, 조순애……, 조태수……, 조동수……, 그래, 이놈이

야……. 조동수…….'

"잠깐만 동식아."

"또 뭐? 배고파 죽겠다니까."

"이거 조동수. 이 사람 주민등록초본 하나 떼어주라."

"야. 거긴 내 자리 아니잖아."

"그냥 출력만 하나 해 줘. A4용지에 해도 되니까."

"기다려봐."

박홍식은 친구의 도움으로 조태수의 호적등본과 조동수의 주민
등록초본을 손에 넣었다. 강남구청 구내식당으로 내려가자 친구는
눈살을 치켜떴다. 바빠서 시간이 없다는 핑계를 대고 다음 달에는
거하게 한잔 사겠노라 약속을 했다. 밥은 코로 들어가는지? 입으
로 들어가는지 모르게 정신없이 먹었다. 배가 고파서 급하게 먹은
것이 아니라 사무실로 급히 들어가기 위해서였다. 친구가 숟가락을
놓기가 무섭게 박홍식은 일어났다.

"야, 뭐가 그렇게도 바쁘냐? 커피라도 한잔 하고 가."

"커피도 다음에 마실게. 동식아 고맙다."

박홍식은 서둘렀다. 오늘 모두 해결될 것도 아니면서 서둘렀다.
서둔다는 것은 몹시 흥분했다는 증거이기도 했다. 택시를 타고 곧
장 교대 후문 쪽에 있는 영상분석실로 향했다.

"다들 들어와."

박홍식을 중심으로 다섯 명의 직원들이 원을 그리 듯이 모여 들
었다. 안주머니에 꺼낸 조태수의 호적등본과 조동수의 주문등록초
본을 펼쳐서 보여줬다.

"자. 조태수의 호적등본에 보면 누나, 여동생, 남동생이 있다. 그 남동생이 조동수야. 조동수는 조태수보다 네 살 적다. 그리고 조동수는 현재 부천 고강동에 살고 있다. 타깃을 조태수에서 조동수로 옮긴다. 김형사와 이형사는 조동수가 뭐하는 놈인지 내일 중으로 파악해. 그리고 영상분석팀은 어떤 방법을 쓰든지 CCTV에 담긴 검정색 그랜저에 탄 운전자와 동승자 모두 얼굴을 출력해. 그것도 내일까지야. 내일 저녁 여덟 시에 회의를 할 거니까 그때까지 전부 준비하도록."

"네."

박흥식은 사무실을 나간 지 두 시간도 되지 않아서 다시 들어왔다. 그러고는 전 직원을 불러놓고 한 번에 지시를 했다. 직원들은 박흥식이 말할 때 듣기만 했을 뿐 누구 하나 물어볼 틈이 없었다. 박흥식이 취조실로 자리를 옮기자 그때서야 다들 탄복을 했다.

"역시 반장님이시네."

"왜 이 생각을 못했을까?"

"야. 영상분석팀. 빨리 사진 출력해."

"알겠습니다."

침체되었던 사무실은 다시 활기가 되살아났다. 김형사와 이형사는 조동수의 인적사항을 가지고 부천으로 출발했다. 내일 저녁까지 무슨 일이 있어도 조동수에 대해서 모두 파악하겠다는 결의에 찬 모습이었다. 영상분석팀은 자동차 번호표를 취합하는 일이 아니라 특정되어진 차량에 대한 영상의 선명도를 높이는 작업에 착수했다.

조동수가 살고 있는 부천 고강동 고강1차아파트는 1985년 12월에 지어진 아파트로 4층짜리 6개 동의 소형아파트였다. 부천으로 들어가는 길과 강서구 신월동에서 들어가는 두 갈래 길이 있었다. 도주로로서는 최적의 위치에 살고 있었다.

김형사는 신월3동에서 진입하는 도로를 선택하여 차를 몰았다. A동 뒤쪽에는 작은 놀이터가 있었고 놀이터 옆 빈 주차공간에 차를 세웠다. A동 203호는 2층이지만 충분히 1층으로 뛰어 내릴 수 있을 정도였다. 두 사람은 아파트 주변의 도로와 이동경로 등을 파악하고는 차를 타고 단지를 빠져 나갔다.

다음날, 새벽부터 김형사는 이형사와 함께 고강동으로 향했다. 전날 미리 파악을 한 상태여서 고강1차아파트 A동을 향하여 곧장 나아갔다. 새벽 네 시가 조금 지난 도로는 한산해서 예정시간보다 일찍 목적지에 도착했다. 모든 가게들이 문을 닫았지만 아파트 입구에 있는 편의점은 환히 불을 밝히고 있었다.

잠복은 늘 힘들었다. 잠을 쫓는 것도 힘들었고, 차 안에서 소변을 처리해야 하는 것도 힘들었고, 식사를 해결하는 것도 힘들었다. 그러나 새벽에 나가서 오전에만 하는 잠복은 그 대상의 시선을 피하는 것 말고는 그다지 힘들지 않았다. 차는 편의점 앞에 멈추었다. 이형사는 편의점에서 따뜻한 캔 커피 두 개와 김밥 두 줄, 큰 생수통 하나를 들고 나왔다.

다시 소나타는 미끄러지듯이 아파트 A동 앞에 멈추었다. 다섯 시. 이제부터 숨을 죽이고 2층을 주시하여야 했다. 여섯 시가 지나자 A동은 군데군데 불이 켜졌다. 작은 아파트는 거실의 불만으로도 집 안 전체를 비출 만큼 밝았다. 그러나 203호는 캄캄했다.

"김형사. 203호는 학생이 없나봐."

"그러게. 우리도 김밥이나 먹지."

이형사는 비닐봉지에서 꺼낸 김밥을 은박지만 뜯어서 잘라진 김밥을 입안에 넣었다. 김형사가 주는 캔 커피는 식어서 미지근했다. 급하게 두 사람은 김밥을 먹고 큰 생수통에 들어있던 물을 마셨다. 김형사는 의례적으로 했던 것처럼 남아있던 생수를 차창 밖으로 버렸다. 생수통을 소변기로 사용하기 위해서였다. 잠복지에서 일 분도 벗어나지 않기 위한 몸부림이었다.

김형사가 생수통에 소변을 보려고 바지의 지퍼를 내리는 순간 203호의 거실에서 불이 켜졌다. 순간 김형사는 소변을 보는 것도 잊어버리고 203호의 움직임에 촉각을 곤두세웠다. 여자는 밥을 하는 듯 했다. 시간은 흘러서 한 시간이 더 경과가 되고 여덟 시가 되자 방마다 불이 다 켜졌다. 조동수로 보이는 남자와 그의 아들로 보이는 꼬마가 거실과 화장실을 들락거렸고, 여자는 바쁘게 아침식사를 차렸다. 가족의 식사시간은 길었다. 꼬마가 늦게 먹는 동안 두 사람도 식탁에 그대로 앉아있는 듯 했다.

꼬마는 유치원을 다니는 듯 했다. 옷을 입히고 여자가 꼬마를 데리고 나올 때까지 남자는 거실에서 보이지 않았다. 여자는 유치원 통학버스에 꼬마를 태워주고 다시 집 안으로 들어갔다. 아홉 시가 지나자 남자는 여자의 배웅을 받고 집을 나섰다. 놀이터 옆에 주차되어있는 검정색 그랜저 앞으로 갔다. 그랜저는 뽑은 지 얼마 되지 않은 새 차 같았다. 차문에 붙어있는 끌힘 방지용 스티로폼이 그대로 부착되어 있었다.

남자는 그랜저를 타고 고강아파트 단지를 빠져 나갔다. 그 뒤로 30미터의 여유를 두고 소나타가 쫓아갔다. 그랜저는 신월3동을 빠져나와서 발산역을 지나 강서구청방향으로 우회전했다. 그랜저는 강서구청 맞은편에 있는 활성빌딩 주차장으로 들어갔다. 소나타는 활성빌딩 앞에서 정차하여 이형사만 내려놓고는 그대로 활성빌딩을 지나쳐갔다.

이형사는 조동수가 주차장에서 나오는 것을 확인하고 조동수 뒤를 급히 뒤따라서 활성빌딩 안으로 들어섰다. 활성빌딩은 3층으로 되어있는 작은 건물이었다. 1층은 커피숍과 사진관, 식당, 부동산이 다닥다닥 붙어 있었고, 2층은 동서용역과 호남향우회가 있었고, 3층은 건축사무소와 회계사무소가 있었다. 이형사는 조동수가 2층 동서용역으로 들어가는 것을 확인하고 김형사가 있는 30미터 거리를 걸어갔다.

"어디로 들어간 거야?"

"2층은 동서용역 하고 호남향우회가 있는데……, 동서용역으로 들어갔어."

"옆에 호남향우회도 있다고?"

"그래."

"일단 철수하자. 얼굴도 알았고 사무실도 알았으니까."

두 사람은 사무실로 향했다. 강서구청과 교대는 지리적으로 꽤 먼 거리였다. 열한 시가 넘어서 두 사람은 사무실에 도착했다. 영상 분석팀은 밤을 꼬박 새워서 작업하고 있었다. CCTV영상의 해상도를 높이는 기술은 염려했던 것보다 어렵지가 않았다. 두 사람이 사무실을 들어가기 전에 검정색 그랜저에 탄 인물이 칼라로 출력되어서 박홍수의 손에 쥐어졌다.

"다녀왔습니다."

"그래. 뭐하는 놈이야?"

"조동수는 강서구청 옆에 있는 동서용역이라는 용역회사에 나가는 모양입니다. 동서용역이 정확히 뭘 하는 곳인지 다시 조사를 해봐야 알겠습니다."

"용역회사?"

"네. 그런데 조동수가 있는 용역회사와 같은 층에 호남향우회가 있었습니다."

"그래? 조동수 고향이 전라도 광주잖아. 호남향우회라……."

"사진은 언제쯤 나옵니까?"

"조금 전에 나왔어. 이 친구들 어제 밤샘하더니 결과가 빨리 나왔네. 이것 좀 봐. 두 놈 중에 누가 조동수야?"

"운전하는 놈이 조동수입니다. 두 놈이네요."

"당연하지. 한 놈이 그렇게 간 큰 짓은 안하지."

"조수석에 있는 놈은 누굴까요?"

"조동수를 족치면 알겠지. 내일 두 사람은 동서용역이 뭐하는 곳인지 먼저 알아 봐. 그것도 내일 끝내야 돼."

'체로키를 쫓던 검정색 그랜저의 정체는 잡았다. 조동수와 함께 있는 자는 조동수를 족치면 나오겠지만, 과연 조동수의 배후에는 누가 있을까?'

박흥식은 빨리 유한에게 가고 싶었다. 그토록 궁금해 하던 검정색 그랜저의 정체를 말해주고 싶었다. 이다혜 사건은 이제부터가 문제였다. 지금까지는 대상을 찾아내는 것이었다면 이제부터는 그 대상과 얼굴을 맞대어야 했다. 그 대상들이 누구인지 알 수가 없었다.

그래서 박홍식은 흥분이 되면서도 불안했다. 박홍식은 자신의 흰색 소나타를 몰고 강남세브란스로 갔다. 점심시간이 임박하자 강남대로와 테헤란로는 차들로 넘쳐났다. 박홍식은 먼저 전화를 걸었다.

"형님. 접니다."

"최반장. 어쩐 일이야?"

"지금 제가 병원으로 가고 있습니다. 식사 하지마시고 계십시오. 제가 초밥 사가지고 가겠습니다."

"그래? 알았어. 최반장이 사오는 초밥 기대할게."

박홍식은 르네상스호텔 앞에 우회전을 하다 주유소 옆에 있는 초밥 전문점으로 들어갔다. '일도'라는 식당은 회를 파는 곳이 아니라 초밥만 파는 작은 가게였다. 박홍식은 가끔 테이크아웃으로 초밥을 사갔던 식당이었다. 초밥 4인분을 포장했다. 4인분을 포장할 때에는 초밥의 양이 적어서 간병인 1인분은 포함되었지만 다른 군식구가 있는 줄 박홍식은 몰랐다.

병실에 들어가자 유한은 젊은 아가씨와 이야기를 하느라고 정신이 없었다. 젊은 아가씨는 유한이 하는 말을 노트북에 빠짐없이 입력했다.

"형님. 접니다."

"최반장. 어서 와. 참, 인사하지. 이쪽은 시나리오 작가 방수현 씨고, 이쪽은 사립탐정인 동생이야."

"반갑습니다. 최일호라 합니다."

"방수현이에요."

"뭘 초밥씩이나. 최반장, 안하던 짓 하는 것 아냐?"

"아닙니다. 조만간에 형님 움직이시면 대접 한번 하겠습니다."

"대접은 무슨."

"아닙니다. 정식으로 의형제의 예로서 제가 한번 모시겠습니다."

"말만 들어도 좋구먼. 의형제라…… 하하하."

"초밥 4인분 잘 사왔네요. 하하하."

"최선생님. 제가 있는걸 아셨나 봐요."

"필이 팍 하고 왔습니다. 예쁜 아가씨가 계신다고. 하하하."

네 사람은 기분 좋게 초밥을 먹었다. 식후에 내어 온 과일과 음료수를 먹고 난 후 유한은 박흥식과 긴히 할 얘기가 있다며 선애와 수현을 바람 쐬러 나가라고 병실에서 내보냈다. 선애는 수현을 데리고 병실 밖 휴게실로 갔다. 휴게실은 의자와 자판기가 있는 것이 전부였다.

"어떻게 되고 있어?"

"완전히 잡았습니다. 차주가 아니고 차주 동생이 범인이었습니다. 조태수는 변호사였는데, 조태수 동생 조동수가 조태수의 차를 빌려서 부산까지 다녀온 겁니다. 그리고 이다혜 씨를 미행할 때에는 항상 조태수의 차를 이용한 겁니다. 형이 변호사니까. 교묘하게 형을 이용한 겁니다."

"조동수는 뭐하는 놈이야?"

"오늘 파악한 바로는 조동수는 용역회사에 나간다고 합니다. 아직 무슨 일을 하는 곳인지? 조동수가 대표인지는 확인 못했습니다. 내일 확인되면 전화하겠습니다."

"수고 많았네."

"조동수는 전라도 광주가 고향인데, 서울에서 생활한 지 6년 되었습니다. 조동수가 일하는 용역회사 옆에 호남향우회가 있답니다."

"호남향우회?"

"네. 저도 그 점이 걸리기는 하는데……, 좀 더 신중해야겠습니다. 검정색 그랜저는 조동수가 운전했지만 조수석에 또 다른 놈이 하나 있었습니다. 물론 조동수를 족치면 나오겠지만."

유한은 박홍식의 얘기를 듣자 한편으로 겁이 났다. 다혜를 해친 범인의 배후에 제3의 인물이 있지는 않은지? 차라리 자신이 생각하는 용의자가 배후라면 하는 바람이었다. 자신도 감히 어떻게 해볼 수 없는 강력한 힘을 가진 제3의 인물이 나타난다면 어떻게 하나 걱정이 생겼다. 그러나 박홍식의 능력에는 탄복을 했다. 범인을 색출해낸 능력은 탐정 일만 하기에는 너무도 아까웠다. 일선 수사팀에서 포기한 사건을 석 달 동안 끈질기게 물고 늘어져서 그 범인을 찾았다는 것은 실로 대단한 것이었다.

"형님."

"말해봐."

"이제 범인은 나타났습니다. 이놈을 족치면 배후는 나옵니다. 살인자와 살인교사를 한 자를 모두 잡으면 어떻게 하실 생각입니까?"

"자네는 내가 어떻게 하면 좋겠나?"

"저는 형님이 다치지 않았으면 합니다. 제가 좋아하는 형님이 다치는 것은 제가 못 봅니다."

"배후가 누구냐에 따라서 다르겠지."

"배후가 누구이든지 처리는 제게 맡겨주십시오. 죽이든지, 살리든지……."

유한을 생각이 깊어갔다. 이제 배후를 캐는 것은 시간문제였다.

마음만 먹는다면 내일이라도 당장 알 수 있었다. 그러나 지금까지 배후를 어떻게 한다는 계획은 없었다. 범인을 잡는 것이 죽은 다혜를 위한 일이라고만 생각했다.

"일단 배후가 밝혀지면 그때 다시 얘기하자. 아무튼 조심하고, 느낌이 별로 안 좋아."

"저도 신중하게 처신하려고 합니다. 염려하지 마십시오."

"혹시……."

"말씀하십시오."

"혹시 말이야. 권총 구할 수 있나?"

"권총이요? 뭐하시게요?"

"신변 보호용으로 필요할 거 같아서."

"구할 수는 있습니다만, 권총이란 있으면 살생을 하게 됩니다."

"한번 알아봐줘."

"알겠습니다. 형님이 부탁하는 것이라면."

박흥식은 내일 조동수가 일하는 용역회사가 뭘 하는 회사인지 알아보고 전화를 하겠다고 하면서 돌아갔다. 지난 주 재호와 통화를 한 유한으로서는 자신에게 닥쳐올 위기를 인지한 것인지 유한의 마음은 냉정함을 잃고 갈피를 못 잡고 있었다. 협상의 카드로 대일금속을 요구했지만, 상대는 협상을 전혀 모르는 무례한이었다. 그래서 유한은 자신이 가지고 있는 대일그룹의 비밀서류로 인하여 스스로 위협을 느낄 수도 있는 일이었다. 뭐라고 답이 와야 하는데 재호는 가타부타 말이 없었다.

재호는 유한의 처리에 골몰했다. 동생에게는 계열회사 18개 중에 하나가 없어져도 그만이지만 그룹을 물려받는 재호의 입장에서

는 달랐다. 자신이 가지고 있는 어떤 것도 빼앗기기가 싫었다. 재호
는 재호대로 유한은 유한대로 욕심을 부렸다. 유한의 욕심은 협상
의 당사자를 과대평가한 것이 욕심이었다면 재호의 욕심은 절대적
인 욕심이었다. 14년 전에는 없었던 기업을 지금은 모두 자신의 손
아귀에 쥐려고 하는 욕심이었다.

두 사람의 욕심은 평행선을 달렸다. 한 사람이 제안을 했을 때
맞받아쳐 와야 함에도 불구하고 다른 한 사람은 묵묵부답으로 일
관하고 있었다. 그 묵묵부답이 두 사람의 틈을 더욱 벌어지게 했다.

재호의 조부는 전라남도 나주가 고향이었다. 나주는 곡창지대라
고 하지만 부농에게만 통용되는 말이었다. 소작농으로 살기에는 너
무도 힘이 들어서 1940년 오로지 먹고살기 위하여 온 가족을 데리
고 서울로 이사를 했다.

일본인이 운영하던 포목상에 취직을 해서 포목 배달부터 하던 조
부는 원단을 짜는 공장에서 공장장으로 일을 할 때 해방을 맞이했
다. 일본인 사장은 일본으로 떠나면서 조부에게 공장을 맡기고 떠
났다. 그 원단 짜던 공장이 지금의 대일산업이었다.

재호와 재희의 본적은 서울이지만 박회장의 본적은 전라남도
나주였고 회사가 성장할수록 서울호남향우회에서 입김이 커졌다.
재호는 박회장을 따라서 몇 번 서울호남향우회를 따라간 적이 있
었다.

재호는 7개월 전부터 핸드폰을 두 개 가지고 다녔다. 가족들은
평소에 사용하던 핸드폰 이외에는 새로운 핸드폰의 존재도 몰랐다.
가끔은 새 핸드폰으로 통화를 했다. 재호는 퇴근시간이 임박하자
어디론가 통화를 했다.

"총무님. 잘 지내시죠?"

"아이고, 박사장님. 오랜만입니다. 부친께서는 건강하시죠?"

"네. 잘 지내십니다."

"그래, 어쩐 일로 전화를 다 주시고."

"술 한잔 할까 해서 전화 드렸습니다."

"그래요? 좋죠. 어디로 나갈까요?"

"종로요정으로 오시죠. 저도 8시까지 도착하도록 하겠습니다."

전화를 받는 상대는 나이가 지긋해보였다. 두 사람은 함께 술을 마시는 것이 처음 같지 않았다. 재호는 금고에 있는 돈 중에서 현금 5천만 원을 가방에 채워 넣었다. 그 가방을 들고 1층으로 내려갔다. 1층에는 김기사가 나와서 대기하고 있었다. 재호는 든 가방을 김기사가 받아들었다.

"사장님. 어디로 모실까요?"

"종로요정으로 가. 지난번에 가봐서 알지?"

"네. 알고 있습니다."

다음날, 김형사 이형사는 강서구청 주위를 맴돌았다. 탐문 수사를 하듯이 동서용역이 뭘 하는 곳인지, 언제부터 존재했는지, 빠짐없이 조사했다. 좀처럼 알 수 없던 동서용역을 다른 곳에서 알게 되었다. 김형사는 경찰 현직에 있는 친구한테 흘러가는 말로 동서용역을 아느냐고 물어보았다. 그런데 안다는 것이었다.

재개발 현장에는 꼭 등장하는 것이 용역업체 직원이었다. 회사의 직원이라고 보기에는 좀 어려운 사람들이었다. 강제 이주를 시킨다고 몽둥이와 쇠파이프를 들고 나타나는 것들이 용역업체 직원들이었다. 용역업체는 평소 서너 명만 상주했지만 용역을 맡게 되면 수십 명, 수백 명을 하루아침에 동원하기도 했다.

용역업체는 지역 조폭과 연계해서 움직이는 경우가 많았다. 동서용역도 그런 용역업체 중의 하나였다. 돈이 되는 일이라면 무엇이든지 할 수 있는 사람들이 있는 곳이었다. 돈만 주면 사람을 죽일 수도 있었다. 동서용역 내부에 들어가려면 용역거리가 있어야만 가능했다. 두 사람은 사무실로 복귀했다.

"최반장님 어디 가셨어?"

"손님 만나고 오신다고 했습니다. 저기 오시네요."

"언제 왔어?"

"지금 들어오던 참입니다."

"저 방으로 가지."

박흥식은 취조실로 향했다. 김형사와 이형사를 제외하고는 두 개의 방이 취조실인지 직원들은 몰랐다. 늘 문을 잠가두고 있어서 아무나 출입을 할 수 없도록 했다. 취조실로 들어간 세 사람은 문을 잠그고 나지막이 말했다.

"일단 오늘 이 사무실은 철수하는 것으로 영상분석팀 애들에게 말해."

"왜요?"

"이제 영상분석하던 친구는 내보내야지. 할 일도 없고……."

"알겠습니다. 도청담당하는 친구는요?"

"그 친구는 이 일이 아니라도 데리고 있으려고 불렀어. 그래, 어떻게 됐어?"

"동서용역은 재개발 현장에 뛰어드는 애들이랍니다. 지역 조폭들

하고도 연계되어 있고 동원할 수 있는 인원이 수백 명 된다네요. 돈이 되는 일은 뭐든지 할 놈들입니다."

"호남향우회랑 연결되어 있는 것 아냐?"

"그럴 수도 있을 겁니다. 호남에서 올라온 조폭들도 호남향우회에서 활동을 한다는 정보가 있습니다."

"이형사는 청계천에 가서 수갑 세 개, 가스총 세 개, 전기충격기두 개 사가지고 와."

"알겠습니다."

"오늘은 이만하자. 막내 두 놈은 오늘 내 보내. 이 돈 주고 술도한잔 먹이고……."

"알겠습니다."

"난 나갈 테니까 내일 아침에 봐."

"네. 들어가십시오."

박흥식은 어두워지기를 기다렸다가 차를 몰고 용산으로 향했다. 친구의 소개로 미8군 군무관을 만나기로 했었다. 유한이 말한 권총을 구하기 위해서였다. 미군들은 자신들이 좋아하는 권총을 주둔지인 한국으로 넘어올 때 몰래 가져오기도 했고, 때로는 영내에서 허용되지 않은 총기가 발각되기도 했다. 가끔은 가지고 있던 총을 비밀리에 처분하기도 했다. 국내에 유입되는 권총은 미국산과 러시아산이 주종이었다. 러시아산은 부산 감천항을 통해서 들어오지만 러시아산을 서울에서 구하기는 쉽지가 않았다.

박흥식은 미국산을 구하기로 하고 용산 미8군 앞에 있는 '럭키'라는 술집을 찾았다. '럭키'는 미군들 전용으로 만들어졌지만 내국인도 종종 이용하는 조그만 맥주 집이었다. 미군 전용 술집은 내국인들을 더 환영했다. 미군은 안주도 없이 맥주를 한두 병만 마시지만 내국인은 기본이 다섯 병을 시키고 안주까지 시켰다. 박흥식이 '럭키'에 들어섰을 때는 흑인 세 명과 백인 다섯 명이 맥주를 마시면서 다트게임을 하고 있었다. 한쪽 구석에서 박흥식도 맥주를 시켜서 병째로 마시고 있자 말쑥한 사복을 입은 한국 남자가 박흥식을 보고 아는 체를 했다.

"강동헌 씨 소개로 오셨습니까?"

"네. 그렇습니다."

"간단하게 말씀드리고 가겠습니다. 제가 가지고 있는 것은 m9베레타입니다. 탄알은 50발이고요. 가격은 들으셨지요?"

"네. 이미 알고 있습니다. 봉두 안에 들었습니다. 나가실 때 들고 가십시오."

"물건은 내일 용산역 시계탑 앞에서 저녁 여덟 시에 전달하겠습니다."

"알겠습니다. 내일 뵙지요."

거래는 간단했다. 박흥식은 봉투에 삼백만 원을 미리 준비해서 나갔다. 거래는 수요와 공급의 법칙에 따라서 가격이 정해졌다. 급하게 찾으면 가격은 오르는 법이었다. 평소의 가격보다 두 배로 주고 거래를 마쳤다. 유한이 원하는 것은 준비는 하고 있지만 박흥식은 걱정이 되었다. 사고가 났을 때 유한이 총의 출처를 박흥식이라고 말하는 것이 걱정되는 것은 아니었다. 그런 신뢰가 없다면 애초에 유한과 거래가 이루어지지도 않았다.

다만 유한이 다칠 것이 염려되었다. 인명살상무기는 그래서 위험했다. 상대가 다치지 않으면 내 자신이 다치기도 하는 것이 무기였다. 박흥식은 집으로 돌아가는 길이 착잡했다. 최일호를 이기려는 욕심에 사건을 맡았지만 시간이 지날수록 점점 더 수렁에 빠지는 기분이었다.

오늘도 결국 유한이 원하는 것을 하고 말았다. 말리려고 하면 할수록 더 깊이 함께 빠지고 있었다. 이제 조동수를 취조하면 모든 것이 끝나는데 그 뒤가 걱정이었다. 차라리 조동수를 경찰에 넘겼으면 하는 것이 박흥식의 바람이었다. 아무도 다치지 않는 길을 박흥식이 바라는 길이었다.

그 시간에 김형사는 직원들과 함께 삼겹살집에서 술을 마시고 있었다. 석 달 동안 잠도 안자고 열심히 해준 영상분석 직원들에게 박흥식을 대신하여 수고를 치하했다. 다시 일상으로 돌아가서 하던 일을 하고 살라는 말도 했다. 박흥식이 위로금으로 주라던 돈을 똑같이 나누어서 지급했다.

"그동안 고생 많았어. 이건 최반장님이 두 사람 위로금이라고 챙겨주셨어. 받아."

"뭘 이런 거까지 주신데요? 감사합니다. 헤헤헤."

"재미있었던 석 달이었습니다. 김형사님, 이형사님도 건강하세요. 가끔 전화 드릴게요."

"그래. 자주 연락해. 자 마지막으로 건배나 하자. 브라자!"

"풀자!"

김형사는 영상분석 직원들이 취할 만큼 먹였다. 네 사람이 삼겹살 13인분에 소주를 11병이나 마셨다. 술에 취한 두 사람을 택시에 태우고 택시비까지 운전기사에게 주고 돌아섰다. 두 사람과 함께 마셨는데도 김형사와 이형사는 말짱했다. 일부로 두 사람은 술이 취하도록 마시는 시늉만 했던 것이다. 김형사는 박흥식에게 잘 마무리했다고 마지막 보고를 했다.

m9베레타

　박흥식은 금요일 밤 늦은 시간에 유한의 병실을 방문했다. 모든 병실이 소등을 하고 잠이 든 자정이 임박해서 찾아왔다. 잠겨있는 병실을 두드리는 소리에 선애가 잠결에 불을 켜고 병실 문을 열었다. 박흥식은 술을 한잔 했는지 입에서 술 냄새가 났고 얼굴이 붉어보였다. 한손에는 비닐봉지를 들고 다른 한 손에는 작은 007가방을 들고 있었다.

　"이 시간에 어쩐 일이세요?"

　"죄송합니다. 형님 주무세요?"

　"조용히 들어오세요. 간호사가 알면 난리 나요."

　선애는 손으로 시끄럽다면서 박흥식의 입을 막으며 재빨리 병실 안으로 끄집어 들였다. 유한은 잠이 들었다가 부스럭거리는 소리에 눈을 떴다. 눈을 뜨자 병실 불이 커진 것을 보고는 선애를 부른다.

　"선애 씨. 누가 왔어요?"

　"네. 최반장님 오셨는데요?"

　"뭐? 최반장이?"

"형님 저 왔습니다. 죄송합니다."

"밝을 때 안 오고 이 시간에 뭔 일이야?"

"형님 보고 싶어서 왔습니다."

"이 친구 이거. 술 한 잔 했구먼."

"네. 한잔 했습니다. 아줌마. 이 봉지 뜯어봐요. 소주랑 안주 사 왔으니까 형님이랑 한잔 더 할 랍니다."

선애는 기가 막혔다. 자정이 다 되어 찾아와서 자는 사람을 깨운 것도 짜증나는데 병실에서 술판을 벌이겠다는 말에 기가 찰 노릇 이었다. 선애는 유한의 눈치를 살폈다.

"이 시간에 술은 무슨……."

"아닙니다. 오늘 형님이랑 꼭 한잔 해야만 합니다. 그래서 이 밤중 에 찾아온 겁니다. 제 마음 아시죠?"

"나 참. 선애 씨, 테이블 올려주고 이 친구 원하는 대로 해줘 봐 요. 그리고 선애 씨는 들어가서 자요."

선애는 유한의 침대를 세우고 식탁용 테이블을 올렸다. 박흥식 이 가져온 비닐봉지를 뜯자 소주 두병과 순대가 나왔다. 선애는 일 회용 종이컵과 젓가락을 올려놓고 작은 방으로 들어가 방문을 닫 았다. 평소에는 유한이 부르면 언제든지 갈 수 있도록 방문을 열 고 잤지만 불청객의 출연으로 잠을 못잘까 봐서 방문을 닫아버린 것이다.

"어디서 마신거야? 많이 마신거야?"

"형님 친구 분 있잖습니까. 나창진 과장님. 그 분이랑 한잔 했습 니다."

"왜? 무슨 일 있었어?"

"답답해서 한잔 했습니다. 답답해서."

"뭐가 답답한데?"

"그냥 답답해서 음식을 먹어도 소화가 안 되고……."

박흥식은 미8군 군무관으로부터 권총을 구입하고는 이 권총을 유한에게 줘야 하나 말아야 하나 무척 고민을 했다. 월요일이면 조동수를 잡아서 본격적인 취조를 해야 함에도 조동수에게 신경을 쓰는 것보다 유한이 더 신경이 쓰인 모양이었다. 고민은 속을 답답하게 했고 급기야 소화불량으로까지 이어졌다. 답답한 마음에 경찰 선배를 만나서 술 한 잔을 했지만 답답한 마음을 토로할 수도 없었다. 박흥식은 종이컵 두 개에 소주를 가득 부었다. 유한의 몫으로 부은 잔에 스스로 잔을 부딪치고는 한 잔을 단숨에 들이켰다.

"박흥식. 왜 그래?"

유한은 이다혜 사건에 대한 수사를 하는 동안 늘 최반장으로 부르다가 박흥식의 행동에 놀랐는지 자신도 모르게 박흥식이라고 불렀다.

"형님. 이 가방에 뭐 들었는지 아십니까? 형님이 원하는 것 제가 가져왔습니다. 제가 누굽니까? 형님이 원하는 것이면 뭐든지 할 수 있는 놈 아닙니까? 그런데…… 그런데 말입니다. 이건 좀 아닌 것 같습니다. 제가 불안해서 그렇습니다. 형님이 잘못될까 봐서……."

"호신용이라고 말했잖아. 설마 권총을 쓸 일이 뭐 있겠어?"

"차라리 김형사나 이형사를 형님 곁에 두면 안 됩니까?"

"최반장. 너무 걱정하지 마. 내가 세 살 먹은 어린애도 아니고……."

유한도 종이컵에 가득 담긴 소주를 쭉 들이켰다. 한 잔을 단숨에 마셔서 잔기침이 났다. 유한은 조동수의 심문보다도 재호의 근황이 더 궁금했다. 분명 무슨 답이 와도 벌써 왔어야 하는데 자신이 말한 한 달의 유예기간을 다 채워서 답을 줄 건지 궁금했다.

유한은 자신이 요구한 대일금속을 받을 생각이 없었다. 그렇게 요구해 놓으면 재호가 다른 대안을 내어 놓겠지 생각했다. 그러나 유한이 의도한 대로 움직이지 않는 재호가 유한을 초조하게 했다. 협상을 할 줄 아는 재호였다면 유한이 생각했던 대로 움직여야 했다. 그러나 협상의 기술도 원칙도 모르는 재호는 다른 방법을 찾고 있었다.

"형님만 믿겠습니다. 아니, 형님을 믿을 랍니다."

"걱정하지 마."

"자. 받으십시오. m9베레타입니다. 실탄도 50발 들어있습니다. 보관 잘하십시오."

"고맙다. 네가 정말 내 동생이다."

"형님과 저는 한 배를 탔습니다. 형님이 잘되면 저도 잘되겠지만, 형님이 잘못되면 저도 잘못됩니다. 이건 아셔야 합니다."

"알았어. 술 그만 마시고 이제 그만 집으로 가."

"괜찮습니다. 내일은 우리 직원들 모두 쉬라고 했습니다. 도청하는 친구는 예외고요."

"도청에는 뭐 걸리는 것 없어."

"그 친구 직통 전화는 전혀 사용 안합니다. 핸드폰을 감청했어야 하는데……. 지난번에 무슨 총무라는 사람하고 술을 마신다고 종로요정으로 간 것이 전부인데, 더 이상은 아직 입니다."

"월요일부터 바쁘겠군. 나도 자네만 믿을 테니까 너무 염려하지 말고."

박흥식은 남은 술을 다 비우고서야 병실을 나섰다. 걸음걸이가 제법 비틀거리기까지 했다. 유한은 박흥식이 주고 간 쇼케이스를 열어 베레타를 손에 쥐어 보았다. 묵직한 무게감은 손목을 타고 전신으로 전달되었다. 차가운 베레타를 정면에 정조준을 해보고는 다시 쇼케이스에 넣고 비밀번호를 채워서 침대 밑으로 숨겼다. 유한은 잠들지 못했다. 다혜 생각과 재호 생각으로 온 밤을 새웠다.

정희는 사직서를 내고 난 후 회사에 나가는 것이 싫어졌다. 5년이 넘도록 월차 한 번 사용하지 않던 정희는 처음으로 토요일에 월차를 신청했다. 보통은 월요일에 월차를 사용하지만 반나절 근무만 해도 퇴근을 하는 토요일에 월차를 내고 삼성동 현대백화점 문이 열리는 시간에 맞추어 백화점으로 갔다. 오늘이 바로 주차장에 세워둔 BMW를 몰고 강남세브란스병원에 가는 날이었다. 유한과 외출을 하기 위하여 외출복을 준비하려고 백화점을 가는 것이었다.

스포츠 매장에서 골프티셔츠와 바지를 사고 다운타운 파카를 사고 구두점에서 스니커즈를 샀다. 이너웨어 매장에서 팬티와 러닝셔츠를 구입하고 지하 식품매장으로 내려갔다. 이틀 전에 다리의 깁스를 푼 유한은 토요일 외출을 하기 위한 준비를 정희에게 시킨 것이었다. 정희는 식품매장에서 전복죽과 치킨을 사고 백화점을 빠져 나왔다.

네 번의 시내연수로 운전하는 것이 제법 익숙해졌다. 다만 후진과 후면 주차가 조금 힘든 정도였다. 병실에는 수현이 정희를 기다리고 있었다. 한 주 동안 작업한 시나리오를 토요일이면 수정하는 날이기에 벌써 두 달이 넘도록 함께 작업을 하는 중이었다.

"언니. 어서 와요."

"안녕, 수현아. 선애언니도 계셨네요."

"어서 와. 정희 씨."

"사장님. 저 왔어요."

"무슨 짐 보따리가 그렇게 많아?"

"다 사장님 입을 거라고요."

"정희 씨. 사장님 옷이라니?"

"아. 나중에 외출하려고요. 언니는 이제 들어가세요."

"사장님 목발 저기 있으니까 조심해서 갔다 와."

"염려하지 마세요."

"와. 드디어 사장님 외출도 하시나 봐요."

"넉 달 반 만에 하시는 외출이야. 수현이도 같이 갈래?"

"전 데이트 있거든요. 두 분이 다녀오세요."

"그럼 밥이라도 먹고 가."

"오늘은 사장님 외출 때문에 시나리오 수정 못하겠네요."

"다음 주에 한꺼번에 하자. 미안해."

"아니에요. 언니. 사장님 오늘 데이트 잘 하시고 월요일에 뵐게요."

"왜 벌써 가려고?"

"일 안할 때는 눈치가 보여서. 호호호."

수현은 두 사람의 관계를 알고 있었다. 넉 달을 병원에 들락거렸다면 그것은 당연했다. 그래서 정희와 함께 시나리오 작업을 하게 된 것으로 알았다. 어쩌면 수현과 정희가 더 가까워진 것도 정희가 유한의 여자이었기 때문이기도 했다. 영화제작 전액 투자자인 유한이었기에 투자자의 연인과 가까워져서 손해 볼 것은 없었다. 두 사람의 학연은 시나리오 공동작가라는 지위를 더욱 공고하게 했다.
수현은 인사를 하고 병실을 나갔다.

"오빠. 옷 한번 꺼내 봐요. 디자인이 마음에 들지 모르겠네."

"난 주는 옷 타박 안 해."

"그럼 오빠 옷들은 사모님이 사주셨어요?"

"꼭 그런 건 아니지만. 내가 살 때도 있고. 어디 한번 볼까?"

"마음에 드세요?"

"뭐 괜찮네. 점심 먹고 어디로 갈까?"

"경춘가도를 달리고 싶다면서요."

"춘천은 너무 멀어. 왕복 다섯 시간은 걸릴 거야."

"그럼 어디로 가요?"

"먼저 가까운 사진관에 가서 증명사진 하나 찍고 미사리 쪽으로 나갈까?"

"정희는 길을 모르니까 오빠가 얘기해 줘요."

"증명사진 오늘 찍으면 월요일에 찾을 수 있지?"

"요즘은 두 시간이면 바로 인화해 줘요."

"그러면 내일 증명사진 찾고 타워펠리스에 가서 내 차 정희가 가져와서 주차장에 세워줘. 이건 내 차 키야."

"차는 왜요?"

"내가 좀 필요해서……."

"알았어요. 이제 벤츠도 몰게 생겼네. 호호호."

"덤벙대지 말고……. 운전할 때 조심해."

"나 참. 제가 덤벙대는 것 봤어요?"

"원래 점잖은 사람도 운전대만 잡으면 욕쟁이가 되는 법이라니까."

"전 안 그래요. 좋은 것만 보고, 좋은 것만 먹고, 좋은 말만 해야 한다고요."

"뭐?"

"아…… 아니에요. 말이 그렇다고요."

"하하하. 알았어. 이제 배고파 밥 먹자."

박흥식은 서초동에 있는 대신탐정사무소를 잠정폐쇄하고 교대 후문 쪽에 있는 영상분석실만 사용했다. 영상분석실 사무실 입구에는 '삼일공사'라는 간판이 붙었고, 취조실 각 방에는 상담실1, 상담실2, 영상분석실에는 회의실이라고 간판을 붙였다. 외부인이 보면 작은 회사처럼 보였지만 실상은 무슨 비밀스러운 정부 수사기관 같았다. 전직 경찰 네 사람은 삼일공사 회의실에 모였다.

"오늘부터 자네는 박형사야. 모두들 그렇게 불러. 절대로 본명으로 부르면 안 돼."

"알겠습니다."

"오늘 조동수 잡아들인다. 박형사는 사무실에서 계속 감청에만 집중해."

"네."

"지금부터 내 말 잘 들어. 김형사는 미리 조동수 아파트로 가서 주차를 해. 그리고 그 옆자리에 다른 차가 주차를 못하도록 간판이라도 하나 설치하고…… 이형사는 나와 함께 조동수 사무실에서부터 미행한다. 잡는 장소는 조동수가 살고 있는 아파트 주차장이야. 그러니까 김형사도 어두운 쪽을 선택해서 주차하고…… 조동수가 아파트 단지로 들어와서 주차할 곳이 없으면 당연히 김형사 옆에 주차할 거야. 그때 전기충격기를 이용해서 기절시키고 차에 태우는 데……, 차는 조동수의 차를 이용해. 안 그러면 조동수가 아파트 단지에 들어온 CCTV 때문에 나중에 복잡해질 수 있어. 조동수 자동차는 삼일공사 주차장에 주차하고 번호판은 모두 떼버려."

"알겠습니다."

"출발하기 전에 이형사는 먼저 조동수가 근무하는 용역업체에 전화를 해서 사무실에 있는지 확인부터 해. 있으면 그때부터 행동 개시야."

"네."

오후 세 시가 되자 이형사는 조동수가 근무하는 동서용역으로 전화를 했다. 이형사는 전라도 사투리를 썼다. 전화를 받는 상대방을 미리 짐작하지 못하고 먼저 말을 걸었다.

"여보시오. 거시기 조동수 부탁하는디요."

"지가 조동순디요. 누구랑께로?"

순간 이형사는 말문이 막혀버렸다. 조동수가 직접 전화를 받으리라고는 계산되지 않았다. 순간적으로 일어난 상황에 임기응변만이 해결책이었다.

"나여. 희순이."

"희순이가 누구여?"

"야가 국민핵교 동기도 몰라본다냐."

"머여? 동기라고라?"

"서울에 온 김에 낯짝 쪼까이 볼라캤더만서도. 김 샜구마이. 잘 묵고 잘 살더라고."

이형사는 조동수의 뒷말을 듣지 않고 일방적으로 전화를 끊어버렸다. 고향에서 서울에 온 김에 전화번호를 알아서 잠시 얼굴이라도 보고 갈 모양처럼 얼버무리고 기분 나쁜 투로 전화를 끊어 버린 것이다. 통화를 한 이형사나 옆에서 지켜보던 세 사람은 놀라서 머리카락이 곤두섰다.

"자. 지금부터 행동개시다. 김형사는 조동수 아파트로 가서 대기하고. 자, 출발하자."

세 사람은 두 대의 자동차로 출발했다. 김형사는 나가는 길에 뒷건물 주차장에 세워진 주차금지 입간판을 집어 들고 차에 실었다. 그 모습을 보던 박홍식은 엄지손가락을 치켜세우며 웃었다.

김형사는 고강동 고강1차아파트로 출발했고, 최반장과 이형사는 상서구청으로 출발했다. 수갑과 전기충격기를 안주머니에 넣고 가스총은 허리에 찬 채여서 누가 봐도 강력계 형사로 보였다. 가스총은 실제 권총과 흡사했다.

일곱 시에 동서용역 사무실에서 나온 조동수는 동료 두 명과 뒷골목에 있는 식당으로 들어가서 돼지갈비와 소주를 시켰다. 소주 세 병을 같이 마신 조동수는 먼저 간다면서 그랜저가 있는 주차장으로 왔다. 소주 반병정도 마신 조동수는 전혀 취기가 없었다. 운전을 하는 내내 백미러를 쳐다봤다. 그 뒤를 흰색 소나타가 쫓았다. 미행을 밥 먹듯이 해 본 박홍식은 조동수의 눈에 들어올 리가 없었다.

시계는 아홉 시가 넘어서 불빛이 없는 곳에서는 얼굴을 알아볼 수 없을 정도로 어두웠다. 이형사는 조동수가 가는 모든 내용을 실시간으로 김형사에게 전달했다.

드디어 조동수는 고강아파트 1단지 주변을 살폈다. 항상 주차로 짜증이 나던 조동수는 후미진 곳에 주차공간을 발견했다. 보통 때 같으면 그곳은 이미 다른 차가 주차하는 자리였기에 조동수는 기분 좋게 주차를 하고 막 운전석 문을 열 때였다. 검은 그림자가 나타나서 뭔가를 몸에 대더니 전기 스파크가 일어나면서 온몸을 전기가 감쌌다. 조동수는 순간적으로 정신을 잃었다. 세 사람은 조동수를 그랜저 트렁크에 넣고 수갑으로 두 손을 뒤로 채웠다. 그러고는 테이프로 입을 봉하고 트렁크를 덮었다. 김형사는 조동수의 그랜저를 몰고 유유히 사라졌다. 박흥식은 그랜저를 따라서 단지를 빠져나왔다.

삼일공사 주차장은 원래 주차장으로 쓰던 곳이 아니었다. 삼일공사가 들어오기 전에 임차한 회사가 창고로 쓰던 곳인데 창고만 임대할 수가 없어서 건물주가 주차장으로 이용하도록 해 놓은 것이었다. 그래서 주차장이 셔터가 있어서 셔터를 열면 차가 들어오고 셔터를 닫으면 주차장인줄 모르는 공간이었다. 주차장을 통해서 삼일공사로 들어가는 쪽문이 있어서 조동수를 삼일공사로 데려가는 데에는 어려움이 없었다.

이형사가 셔터를 열자 그랜저가 들어갔다. 다시 이형사는 셔터를 내리고 자물쇠를 채웠다. 박흥식은 트렁크를 열고는 정신이 돌아온 조동수의 얼굴에 검은 두건으로 가렸다. 김형사와 이형사는 조동수를 끌고 상담실로 데리고 갔다. 조동수를 의자에 앉히고 발에도 수갑을 채웠다. 그리고 백열등을 약간 흔들어서 공포심을 더 심어주고는 혼자 있도록 자리를 피했다.

조동수는 형사들에게 잡혀온 줄 알았다. 폭력전과와 마약전과가 있던 조동수는 형사들이 자신을 제압하는 것으로 볼 때 강력

계 형사 같았다. 강력계형사가 왔다면 이다혜사건뿐이라고 조동수
는 짐작했다. 앉아있는 방을 보면 예사로운 방이 아니었다. 벽에는
고문 도구가 있어서 그 방에 구금되어 있는 것만으로도 오줌이 지
릴 정도였다.

박홍식은 다른 상담실에서 조동수의 행동을 관찰했다. 좁은 공
간에 취조실을 만들면서 한쪽에서 다른 쪽을 볼 수 있도록 만들
었던 것이다.

"반장님, 저 놈 언제 족칩니까?"

"조금 더 놓아둬. 나름대로 생각을 했다가 그 생각을 접으려면
시간이 필요해. 먹을 것은 아무것도 주지 말고 새벽 두 시부터 심
문 들어간다."

"알겠습니다."

조동수는 단지 운전만 했을 뿐이었다. 운전만 했다면 살인은 아
니었고 살인 방조쯤 된다고 자신했다. 자신이 불면 살인자는 따로
있고 처벌이 가벼울 줄 알았다. 운전을 한 대가치고는 많은 돈을 받
았다는 것이 마음에 걸렸다. 시간이 지나도 어느 누구 하나 들어와
서 물어보는 사람이 없자 초조해지기 시작했다. 두 시간을 혼자서
좁은 방 안에 손과 발이 수갑에 차인 채 입은 테이프가 붙은 그대
로 있다 보니 벌써 심신이 지쳐갔다. 백열등 불빛만 흔들거리는 것
이 죽었구나 싶었다. 잠시 후 박홍식과 이형사가 들어왔다.

"이 새끼 입에 테이프 떼 봐."

이형사가 조동수 입에 붙은 테이프를 떼자 테이프 자국이 선명
했다.

"야. 조동수. 왜 잡혀왔는지 모르겠어?"

"모르겠는데요."

"이놈 봐라. 맞아야 정신 차리겠구먼. 이형사. 이놈 정신 들게 두 들겨 봐."

박홍식의 말이 끝나기가 무섭게 이형사는 몽둥이로 조동수의 허벅지와 어깨를 내리쳤다. 서너 대를 얻어맞은 조동수는 꼬꾸라졌다. 이형사는 조동수를 다시 일으켜 의자에 앉혔다.

"여기가 어딘지 알아? 강력계 취조실이야. 이 새끼가 겁대가리 없이 어디서 내숭을 떨어?"

박홍식은 조동수의 귀를 잡고 앞뒤로 마구 흔들었다. 그러면서 그랜저 6347가 찍혀져 있는 CCTV영상 네 개를 조동수 눈앞에 내밀었다. 조동수는 말이 없었다.

"임마. 조태수 차량이잖아? 몰라? 왜 조태수도 잡아다가 족쳐볼까? 네놈이 순순히 안 불면 조태수도 공범으로 잡아서 족치는 수가 있어. 그러면 변호사 짓도 못해. 한번 해 봐?"

박홍식이 조태수의 이름을 들먹이자 조동수는 체념을 한 듯 했다. 박홍식은 부산고속도로 톨게이트 CCTV영상에서 해상도가 뛰어난 사진을 다시 조동수 눈앞에 펼쳤다. 그러면서 이다혜 피살 사건의 범인을 잡기 위해 넉 달 동안 추적했다고 말했다.

"저는 운전만 했습니다. 사실입니다."

"그래? 그런데 왜 조태수의 차량을 이용한 거야?"

"형님이 변호사라서, 아무래도 그 차를 이용하는 것이 안전하다고 생각했습니다."

"체로키 브레이크를 손 된 곳이 부산이지?"

"네."

"부산 어디야?"

"파라다이스호텔 주차장입니다."

"정확하게 언제야?"

"7월 31일 밤 11시쯤입니다."

"그랜저 6347은 부산에 언제 내려간 거야?"

"7월 31일 오후 두 시에 서울에서 출발했습니다."

"그랜저가 간 경로를 말해봐."

"형님 차를 빌려서 수원에서 일행을 태우고 수원IC로 부산에 갔습니다."

"그럼…… 이다혜가 부산에 간 것은 어떻게 알았어? 정확하게 말하면 7월 31일 파라다이스호텔에 간 것은 어떻게 알고 있었던 거야?"

"이다혜의 핸드폰을 도청했습니다."

"어디서 도청기를 설치한 거야?"

"청담동 피부숍에서 했습니다."

"그건 언제 한 거야?"

"그러니까…… 6월 27일입니다."

"그렇다면 살인 계획은 한 달이 넘었다는 얘기잖아."

"저는 잘 모릅니다. 조수석에 탄 고향친구가 꼬드겨서 그만……."

"넌 주범이 아니라는 얘기야?"

"전 운전만 했습니다. 정말입니다. 큰돈을 준다고 해서 운전만 해준 것뿐입니다."

"현재로서는 네놈이 운전만 했다는 증거가 없어. 현재의 증거로도 넌 살인범으로 사형을 받을 거야."

"아닙니다. 전 운전만 했습니다. 정말입니다. 억울합니다."

"조수석에 탄 놈이 브레이크에 손을 댔다는 거야?"

"예. 저는 차에 대해서도 잘 모릅니다. 설기호, 그놈이 다 했습니다."

"그 놈이 설기호야?"

"네."

조동수는 자신이 빠져 나갈 수 있기 위하여 순순히 자백을 했다. 주범의 정보를 제공함으로서 공범인데도 불구하고 정상을 참작 받을 수 있도록 애를 쓰고 있었다.

"넌 설기호가 잡히기 전에는 주범이다. 단, 설기호가 자백을 했을 때만 단순가담으로 남을 수 있다. 알겠어?"

"네."

"지금부터 설기호에 대해서 하나도 빠짐없이 얘기해."

"저, 담배 한 대 주시면 안 되겠습니까?"

범죄 심리학적으로 공범이 주범을 분다는 것은 심적으로 상당히 불안하다고 한다. 그것은 추후 보복이 두려워서였다. 그러나 조동수는 주범을 불지 않으면 자신이 살인자가 되기에 친구를 배신하지 않을 수 없었다. 떨리는 가슴을 진정하기 위하여 담배를 요청하자 박홍식은 이형사에게 담배를 주라고 한다. 등 뒤로 묶인 수갑을 풀어서 앞에서 채웠다. 그러고는 조동수의 입에 담배를 넣고 라이터를 켰다. 길게 빤 담배연기는 깊은 한숨과 함께 내품었다.

"자. 조동수. 네가 순순히 자백하고 주범을 잡는데 앞장선다면 단순가담으로 최소한의 형량을 받도록 해주지. 돈은 누구한테 받았나?"

"설기호한테 받았습니다."

"얼마 받았어?"

"사천만 원 받았습니다."

"그 돈으로 그랜저를 산거야?"

"네."

"언제 받은 거야?"

"6월 20일에 이천만 원, 8월 3일에 이천만 원 받았습니다."

"좋아. 설기호는 어디에 살아?"

"집은 수원인데, 자주 안갑니다. 평소에는 강남에 있습니다."

"무슨 일을 하나?"

"설기호는 고향이 목포인데, 특별히 직업은 없습니다. 강남에 업소 몇 군데 봐주고 있다고 했습니다."

"양아치 새끼야?"

"강남에 식구들이 있다고 했습니다. 이 일도 설기호가 가지고 왔고요."

"목포에서 올라온 강남 조폭이라……."

박흥식은 점점 사건이 커지는 것이 어째 불안했다. 그렇다고 지금 중단할 수도 없었다. 그러나 섣불리 건드릴 수도 없었다. 한 범죄의 공범을 소탕하는 것은 분을 다투는 촉박한 것이라는 것을 박흥식은 알고 있었다. 늦어지면 늦어질수록 영원히 잠적해버리기 때문이었다. 평소 연락을 하고 지내는 공범에게서 연락이 안 되거나 조금만 낌새가 맡아도 멀리 달아났다. 특히 살인사건은 해외로 달아나서 영원히 잡지 못하기도 했다.

"이형사. 잠깐 나와 봐."

박홍식은 이형사와 함께 김형사가 있는 옆방으로 갔다. 김형사는 조동수를 취조하는 내용을 전부 녹음하고 있었다. 잠시 녹음기를 끄게 하고는 두 사람에게 말했다.

"설기호란 놈. 이놈도 내일은 잡아야겠어. 늦어지면 늦어질수록 눈치를 채고 잠수 탈거야."

"맞습니다. 내일이 지나면 어렵습니다. 김형사, 안 그래?"

"내일 실행하죠. 쇠뿔도 단김에 빼라고 했는데……."

"좋아. 내일 해보자. 정신들 바짝 차려."

"네."

박홍식과 이형사는 다시 조동수가 있는 방으로 들어왔다.

"이형사. 조동수 핸드폰 가져와봐."

이형사는 조동수의 옷에서 핸드폰을 꺼내어 책상 위에 놓았다. 책상 위를 비추는 백열등은 계속 흔들거렸다. 박홍식은 조동수를 부드럽게 대하면서 말했다.

"조동수. 내말 잘 들어. 방금 수사과장님과 회의를 했는데…… 설기호를 잡게 하면 너는 단순가담으로 집행유예까지 가능하다는 거야. 그러니까 모든 것은 네가 하기에 달렸다는 거 명심해."

"네."

"보통 설기호와 어디에서 만나?"

"설기호는 지가 봐주는 업소로 오라고 합니다. 보통은 업소에서 보는데 가끔은 강남역 주변에서 술을 마십니다."

"설기호는 술 잘 마시나?"

"그놈은 말술입니다."

"설기호 자는 곳은 어디야?"

"수원에는 고향에서 올라온 여동생이 있고 보통 때는 강남 오피스텔에서 지내는 모양입니다. 오피스텔이 어딘지는 말 안했습니다."

"지금 전화해서 내일 만나자고 해."

"뭐라고 말합니까?"

"건수가 하나 있는데 같이 하자고 그래. 자세한 것은 만나서 얘기하자고. 자주 가는 술집에서 만나자고 해."

조동수는 핸드폰에서 설기호 번호를 찾고는 설기호에게 전화를 걸었다. 박홍식과 이형사는 숨을 죽이고 전화를 거는 조동수에게서 시선을 떼지 못한다.

"기호야. 나, 동수야."

"새벽에 웬일이야? 나야 일을 한다지만……."

"회사에 용역 맡은 것이 있어서 인원 동원 때문에 일찍 나가는 길이야."

"우리 애들 동원할 필요 없어?"

"작은 일이야."

"애들 필요하면 언제든지 연락해라."

"알았어. 다른 게 아니고 큰 건수가 하나 있는데 나 혼자서는 못하겠고, 기호 너랑 같이 했으면 해서……."

"무슨 일인데?"

"전화로 얘기를 할 건 아니고……, 오늘 저녁에 이자카야에서 보자."

"몇 시에?"

조동수는 박홍식을 쳐다본다. 박홍식은 손가락 여덟 개를 폈다.

"여덟 시 어떠냐?"

"나야 좋지. 그럼 저녁에 보자."

"그래. 수고하고……."

조동수가 전화를 끊자 박홍식은 이형사는 숨죽이고 있던 가쁜 숨을 몰아서 내쉬었다. 시계는 새벽 다섯 시를 지나고 있었다. 조동수는 박홍식의 말을 믿었다. 설기호만 잡게 되면 단순가담으로 죄가 가벼워질 줄 알고 설기호를 잡는 일에 최선을 다해서 협조하려고 했다. 박홍식은 오늘 밤 설기호를 잡기 위해서는 사냥꾼들이 힘이 비축되어야겠다고 생각했다. 이형사를 밖으로 불렀다.

"이형사. 저 놈은 설기호 잡을 때까지 아무것도 주지 마. 힘을 완전히 빼놓아야 다른 생각을 안 해."

"알겠습니다."

"그리고 수갑은 풀어서 한쪽만 의자에 채워. 소변통이랑 대변통, 화장지는 넣어주고. 이형사도 눈 좀 붙여. 김형사와 교대로 불침번 해."

"알겠습니다. 반장님도 저녁을 위해서 좀 쉬시죠."

"박형사는?"

"시계가 몇 신데 아직 버티겠습니까? 소파에서 잡니다."

"알았어. 나갔다가 오후 세 시쯤 들어올 테니까 수고해."

"다녀오십시오."

월요일, 유한은 점심식사를 하고는 토요일 정희가 사온 옷으로 갈아있었다. 일요일에 정희가 주차장에 세워 둔 벤츠를 몰고 나갈 참이었다. 토요일 미사리에서 잠시 BMW 핸들을 잡아본 유한은 왼쪽 다리만 못 움직일 뿐이지 오른쪽 다리로 운전하는 오토는 전혀 문제가 없었다.

선애에게는 잠시 바람을 쐬고 온다고 말하고는 간호사들 몰래 외출을 감행했다. 지난달 박흥식이 가져온 작은 쇼케이스를 벤츠의 트렁크에 실었다. 병원을 빠져나간 벤츠는 강남대로를 지나 남산3호 터널을 향하여 질주했다. 터널을 빠져나온 벤츠는 을지로로 접어들자 우회전을 하여 을지로3가에서 세운상가 방향으로 좌회전을 했다.

벤츠는 세운상가 앞에 섰다. 유한은 목발을 집고 힘겹게 계단을 올랐다. 계단이 끝나는 지점에 조그만 가게가 나왔다. 가게의 문은 미닫이였고 미닫이창에는 대포폰, 전기충격기, 도청기라고 써져 있었다. 유한은 작은 가게 안으로 들어갔다.

"사장님 계십니까?"

"어떻게 오셨습니까?"

"주민등록증과 여권을 만들 수 있나 하고 왔습니다."

주인은 목발을 한 유한에게 혹시 경찰은 아닌가 하는 의심은 없는 듯 했다. 주인은 가게 문을 열고는 주위를 살피고는 다시 가게 문을 닫고 커튼을 쳤다. 가게 밖에서는 전혀 가게 안을 볼 수 없었다.

"알고 오셨습니까?"

"네. 그 정도는 알고 와야죠."

"어떤 것이 필요하십니까?"

"둘 다 필요합니다."

"주민등록증은 삼백만 원이고 여권은 오백만 원입니다. 일주일은 기다려야 됩니다."

유한은 군소리 없이 현금 천만 원과 토요일에 찍은 증명사진과 여권사진을 꺼내어 주인에게 줬다. 주인이 볼 때에는 자주 이런 일을 해본 사람 같았다. 유한은 처음 하는 일도 항상 해본 사람처럼 어색함이 없다는 것이 장점이었다. 그래서 주민등록증과 여권을 위조하러 왔음에도 어색해 보이지 않았다.

"다 아는 사람끼리 뭐 감출게 있습니까? 여기 천만 원 드릴 테니 최대한 날짜를 당겨주십시오. 그리고 현금 보관증 하나는 써주실 수 있죠?"

"여부가 있겠습니까? 프로는 프로를 알아보는 법이니까요. 하하하."

유한은 현금 보관증을 받아들고 가게를 나왔다. 목발을 짚고 계단을 내려가는 것은 힘들었다. 올라가는 것보다 내려가는 것이 서너 배는 힘든 걸음이었다. 겨우 내려간 유한은 곧장 타고 온 벤츠에 올랐다. 왔던 길을 되돌아가서 병원에 들어간 시간은 두 시간이 족히 걸렸다. 환자복으로 갈아입은 유한은 태연하게 침대에 누웠다.

다섯 시가 다되어서 박홍식은 삼일공사에 나타났다. 잠을 제대로 못잔 듯이 푸석한 얼굴이었다. 설기호를 체포하는 것이 쉽지 않은 반증이기도 했다. 상대는 강남일대를 누비는 조직 폭력배이었기에 검거 당시에 주변에 있을 조직원을 염려하지 않을 수 없었다. 최대한 속전속결로 체포해야만 했다.

박홍식은 삼일공사를 나오면서 강남역 11번 출구 뉴욕제과 뒷골목에 있는 이자카야 주변을 살펴보고 오는 길이었다. 나름대로 체포를 위한 밑그림을 그리고 나왔다.

"잠은 좀 잤어?"

"교대로 잤습니다."

"여섯 시에 저녁밥을 먹도록 해. 밥을 먹어야 힘을 쓰지."

"알겠습니다."

"이형사. 조동수는 어때?"

"배가 고파서 그런지 조용합니다."

"설기호 체포되기 전까지는 절대 먹이면 안 돼."

"새벽에 물만 좀 줬습니다. 저놈 똥을 쌌는데, 그 똥 치우느라고 김형사가 고생했죠."

"앞으로 한 달 정도는 고생한다고 봐야지. 아무튼 고생했어. 옆방으로 박형사도 같이 모여 봐."

조동수가 있는 옆방으로 네 사람이 모이자 박흥식은 화이트보드에 매직으로 강남역 11번 출구 주변의 약도를 그렸다. 11번 출구 뒤쪽에 이자카야 주변의 거리는 파악했지만 저녁 여덟 시에 주변의 인파는 예측할 수 없었다. 자동차를 최대한 가까운 거리에 대고 조동수를 차 안에서 설기호의 얼굴을 확인한 후 체포 팀에게 얘기를 해줘야 행동을 개시할 수 있었다. 설기호의 얼굴을 모르는 것이 난제였다. 경찰처럼 보이지 않으면서 최대한 설기호 주변에 가깝게 접근해야만 했다.

"주목. 차는 두 대로 움직일 거야. 이형사 차에 조동수를 태우고 김형사와 출발하고 나는 박형사와 움직인다. 이자카야 정문을 볼 수 있는 곳은 이곳과 이곳인데 여덟 시에 사람이 많으면 이곳에 차를 주차하지 못할 수도 있어. 설기호 얼굴을 확인해야 하니까 일곱 시 반까지 도착해야 해."

"설기호 얼굴이 확인되면 술집 안에서 체포하실 겁니까?"

"술집에 손님이 많으면 그것도 쉽지 않을 거야. 박형사는 이자카야 내부에 뒷문이 있는지 확인을 하고 뒷문에서 기다려. 혹시 후다닥 튀는 놈이 있으면 이 전기충격기로 족쳐버려. 가스총은 사용하면 안 돼. 주변 사람들한테 피해주면 더 큰일이 생길 수 있어."

"알겠습니다."

"김형사. 밥부터 시켜. 밥 먹고 나서 장비 점검하고……."

"네. 반장님."

네 사람의 눈빛이 조동수를 검거할 때보다 더욱 반짝였다. 조동수는 얼굴이 알려진 상태였고, 동서용역과 고강아파트의 동선이 파악되었기 때문에 검거가 손쉬울 수 있었지만 설기호는 전혀 다른 케이스였다. 만약에 일어날 변수를 예측하여야 했고, 그 변수는 주변에 있을지도 모를 설기호의 조직원들이 설기호의 체포를 막기 위하여 체포 팀에게 폭력을 행사할지 모르는 일이었다. 그들은 쇠파이프와 회칼로 무장된 무지막지한 놈들이었기에 미리 대비를 하지 않을 수 없었다. 또한 설기호가 극도로 저항했을 때도 대비하여야 했다.

식당에서 제육볶음과 김치찌개가 담겨있는 식사가 배달되었다. 네 사람은 천천히 식사를 시작했다. 전직 형사들이라고는 하지만 현직에 있을 때와는 사뭇 달랐다. 현직에 있을 때는 깡패 한둘은 쉽게 제압했지만 그것은 공권력이라는 큰 버팀목이 있었기에 가능했다. 비록 평균 체중이 90㎏이 넘는 덩치이지만 박홍식은 불안했다. 박홍식은 설기호 체포도 중요했지만 어느 누구도 다치는 사람이 없기를 바랐다.

식사가 끝나고 이형사는 장비를 캐비닛에서 꺼내어 각자 지급했다. 시계는 일곱 시가 가까웠다. 진한 커피 한 잔으로 초조한 마음들을 달래고 조동수에게 옷을 입혔다. 자동차는 조동수의 그랜저와 흰색 소나타로 가기로 했다. 김형사는 그랜저를 운전하고 뒷좌석에 조동수와 이형사가 앉았다. 그랜저는 교대 후문을 빠져 나와서 교대역 사거리 방향으로 길을 틀었다. 그 뒤로 흰색 소나타가 20m 간격을 두고 따라갔다.

일곱 시 반이 넘자 거리는 사람들로 붐볐다. 퇴근 후 쏟아져 나오는 사람과 술을 마시기 위하여 삼삼오오 모이는 사람들로 강남역 주변은 사람들로 넘쳐났다. 지나쳐 가는 사람 중에서 설기호를 알아보기란 쉽지 않아보였다. 그 만큼 강남역 11번 출구 주변에는 사람들로 붐볐다.

"이러다가는 안 되겠어."

박흥식은 전략을 바꾸었다. 김형사에게 전화를 하여 강남역 11번 출구에서 떨어진 주차장으로 차를 주자라고 지시를 했다. 흰색 소나타도 그랜저가 주차한 곳에 나란히 주차하고 박흥식과 박형사는 그랜저로 옮겨 탔다.

"이자카야 입구에서 체포하기란 쉽지 않겠어. 방법을 바꿔보자."

시간이 촉박했다. 조동수와 설기호가 만나기로 한 약속 시간이 다가오고 있었다. 그런 짧은 시간에 새로운 전략을 세운다는 것은 쉬운 일이 아니었다. 오랜 시간 범인을 잡아 본 경험이 아니라면 불가능했다.

"조동수. 강서구청에서 강남역으로 갈 때 어느 길을 이용하는 거야?"

"올림픽대로를 타고 오다가 신사역으로 나와서 강남대로로 들어옵니다."

"그래? 곧장 왔을 때 그렇다 이거지."

"네."

"지금 설기호한테 전화를 해. 교보사거리에서 접촉사고 났다고 그 쪽으로 걸어오라고 해."

"사고 났다고요?"

"큰 도로가에서 체포하는 것이 더 났겠어. 설기호는 네 차를 알고 있지?"

"네."

"흰색 소나타가 그랜저를 받은 것처럼 하고 그랜저 뒤에 바짝 붙여. 자 교보사거리로 이동하자. 조동수는 지금 전화를 해."

박흥식은 시간도 없는 상황에서 기발한 아이디어를 냈다. 조동수는 설기호에게 전화를 걸었다.

"기호야. 어디쯤 왔어?"

"5분도 안 남았어. 넌 어딘데?"

"교보사거린데 재수 없게 접촉사고가 났어. 기호 네가 와서 해결 좀 해주라. 이 새끼 진상인 거 같은데……."

"교보사거리 어디쯤인데?"

"교보생명 정문 앞이야."

"바로 갈 테니까 조금만 기다리고 있어."

김형사는 그랜저를 몰고 뒷골목을 돌아서 교보생명 앞 도로가에 차를 대었다. 흰색 소나타는 그랜저와 추돌한 것처럼 바짝 붙었다. 그리고 운전석에 조동수를 앉히고 김형사가 운전석 밖에서 조동수와 이야기를 하는 것처럼 보이게 했다. 나머지 세 사람은 그랜저 주변에서 구경하는 사람처럼 서성거렸다.

15분이 지나자 설기호가 그랜저가 있는 쪽으로 걸어왔다. 조동수는 멀리서 걸어오는 설기호를 알아보고 김형사에 알려주었다.

"차를 그렇게 운전하면 어떻게 합니까?"

"뒤에서 박아놓고 무슨 말을 그렇게 합니까?"

"급정거를 한 사람이 누군데?"

김형사는 조동수와 언쟁을 하는 것처럼 큰 목소리를 내면서 강남역 쪽에서 걸어오는 사람들을 주시했고, 세 사람은 구경꾼처럼 주변에 모여 있었다. 이때 설기호가 그랜저 운전석에 기대고 있는 김형사를 밀면서 다가왔다.

"당신 뭐야? 왜 그러는 거야?"

"기호야. 이 사람이……."

조동수가 설기호에게 말을 하는 순간이었다. 박홍식은 재빠르게 설기호의 옆구리에 전기충격기를 가져갔다. 그러자 설기호는 한발 뒤로 물러서면서 안주머니에서 날카로운 칼을 꺼내어 그랜저에 붙어 서있는 김형사의 옆구리를 찔러버리고 교보생명 앞 대로를 건너 뛰었다. 순간적으로 일어난 일이었다. 김형사는 악 하는 비명과 함께 쓰러지자 행인들은 일제히 쓰러진 김형사 쪽을 쳐다봤다. 박형사는 김형사의 칼에 찔린 옆구리에서 쏟아지는 피를 수건으로 막았다. 박홍식과 이형사는 그 순간에도 설기호가 도망간 대로를 가로질러 설기호를 추격했다. 불과 십 미터 거리밖에 차이가 없지만 설기호는 죽기 살기로 뛰었다.

"저놈 잡아! 저놈 잡아!"

박홍식은 설기호를 뒤따라 뛰면서 계속 소리쳤다. 설기호는 리츠

칼튼호텔 쪽으로 계속 뛰었다. 뒤쫓는 거리는 가깝지만 잡기란 쉽지 않았다. 삼십 대 초반의 설기호는 빨랐다. 그러나 호텔 앞에서 접촉사고가 나 있었다. 접촉사고 현장을 수습하는 경찰차가 서 있자 설기호는 호텔을 도착하기 직전 우측으로 방향을 틀었다. 우측은 위로 경사로가 심해서 평지를 뛰던 설기호의 속도를 늦추게 했다. 이때 이형사가 설기호를 덮쳤다. 두 사람은 도로까지 굴렀다. 박흥식은 굴러서 넘어진 설기호를 구둣발로 얼굴을 걷어찼다. 그러고는 수갑으로 양손을 뒤로 채웠다.

"이형사, 괜찮아?"

"네. 괜찮습니다. 이 새끼 엄청 빠르네."

길을 걷던 행인들이 서서 세 사람을 구경하듯이 쳐다봤지만 박흥식은 설기호를 끌고 왔던 길을 되돌아갔다. 교보생명 앞은 구경하는 사람들이 있었다. 검정색 그랜저에는 경광등이 켜져 있었고 박형사는 피를 흘리는 이형사를 부축하여 그랜저에 타고 있었지만 피를 흘리는 광경을 본 행인들이 걸음을 멈추고 보고 있었다. 이형사는 설기호를 흰색 소나타에 태웠다. 누군가가 119에 신고를 한 듯 사이렌을 울리면서 구급차가 저 멀리 다가오고 있었다.

"박형사. 김형사 어때?"

"병원에 가야겠습니다. 피를 많이 흘렸습니다."

"그럼 두 사람은 바로 강남세브란스 응급실로 들어가. 이 새끼 취조실에 넣고 갈 테니까. 조동수는 소나타에 태워."

그랜저는 조동수를 내리고는 경광등을 켠 채 강남역 방향으로 사라졌다. 박흥식은 조동수를 조수석에 태우고 구경하는 행인들에게 경찰이니까 가던 길 가라고 말하고는 구급차가 오기 전에 있던 자리에서 빠져 나갔다. 뒷좌석에 탄 설기호는 발길질로 조동수를 차며 온갖 욕을 했지만 조동수는 겁에 질려서 아무런 대꾸를 하지 못하고 있었다.

강남역을 지나자 설기호와 조동수의 얼굴에 검은 두건을 씌웠다. 소나타는 삼일공사 주차장으로 들어갔다. 박흥식은 조동수를 먼저 취조실에 넣고 수갑을 채우고 주차장으로 다시 내려왔다. 반항하는 설기호의 얼굴에 주먹을 서너 번 갈긴 박흥식은 삼일공사로 끌고 내려갔다. 박흥식은 김형사가 걱정이 되었지만 김형사를 칼로 찌른 설기호를 그냥 둘 수 없다고 생각했다. 수갑이 채워진 설기호를 몽둥이로 망신창이가 되도록 패버렸다. 박흥식은 힘에 부칠 때까지 설기호를 패버렸다. 설기호는 초죽음이 되어 쓰러졌다. 설기호가 피투성이가 되어 쓰러지자 회의실로 나왔다.

"이형사. 조동호는 국밥이라도 하나 먹여."

"알겠습니다. 김형사가 걱정입니다."

박흥식은 강남세브란스병원 응급실로 간 박형사에게 전화를 했다.

"박형사. 김형사 어때?"

"지금 수술 들어가야 한답니다. 칼이 위까지 찔렀나 봅니다."

"그래? 지금 내가 갈 테니까 수술 들어가라고 해. 의사한테는 경찰이라고 얘기 하고."

"알겠습니다. 빨리 오십시오."

"알았어."

박흥식은 염려하던 일이 결국 터져버린 것이었다. 설기호를 잡는 것도 중요했지만 잡는 과정에서 일어나서는 안 될 사고가 터져버렸다. 김형사는 경찰을 그만 둔 후 이혼을 하고 딸은 할머니랑 살고 있었다. 경찰들의 삶은 고달팠다. 경찰에 몸을 담고 있을 때에는 사건 때문에 제대로 집에 갈 수가 없어서 정상적으로 가정의 가장 구실도 못하는데, 정작 몸을 빼면 대다수 인생은 나락으로 떨어졌다.

범죄자들만 알고 살았던 경찰 출신들은 일반적인 사회를 모르고 살았다. 그래서 사회에 적응한다는 것이 무척 힘들었다. 더러는 범죄자의 소굴에서 살기도 하고, 해결사의 노릇을 하기도 했다. 탐정 일이라는 것도 결국 해결사와 다를 바 없었다.

"이형사. 나는 병원 갔다올 테니까 두 놈 잘 지키고 있어."

"네. 다녀오십시오. 경과 나오면 전화주시고요."

"알았어."

경찰은 명예라도 있었다. 적지만 생명수당이라도 있었다. 그러나 해결사는 개와 다를 바 없었다. 주인이 주는 것 외에는 먹을 수가 없고, 물이라고 하면 물 수밖에 없었다. 해온 짓이 사람을 미행하고 조사하는 일이라서 배운 짓이 도둑질이었다. 그래도 이 일을 할 때에서 살아있는 것 같았다. 박흥식이 응급실에 도착했을 때에는 이미 수술이 시작되었다. 수술은 두 시간이 넘어서야 끝났다. 수술을 마치고 나오는 의사를 잡고 물었다.

"선생님 환자는 어떻습니까?"

"위가 뚫려서 청공이 생겼는데 다행이 수술이 빨라서 큰일은 막았습니다. 의식 깨어나면 병실로 올라갈 거니까 입원수속 밟으세요."

"입원은 어느 정도 해야 합니까?"

"수술한 것이 아물려면 한참 걸리겠지만 입원은 보름정도면 될 겁니다."

박흥식은 이만하길 다행이다 싶었다. 경찰에 있을 때에도 칼에 찔려서 죽는 경찰도 보아 왔기에 병원으로 오는 길에 잘못되면 어쩌나 걱정을 했었다. 야간 접수실로 가서 6인실 입원수속을 마쳤다. 박형사가 가져온 물 한 잔을 마셨다. 박흥식도 경찰에서 나온 뒤 별 볼일 없는 인생이었다. 겨우 변호사 사무실에서 들어오는 일이라고 해봐야 이혼을 위해서 배우자의 뒤를 캐거나 목격자를 찾느라고 뛰어다니는 것이 고작이었다. 가끔은 살인사건과 관련된 큰 일도 있었지만 그것은 가뭄에 콩 나듯 했다. 탐정이란 명함은 듣기 좋은 꽃노래와 같았다. 받는 보수도 이형사와 김형사의 월급을 챙겨주고 나면 쥐뿔도 없었다.

다행인 것은 부양할 가족이 없다는 것이었다. 조그만 원룸에서 혼자 생활을 했다. 유한을 만나기 전에는 큰돈을 만져본 적도 없었다. 꿈도 없고 미래도 없는 나날에 유한을 만난 것이다. 이다혜의 사건을 쫓는 일은 적성에도 맞았고, 더욱이 유한이 주는 돈 맛이 더욱 좋았다. 돈이 아니라면 이런 힘든 일은 할 필요가 없었다.

김형사는 마취가 깨어났다. 침대를 밀고 나오는 간호사는 6층으로 올라간다면서 조심스럽게 엘리베이터를 열었다. 박흥식은 김형사의 손을 꼭 잡았다. 김형사는 미안한 표정으로 박흥식을 보며 웃었다.

"괜찮아?"

"이 정도로 제가 죽겠습니까? 관록이 있는데."

"살아있네. 관록 찾는 거 보니까. 보름동안 입원할 거니까 아무 생각하지 말고 푹 쉬어."

"설기호, 그놈 제가 취조해야 하는데……."

"김형사 말고도 사람 많아. 그냥 푹 쉬어. 내일 간병인 붙여줄 테니까."

"예쁜 여자로 보내주십시오. 하하하."

"병원에서도 여자타령이냐? 왜 다시 장가가고 싶어?"

"제가 능력이 됩니까? 하하하 그냥 하는 소리죠."

6층 병실에는 환자와 보호자가 모두 잠들어 있었다. 김형사가 눕는 침대에만 조그만 불을 밝혔다. 침대 밑에는 보호자용 낮은 매트가 삐죽 나와 있었다. 박흥식은 박형사의 어깨를 잡고 말했다.

"내일 간병인부터 보낼 테니까 간병인 오는 것 보고 사무실로 와."

"알겠습니다."

"박형사가 고생 좀 해 줘. 그리고 이 돈 경비로 쓰고."

"걱정하지 마시고 들어가십시오. 우리는 의리 빼면 시체 아닙니까?"

"의리라……. 좋지. 그렇지. 우리한테 의리마저 없다면. 수고해."

박흥식은 병실에서 걸어 나오다가 다리가 휘청거렸다. 얼마나 신경을 썼는지 피로가 갑자기 몰려왔다. 혈당이 떨어져서 빈혈이 오는 듯 했다. 오늘은 아무것도 생각하기 싫었다. 그냥 사무실도 들어가기 싫었고, 설기호 취조도 귀찮아졌다. 조용히 깊은 잠에 빠지고 싶었다. 박흥식은 삼일공사로 전화를 했다.

"이형사."

"네. 반장님. 김형사는 어떻습니까?"

"괜찮아. 방금 수술 끝나고 병실에 올라갔어. 보름정도 꼼짝 못

할 거야."

"그만하길 다행입니다. 사무실에 있는데 입이 바짝바짝 타더라고요."

"오늘 이형사가 사무실에서 자. 난 내일 오전에 들어갈 테니까 조동수 밥은 챙겨주고……. 설기호는 내가 갈 때까지 가만히 둬."

"알겠습니다. 반장님도 좀 쉬십시오."

"내일 김형사 간병인 알아보고 나갈 테니까 밥 잘 챙겨 먹고 있어."

"제 걱정은 마십시오. 식당에 시키면 언제든지 오는데요. 뭘."

박흥식은 전화를 끊고 병원을 빠져 나왔다. 소나타는 터널을 빠져 나와서 좌회전을 했다. 잠실을 지나 방이동 먹자골목에 차를 세웠다. 자정이 지나도 먹자골목에는 술집 간판의 불은 요란하게 깜박거렸다. 박흥식은 지하에 있는 작은 술집으로 들어갔다. 우울할 때면 찾게 되는 작은 술집은 여주인이 여종업원 하나만 데리고 장사를 했다. 홀에는 테이블이 세 개밖에 없는 아주 작고 볼품없는 술집이지만 박흥식은 이곳이 정이 들었다.

"아이고, 이게 누구세요?"

"잘 있었어?"

"너무 오랜만에 오셨네요. 난 또 죽었나 했죠."

"죽고 싶어도 데려가지를 않네."

"죽을 때 나도 데려가요."

"왜?"

"혼자 죽으면 외롭잖아요."

"여기 맥주 다섯 병, 소주 한 병 줘."

"안주는 뭐로 드려요?"

"자네가 먹고 싶은 걸로 가져오소."

박흥식은 이 술집에 오면 항상 주인과 술을 마셨다. 주인은 7년 전에 이혼을 하고 자살을 두 번이나 시도했지만 결국 실패하고 사람이 그리워서 가게를 차렸다했다. 오고 가는 사람들과 얘기하는 것이 유일한 낙이었다. 박흥식은 이곳을 처음 찾은 것은 3년 전 우연히 고등학교 친구와 온 뒤로 혼자 울적할 때만 찾는 술집이었다. 여주인은 사람이 필요했고 박흥식은 술친구가 필요했다. 때로는 가게가 문을 닫을 때까지 둘이서 마시기도 했다. 안주는 푸짐했다. 오뎅탕과 계란말이, 한치가 나왔다. 그렇게 많이 나와도 가격은 저렴했다. 여주인은 박흥식의 옆에 앉았다.

"오빠, 오늘 힘이 없어 보이네요……."

"오빠라고 부르지 말라고 했지? 나보다 한 살 많으면서 무슨 오빠야?"

"그럼 뭐라고 불러요? 동생이라 해?"

"나 참. 오늘 손님이 없네?"

"없을 때도 있고, 있을 때도 있고……."

"이러다가 굶겠네."

"굶어죽는 사람은 없다고 하네요. 자, 한잔 받으세요."

"자네도 한잔 받고……."

"무슨 일 있어요?"

"무슨 일 있어야 내가 와?"

"항상 그랬잖아요. 평소에는 오지도 않으면서."

"설마 내가 보고 싶었다는 말은 아니지?"

"오늘 우리 집에 가서 자고 가요."

"왜?"

"나도 외롭고, 오빠도 외로우니까……."

"오늘 태희가 날 유혹하려고 날 잡았구먼."

박흥식이 태희집에서 나온 건 다음날 정오쯤이었다. 태희는 북어 해장국을 끓여서 아침을 차렸다. 늦은 시간이었는데도 태희가 차려준 밥 한 그릇을 다 비우고 집을 나섰다. 실로 오랜만에 받아 보는 아침 밥상이었다. 그러나 다시 온다는 기약을 하지 않았다. 혼자 사는 것도 벅찬 인생인데 또 다시 책임을 지지 못할 여자와 정분이 나는 것이 두려웠다. 주차한 차를 찾으려고 다시 전날 갔던 가게 앞으로 걸어가면서 어두움 속에서 품은 태희의 풍만한 젖가슴이 떠올랐다. 떠오르는 기억을 애써 외면하고 강남세브란스병원으로 차를 몰았다. 유한의 병실에는 갈 때마다 시나리오 작가가 유한의 곁에 붙어 있었다.

"최반장. 어서 와."

"형님 식사는 하셨습니까?"

"방금 먹고 치웠어. 자네는?"

"저도 오랜만에 여자가 차려주는 밥을 먹고 왔습니다. 하하하."

"왜 외박했어?"

"농담입니다. 그건 그렇고, 긴히 드릴 말씀이 있는데……."

유한은 선애와 수현을 잠시 병실 밖으로 내보냈다. 그때쯤에는 유한은 화장실도 혼자 다닐 정도로 호전되고 있었다. 선애가 놓고 간 커피를 마시면서 박흥식의 얼굴을 살폈다.

"어제 설기호 검거했습니다."

"그래?"

"그런데 검거 도중에 김형사가 설기호의 칼에 찔렸습니다."

"얼마나 다쳤는데?"

"자정에 급히 세브란스로 와서 응급 수술을 하고, 지금 6층에 입원해 있습니다."

"괜찮은 거야?"

"한 보름 정도는 입원해야겠습니다."

"나중에 내가 한 번 내려가 볼게. 큰일 날 뻔 했구먼."

"그래서 간병인을 구해야 하는데……. 아줌마한테 좀 부탁드려 주십시오."

"걱정하지 마. 내가 알아서 할 테니까. 병원비도 걱정하지 말고."

"김형사가 어머님이랑 딸이 하나 있는데, 보름동안 못 가면 어떻게 생각할지……."

"딸이랑 어머님은 어디 사시는데?"

"구리에 산답니다."

"자네가 한 번 찾아가. 보름 동안 출장 갔다고 그러고."

"내려가다가 김형사한테 들러서 어머님께 전화라도 드리라고 하겠습니다."

"그래. 설기호란 놈은 언제 취조할 거야?"

"오늘은 모든 걸 끝내야죠."

"오늘이면 배후가 밝혀지겠군."

"네. 저도 누군지 궁금합니다."

"알게 되면 바로 전화를 해 줘."

"알겠습니다. 그럼 이만 가보겠습니다."

"그래. 오늘 계좌로 돈 보내라고 할 테니까 비용은 걱정하지 말고……."

"고맙습니다. 형님."

박흥식은 김형사가 입원해 있는 병실에 들렀다가 삼일공사로 향했다. 오늘 모든 것을 밝혀낼 생각이었다. 조동수의 표정은 평온을 찾은 듯 했다. 수갑에 한쪽 손과 두 발은 묶여있지만 식사를 하는 것만으로도 심적으로 안정이 된 듯 했다.

반면 설기호는 얼굴이 피투성이가 되어서 퉁퉁 부었고, 입술과 이마의 피는 말라붙어서 몰골이 말이 아니었다. 16시간이 넘도록 방치한 것이 두려움을 가져오게 했다. 스포츠머리를 한 설기호는 격투기 선수처럼 강인해 보였다.

박흥식은 설기호의 옷을 팬티 하나만 남기고 모두 벗기게 했다. 설기호의 등판과 팔에는 온갖 문신들로 가득했다. 박흥식은 담배를 한 대 피웠다. 담배를 빨자 빨간 담뱃불이 금방 재로 변했다. 그 재를 설기호의 가슴에다 털었다. 설기호는 따끔거리는 것을 피하기 위하여 몸을 틀었다. 몇 번 빨던 담배를 설기호의 어깨에다 비벼 껐다. 설기호는 비명을 질렀다.

"이 새끼야. 네놈이 죽어 나가도 상관없어. 그러니까 엄살 그만 떨어."

"왜 그러십니까? 왜 선량한 시민을 잡아서……."

"뭐? 선량해? 개새끼. 조동수가 다 불었으니까 쇼 안하는 게 좋아. 넌 이다혜 살인에다가 경찰관 살인미수까지. 다 끝났어. 임마."

설기호는 고개를 떨어뜨린 채 말이 없었다. 어제 도망을 가려고 엉겁결에 찌른 칼에 경찰마저 다쳤다는 것에 포기할 수밖에 없었다.

"설기호……."

"네."

"좋게 말하면 너도 편할 거야. 누가 시켰어?"

설기호는 입을 다물고 아무런 말을 하지 않았다.

"이 새끼가 맞아야 알아듣겠구먼. 이형사, 이 새끼 족쳐."

"아…… 아닙니다. 아는 형님의 부탁을 받고……."

"뭐? 아는 형님? 이름이 뭐야?"

"강훈길입니다."

설기호의 입에서 생각하지도 않은 생소한 이름이 나온 것이었다. 박홍식은 당황했다. 또 다른 인물이 중간에 나타난 것이었다.

"나이는?"

"육십쯤 되었습니다."

"얼마 받고 작업한 거야?"

"일억 받았습니다."

"얼마?"

"일억입니다."

"강훈길이 어디 살아?"

"그건 모릅니다."

"이 새끼가 놀고 있네."

"아닙니다. 진짜 모릅니다."

"뭐하는 놈이야?"

"호남향우회 총무입니다."

"동서용역 옆에 있는 호남향우회 말이야?"

"그곳은 강서지역 호남향우회고요, 서울호남향우회라고 따로 있습니다."

"어디에 있는 건데?"

"퇴계로4가 대한극장 옆에 있습니다."

"두 사람은 어떻게 아는 사이야?"

"저도 서울호남향우회 회원입니다. 그래서 그 형님을 잘 압니다."

"거짓말이면 넌 죽을 줄 알아."

박홍식은 먼저 서울호남향우회에 강훈길이란 자가 있는지 먼저 알아보아야 했다. 그래서 김형사 보고 인터넷을 뒤쳐서 서울호남향우회를 검색해서 내용을 파악해보라고 했지만 홈페이지가 없어서 파악할 수 없는 임의단체였다. 강훈길의 실체는 밝히는 데에는 일손이 부족했다. 김형사는 입원해있고, 박형사는 간병인이 갈 때까지 움직일 수가 없었다. 일단 박형사가 돌아와야 움직일 수가 있었다. 서울호남향우회에 전화를 걸어보기로 하고 일단 취조를 끝냈다. 취조는 생각보다 쉬웠다. 조동수를 먼저 검거한 것이 주효했다. 공범이 주범을 지목했을 때에는 주범도 부인할 수 없는 일이었다.

"네. 서울호남향우회입니다."

"강훈길 총무님 계십니까?"

"손님이 찾아오셔서 잠시 출타중이십니다. 어디라고 전해드릴까요?"

"아닙니다. 다시 전화 드리겠습니다."

여직원이 전화를 받았다. 서울호남향우회는 여직원과 총무가 있는 것으로 보아 제법 재정적으로 후원을 받는 듯 했다. 호남 출신들이 서울에서 사업을 하는 사람치고 서울호남향우회에 출입을 하지 않는 사람이 없었다. 대기업부터 심지어 식당을 하는 사람들까지 서로 연락을 공유하며, 같은 값이면 동향의 집에서 물건을 팔아주는 것이었다. 서울호남향우회는 호남 출신 인맥으로 끈끈하게 서로를 엮어놓고 있었다.

"이놈 옷 입히고……. 내일 저녁까지 아무것도 주지 마."

"알겠습니다."

박흥식은 설기호만 잡으면 끝일 줄 알았다. 그런데 조동수와 설기호는 피라미에 지나지 않았고 몸통은 따로 있었다. 결국 살인을 지시한 자는 서울호남향우회 총무 강훈길을 시켜서 해결사를 알아본 것이었다. 그 해결사가 설기호였다.

'누구지? 누가 서울호남향우회를 이용한 거지? 이다혜 전 남편 김태호도 호남이잖아. 전북 정읍이라고 했는데…….'

다가가면 또 멀어져 버리는 숨바꼭질에 박흥식도 지쳐갔다. 조동수와 설기호를 잡으려고 얼마나 고생했던가? 그런데 또 다른 한 사람을 체포해야 했다. 체포를 한다고 해도 이제 마땅히 가둬 놓을 자리도 없었다. 취조실을 두 개 만든 것도 여분이라고 생각해서 만든 것이었는데 난감할 지경이었다. 이제부터 강훈길을 잡을 일만 남았다. 그러나 강훈길에 대해서 아는 것이 너무도 없었다. 박흥식은 다시 설기호가 있는 방으로 들어갔다.

"야. 설기호."

"네."

"강훈길이란 놈 뭐하던 놈이야? 넌 잘 알 거잖아."

"저……."

"똑바로 말 안 해? 더 맞아야 정신을 차릴 거야?"

"아닙니다. 강훈길은 목포 출신 옛날 건달입니다. 지금은 은퇴를 하셨지만 강남지역 우리 식구들도 다 아는 형님입니다."

"뭐? 조폭출신이라고? 그래서 너한테 이 일을 시킨 거야?"

"네. 형님이 부탁하시는 것은 거절을 못합니다. 아무리 은퇴를 하셨다고 해도……."

"이 새끼가 여기서 의리를 찾아?"

사건은 점점 미궁 속으로 빠져들고 있었다. 양파처럼 껍질을 벗기면 그 안에 새로운 껍질이 또 나왔다. 목포 출신 전직 조직폭력배의 지시로 강남에서 활동하는 행동대장과 연계된 청부살인, 은퇴를 했다고 하지만 어쩌면 서울호남향우회라는 울타리로 위장을 하고 있는지 아무도 모르는 일이었다.

조직폭력배는 관 속에 들어갈 때 비로소 조직에서 벗어날 만큼 그 세계에는 임의탈퇴란 있을 수 없었다. 강훈길을 잡기 위해서는 방법을 달리해야 했다. 잡는다고 해도 쉽게 배후를 토설할 인물이 아니었다. 박흥식은 강훈길을 체포하는 일을 먼저 유한에게 보고하고 신중하게 처리하고 싶었다.

박흥식이 유한의 병실에 나타난 시간은 저녁 여덟 시가 넘어서였다. 수현이 시나리오 작업을 끝내고 병원에서 저녁 식사를 마치고 나간 다음에 병실로 들어왔다.

"최반장. 조금만 빨리 오지. 방금 식사를 끝냈는데……."

박흥식은 병실에 오면 선애는 자연스럽게 병실을 나가서 한 시간

정도 있다가 들어왔다. 몇 번 유한의 지시로 나가다보니 이제는 의례적으로 박흥식이 오는 날이면 유한이 말하지 않아도 마실 음료수만 챙겨놓고 병실을 나갔다.

"저도 방금 먹고 오는 길입니다."

"간병인 구했어. 오후부터 6층에서 간병하고 있어."

"올라오는 길에 잠시 보고 왔습니다."

"설기호란 놈······, 취조해 봤어? 배후가 누구래? 난 최반장이 전화를 할 줄 알고 기다렸는데······."

"전화로 말씀드릴 수 없었습니다. 설기호란 놈도 강남에서 활동하는 조폭 행동대장인데······, 설기호를 사주한 놈은 더 거물급입니다."

"그게 무슨 얘가야? 배후에 또 다른 놈이 있다고?"

"네. 목포 출신 전직 조폭 우두머리 급이 되는 것 같습니다. 그 놈이 설기호를 시켰습니다."

"목포 출신 전직 조폭이 이다혜를 어떻게 알아?"

"아마도. 그 놈도 사주를 받았겠죠. 직접 처리할 수 있는 위치도 아니고."

"설기호에게 지시한 놈은 뭐하는 놈인데?"

"서울호남향우회 총무라고 합니다. 서울에 거주하는 모양인데, 아무도 주거지를 모르는 모양입니다. 강훈길이라고, 나이는 예순 정도 된답니다."

"서울호남향우회 총무?"

"네, 호남 출신 재계 인사들도 출입을 하고 그쪽에서 후원을 받는 모양입니다. 워낙 비공개로 활동하는 임의단체라서 더 이상의 정보를 얻기는 곤란할 것 같습니다."

"이다혜 전 남편이 호남 출신이잖아?"

"알고 있습니다만, 지금으로서는 아직 뭐라고 단정 지을 수 없습니다. 일단 강훈길을 잡아야 하는데 이놈 잡는 것도 섣불리 할 수도 없고……."

"어떻게 할 참이야?"

"생각 좀 해보고 신중히 행동해야겠습니다. 서울호남향우회에 대해서 좀 더 탐문해보고 전화 드리겠습니다."

유한은 총무라는 낱말을 어디에서 들어본 것 같았다. 일반 회사에서는 총무라고 부르지 않기에 회사에서 들은 낱말 같지는 않다고 생각했다. 박홍식이 얘기 하는 동안에도 유한의 머리에는 총무라는 글자가 맴돌았다. 그러다가 그 말을 생각해냈다.

"최반장……. 지난번에 자네가 총무 어쩌고저쩌고 한 것 같은데?"

"언제요?"

"잘 생각해 봐. 일주일쯤 되었나? 내 방 도청하는데 무슨 총무라고 한 것 같은데……. 기억 안 나?"

"아, 박재호 사장 사무실 도청에서……. 아, 맞다. 생각납니다. 박사장이 자신의 핸드폰으로 통화를 하던 것인데……. 총무님이라고 불렀습니다. 상대가 누군지는 알 수 없고……."

"그랬지? 나도 생각나는군. 박사장이 총무님이라고 불렀다고……."

"강훈길을 족쳐도 배후를 쉽게 불 인물이 아닙니다. 산전수전 다 겪은 놈인데 쉽게 불겠습니까?"

"강훈길의 핸드폰에 저장되어 있는 전화번호만 봐도 확인이 되잖아?"

"일단 잡는 게 급선무인데 늦어도 내일 안으로는 처리해야 합니다. 강훈길이 설기호가 연락이 안 되는 줄 알면 재빠르게 잠수탈 겁니다."

"아마도 그럴 거야."

"형님, 나가보겠습니다. 이렇게 있다가는 죽도 밥도 안되겠습니다. 나중에 전화 드릴게요."

"알았어. 몸조심하고."

박흥식은 병실을 나왔다. 현재의 인원으로는 강훈길을 검거한다는 것은 섶을 지고 불에 뛰어드는 꼴이었다. 먼저 검거 팀을 별도로 조직하지 않으면 안 된다고 생각했다. 최소한 4명 두 개조로 구성되어야 검거가 용이했다. 김형사의 병실에 간병인이 들어간 이후 박형사는 삼일공사에서 대기하고 있었다. 사무실에 전화를 걸었다.

"이형사. 별일 없지?"

"네. 이상 없습니다."

"강훈길을 잡으려면 인원이 한 명 더 필요한데, 혹시 쓸 만한 사람 없어?"

"한 명 있습니다. 마약반 출신인데, 좀 거친 게 흠이지만."

"그래? 내일 아침에 서초동 사무실 다시 오픈하고, 그 쪽으로 아침에 나오라고 해."

"네. 알겠습니다."

새로운 인력을 확보한다는 것도 쉽지 않았다. 자신들이 하는 일을 공개하는 것 자체가 위험해서 아무나 조직원으로 영입할 수도 없었다. 그러나 모자라는 인력으로는 검거 자체가 불가능했다. 강훈길을 잡는 일에 설기호를 미끼로 사용하는 것이 좋다는 결론을 내렸다. 지금은 그 방법 말고는 다른 방법이 전혀 떠오르지 않았다. 내일 오전부터 자정까지 강훈길의 행동을 철저히 미행하고 그 다음날 아침 출근길에 체포하는 것이 그나마 쉽다고 생각했다. 내일 미행이 우선적으로 중요했다. 박홍식은 설기호를 구슬리기 위하여 늦은 시간인데도 삼일공사로 복귀했다. 박형사는 여전히 도청장치에 귀 기울이고 있었다.

"이형사…… 설기호 국밥 하나 시켜줘."

"내일까지 굶긴다면서요?"

"강훈길 검거에 설기호를 이용해야 되겠어."

"알겠습니다."

이형사는 육개장 하나를 시켜서 설기호에게 줬다. 한쪽 손은 수갑에 묶여 있어도 밥을 먹는 데는 아무런 어려움이 없었다. 설기호는 24시간 만에 먹는 밥이었다. 음식은 허기진 사람을 비굴하게 만들었다. 밥 한 그릇에 고마운 줄 알고 물 한 모금에 감사하게 만들었다. 식사가 끝나자 박홍식은 설기호와 마주 앉았다. 박홍식은 담배에 불을 붙여 설기호의 입에 넣어주었다.

"밥맛이 어때?"

박홍수는 부드럽게 말했다.

"밥이 이렇게 맛있는 줄 미처 몰랐습니다."

"우리는 이다혜의 살인을 사주한 놈을 찾고 있다. 물론 너를 시킨 강훈길도 결국 심부름꾼이고…… 강훈길 뒤에 숨어 있는 배후가 누군지 찾는 거야. 배후가 잡히면 너희들의 죄는 경감된다. 배후가 없는 살인은 최고 사형이지만, 살해지시가 있고 그것을 실행한 사람은 길어야 15년이다. 내 말 알겠어?"

"네."

"넌 무기징역이나 사형을 받을래? 아니면 단기 7년, 장기 15년을 받을래? 물론 네가 복역을 한다고 해도 편하게 생활할 수 있도록 우리가 편리를 봐줄 수도 있지. 선택은 네가 해라."

"강훈길 잡는 데 돕겠습니다."

"그것만이 자네가 살 길이야."

"어떻게 하면 됩니까?"

"딴 마음 먹으면 그땐 내가 널 죽여 버릴 거야. 알겠어?"

"알겠습니다."

"오늘은 쉬고 내일 다시 얘기하자."

유한은 박흥식이 다녀간 뒤 잠을 이룰 수가 없었다. 아무리 생각해도 서울호남향우회 총무와 이다혜를 연결시킬만한 고리는 없었다. 재호가 전화를 건 도청 내용이 총무와 술을 한잔 한다고 만났다고 해도 재호 역시 서울호남향우회와 연결될 이유가 어디에도 없었기 때문이었다. 그래서 재호가 만난 총무라는 사람은 다른 사람일 것이라고 단정하기에 이르렀다. 점점 범인이 좁혀올수록 궁금증은 더욱 쌓여갔다. 곧 눈앞에 나타날 범인을 향해서 베레타로 쏴주고 싶었다.

박흥식은 다음날 아침에도 분주했다. 아침 일찍 서초동 대신탐정사무소에 나가서 먼지를 털고 청소를 말끔히 했다. 가판대에서 조간신문을 하나 들고 들어왔다. 아직 조동수와 설기호의 실종에 대한 기사는 없었다. 두 사람은 평소에 연락을 자주 두절시키거나 외박도 밥 먹듯이 하는 사람들이라서 가족 누구도 실종이 되었다고 생각하는 사람이 없었다. 신문을 반쯤 읽었을 때 이형사가 들어왔다.

"저한테 청소를 시키시지 이런 것을 직접 다 하십니까?"

"잠이 안와서 일찍 나온 거야. 그래서 한 건데 뭐. 말한 친구는 오고 있어?"

"한 시간 있으면 도착할 겁니다."

"어떤 친군데?"

"마약단속반에 있다가 압수된 마약을 좀 팔아먹었나 봅니다. 그것 때문에 작년에 1년 실형 살고 나왔습니다."

"먹고 사는 건 뭐로 해?"

"와이프가 편의점을 운영하는데, 겨우 먹고 사나봅니다."

"우리가 하는 일은 얘기했어?"

"네. 대충 탐정일이라고만 했습니다."

"앞으로 이형사는 오는 친구와 같이 행동해."

"네. 그리고 이놈 믿을 만합니다. 우리한테서 멀어지면 갈 곳이 없다는 것도 잘 압니다."

"그렇다면 다행이고. 그러면 돌아가는 것도 얘기해주고……."

"그래야 될 것 같습니다. 감춘다고 해도 다 알게 되는데 미리 얘기 하는 것이 좋을 겁니다."

"그 친구는 앞으로 이형사가 책임져. 내가 이형사를 믿는 것처럼 이형사가 믿는 친구니까."

이형사가 소개한 오광옥이 사무실에 도착하자 박흥식은 악수를 나누며 진행되고 있는 사건을 바로 오픈했다. 석 달이 걸린 추적에 관한 이야기를 모두 했지만 시킨 사람이 유한이라고는 말하지 않았다. 범인을 잡으면 그 범인을 처리하는 것은 다른 사람이라고만 말했다. 오광옥은 마약사범을 검거하는 일에 10년을 넘게 보냈다. 마약사범은 강력범 중에서도 강력범에 속했다. 마약제조, 마약운반, 마약판매 조직은 조직범죄 중에서도 흉포한 범죄로 속했다. 잡히지 않으려고 경찰과 사투를 벌이는 일이 허다해서 마약전담 형사 역시 거칠지 않으면 살아남을 수 없었다. 그러나 박흥식이 얘기한 그동안 수사 경위는 마약사범을 검거하는 이상으로 힘든 일이었기에 오광옥은 자신도 모르게 박수를 쳤다.

"앞으로 오형사로 부를게. 이형사 친구니까 나이는 나보다 세 살 적을 테고."

"편하게 하십시오. 그래야 저도 편합니다."

"오늘 이형사와 오형사는 설기호를 차에 태우고 강훈길 사무실 부근에 잠복하고 있다가 강훈길이 어떤 놈인지 얼굴을 파악하고, 그놈 주거지를 확인해. 그래서 내일 검거할 수 있도록 하자고."

"언제 출발합니까?"

"점심 먹고 출발해. 설기호 도망가면 다 끝이야. 도망 못가도록 신경 바짝 쓰고."

"이래봬도 그런 놈 한두 놈 정도는 아직 거뜬합니다. 반장님 아시면서. 하하하."

일망타진

정희는 환희가 뱃속에서 자라수록 더 여성스러워졌다. 모성애는 여자를 변화시키는 별도의 호르몬이 생성되는 듯 했다. 혼자서 먹더라도 제대로 된 영양을 고려해서 음식을 만들어 먹었고, 과일도 충분히 섭취했다. 15주로 접어들자 배가 제법 볼록했다. 복대를 하지 않으면 출근을 못할 정도였다. 청담동 아파트로 이사를 했지만 35평의 아파트에서 혼자 산다는 것이 익숙하지는 않았다. 퇴근 후 백화점에 가서 유아용품을 하나씩 사는 것이 낙이었다.

평일에 유한이 있는 병실에 가고 싶었지만 유한은 절대로 못 오게 했다. 다른 사람과 마주치는 것을 원하지 않았다. 유한에게 정희의 존재는 간병인과 방수현 정도만 알고 있었다. 산부인과에 세 번째 가는 날도 혼자 갈 수밖에 없었다. 의사가 왜 혼자 왔느냐는 질문에 남편은 해외 출장 중이라고 둘러댔다.

회사에 출근을 해도 재미가 없었다. 사직서를 낸 이후 새로 배정된 여직원에게 비서업무를 가르치는 것이 주 업무였다. 친하게 지내던 직원들과 함께 있을 날도 멀지 않았다. 자신의 전공을 살리기 위하여 사직을 한다는 정희에게 용기가 대단하다고 말하는 직원들도 있었다. 작가가 되기 위하여 문학을 전공하고서도 결국 먹고 살기 위하여 취직을 할 수밖에 없었는데, 유한을 사랑하면서 자신의 전공을 살리는 길도 열린 것이었다.

유한과 띠 동갑이라고 해도 자신이 원하는 것을 다 해주는 유한이 고마웠다. 남녀는 몸을 합치고 나면 나이의 차이는 숫자에 불과했다. 처음에 대하기 어려웠던 남자도 함께 지내는 날이 많아질수록 편해지기 마련이었다.

퇴근을 하고 집으로 돌아간 정희는 압박붕대를 풀고 샤워를 하였다. 벌써 유두는 조금씩 커지고 있었고 유륜의 색깔도 짙어가고 있었다. 샤워를 마치고 헐렁한 티셔츠로 갈아입었다. 지난번 생리라고 유한과 관계를 가지지 않은 이후로는 유한의 앞에서 상의를 벗지 않았다. 유한의 요구에 잠자리를 할 때에도 팬티만 벗고 침대에 올라갔다. 유한이 입원한 지 6개월이 되는 날 뱃속에 있는 환희의 존재를 알리려고 했다. 정희는 유한과 함께 살 날을 꿈꾸었다.

이형사는 퇴근하고 나오는 강훈길을 미행했다. 설기호는 두 손과 두 발을 수갑으로 채운 채 뒷좌석에 오형사와 함께 앉게 했다. 강훈길이 운전하는 마르샤는 퇴계로6가 방향으로 나아갔다. 나이가 예순이라는 강훈길은 머리는 백발이지만 탄탄한 몸을 가지고 있었고 나이보다는 젊어 보였다. 구릿빛 피부와 강한 눈매는 향우회 총무와 어울리지 않는 인상이었다.

마르샤는 동대문 운동장을 지나 신당역에서 우회전하였다. 청구역에서 좌회전을 하더니 삼성아파트 단지로 들어갔다. 총 16개 동의 아파트는 이른 시간인데도 주차할 공간이 부족했다. 마르샤는

106동 지하주차장으로 내려갔다. 소나타도 주차공간을 찾는 것처럼 마르샤를 뒤따랐다. 마르샤가 지하 1층에 주차하는 것을 확인하고 이형사는 마르샤를 지나쳤다.

다시 지상으로 올라온 소나타는 아파트 주변의 도로를 탐지했다. 출근하는 길은 아파트 단지에서 청구역을 통과하여 신당역으로 가는 것이 제일 빠른 길이었다. 아파트 주변을 몇 번 오다가다를 반복하던 소나타는 강남으로 방향을 틀었다.

재호는 박회장의 호출로 퇴근 후 박회장 집으로 갔다. 가정부가 차려준 밥을 다 먹을 때까지 아무런 말이 없었다. 가정부는 거실 테이블로 과일과 쌍화차를 내어왔다. 박회장은 찻잔을 들면서 재호를 쳐다봤다. 재호는 말없이 쳐다보는 박회장이 무서웠다. 박회장은 뭔가 꾸짖을 때에는 한동안 말이 없는 습관이 있었다. 그렇게 단련된 재호로서는 욕들을 일로 호출되었구나 생각했다.

"재호야."

"네. 아버지."

"유서방 아무 소리도 없었나?"

"무슨……."

"병원생활 한 지도 제법 지났는데 무슨 얘기 없었냐고……."

"지난번에 통화를 한번 했습니다."

"그래서?"

"자신의 거취를 정해달라고 하던데……."

"그래서?"

"기다리라고 했습니다. 아버지랑 의논해보겠다고."

"그게 언제냐?"

"한 달쯤 되었습니다."

"그런데 왜 말 안하는 거냐? 혼자서 어떻게 하려고?"

"유서방이 너무 무리하게 나오면 혼내야죠."

"그래서 강총무 만난거야?"

"그건 어떻게……."

"지난 주 서울호남향우회 조찬 모임이 있었는데 강총무가 너를 만났다고 인사를 하더라."

"그냥 술 한잔 했습니다."

"그런 사람 가까이 하지 말거라. 경제인은 그런 사람과 어울리면 안 돼."

"아는 사람이라고 인사차 술 한잔 했습니다."

"원래 그 사람은 서울호남향우회에 있으면 안 될 사람이야."

"알겠습니다."

"그리고 괜히 유서방 격동시킬 생각 하지 말고. 서로 감정 상하지 않게 처신해."

"유서방이 회사를 하나 달라고 하면 어쩝니까?"

"회사? 그런 말이 있었어?"

"아닙니다. 만약에 그런다면 어떻게 합니까?"

"유서방이 요구하면 나한테 말해. 내가 만나서 처리할 테니까. 섣불리 유서방 건드리지 말거라. 유서방이 화약고라는 것 알고 있잖아. 사람이 역심을 품으면 못하는 게 없다. 허투루 듣지 말고."

"네."

재호는 유한과 대치중이라는 것을 박회장에게 사실대로 말하지 않았다. 유한이 요구하는 것을 스스로 협상을 해 나갈 수 없었지만 자신이 유한을 상대할 수 있다고 믿었다. 고집과 아집은 유한보다는 재호가 더 심했다. 이제 조금만 있으면 골치 아픈 문제는 해결되리라 믿었다. 대일그룹의 아킬레스이며, 동생의 아킬레스를 단번에 해결되리라 믿었다.

'제가 다 알아서 합니다. 염려 마십시오. 제가 누굽니까? 대일그룹 후계자 아닙니까? 이 정도도 혼자 해결 못하고 어떻게 대일그룹을 이끌어 가겠습니까. 역심을 품으면 못하는 게 없다고요? 제가 역심을 품도록 내버려 두지 않습니다. 조금만 있으면……'

소나타는 퇴근길에 막혀 삼일공사에 도착한 시간은 9시가 넘고 있었다. 박흥식은 박형사와 늦은 저녁 식사를 하고 있었다. 조동수는 수갑을 찬 채 밥을 먹고 있었다. 이형사는 오형사를 박형사에게 소개시켰다. 서로 안면은 없었지만 전직 경찰이었다는 유대감은 서로를 금방 편한 관계로 만들었다.

"수고했어. 그놈 집은 어디야?"

"신당동 삼성아파트였습니다. 집은 알아보려면 들킬 것 같아서 그놈 차가 주차한 장소만 확인하고 왔습니다."

"설기호는 이 밥 넣어주고, 자네들은 밖에서 밥 먹고 와. 오면 다시 얘기하고……"

"네. 식사하고 오겠습니다."

이형사는 설기호를 상담실에 넣고 다시 수갑을 채웠다. 박흥식은 미리 준비 해둔 김치찌개가 담긴 쟁반을 넣어주고 오형사와 함께 삼일공사를 나와 뒷골목에 있는 식당으로 들어갔다. 제육볶음

2인분에 소주 한 병을 15분 만에 해치우고 자판기에서 커피 두 잔을 뽑았다.

"오형사. 오늘 하루 움직여 본 기분이 어때?"

"최반장, 대단한 사람이네. 어떻게 이렇게까지 할 생각을 했지?"

"처음에는 이런 계획이 없었는데 하다 보니까 여기까지 온 거지."

"움직이니까 살맛은 나는데…… 결말이 어떻게 될지 걱정이 되네."

"우린 굿이나 보고 떡이나 먹자. 우리에게 필요한 것은 돈이잖아."

"월급은 얼마나 받아?"

"뭐 월급이라고 해봐야 얼마 되겠어? 탐정사무소에 일감이 많은 것도 아니고. 그래도 최반장은 자기는 안 가져가도 나랑 김형사는 엄청 챙기는 사람이야. 의리는 있는 사람이지."

"사람은 괜찮은 사람이네."

"이번 일 끝나면 다들 한 달 정도 쉬기로 했어. 나도 여행도 좀 갔다오려고……"

"내가 막바지에 온 것 아냐?"

"복 받은 놈이지. 잘하면 앉아서 코풀게 생겼네. 어떤 놈을 칼에 맞고 병원에 있는데……"

"김형사가 병원에 있어?"

"오늘 데리고 다녔던 설기호 그놈이 김형사 옆구리를 담가 버렸잖아."

"저런 많이 다쳤어?"

"병원생활 좀 해야겠지. 이제 올라가보자. 반장님 기다리시겠다."

두 사람은 다시 삼일공사로 향했다. 사무실은 식사를 다하고 치운 뒤였다. 박홍식은 세 사람을 회의실에 불러 모았다. 화이트보드 앞에 서서 매직을 이형사에게 쥐어 주었다.

"신당동 삼성아파트 주변을 그려봐."

이형사는 아파트 주변을 탐색했던 것을 자세하게 그렸다. 퇴계로 대한극장에서 동대문운동장을 지나 신당동으로 이어지는 일직선 노선도 함께 그렸다. 박홍식은 이번 검거가 마지막이기를 바랐다. 정신적인 스트레스로 잠을 자지 못하는 박홍식의 눈이 횅했다.

"오늘밤은 사무실에서 보내다가 새벽에 출발한다. 이놈만 검거하면 모든 것이 끝이다. 힘들더라도 하루만 버티자."

"알겠습니다."

"삼성아파트에서 대한극장으로 가는 길이 많은데, 왜 이 길로 갈 것이라고 생각해?"

"길은 많아도 다 돌아가는 길입니다. 제일 빠른 길은 아파트 단지에서 나와서 청구역에서 우회전하고 신당역으로 나오면 대한극장까지 직선 도로입니다."

"지금부터 내 말 잘 들어. 차는 두 대로 간다. 내 차에는 박형사가 타고 이형사 차에 오형사가 타. 이형사는 강훈길이 주차해 둔 지하 주차장으로 내려가서 강훈길이 나올 때 뒤 따라 나오는 거야. 물론 출발할 때 나한테 전화하는 것 잊지 말고. 그러면 나는 이곳에서 기다렸다가 강훈길 차를 뒤에서 받아버릴 거야. 목이 뻐근할 정도로. 그러면 목을 잡고 내리겠지. 그때 덮치는 거야."

"멋진 작전입니다."

"강훈길이 차가 뭐라고 했지?"

"마르샤, 서울23타5001입니다."

"이번이 마지막이니까 실수하면 안 돼. 오형사는 이형사 많이 도와 줘."

"염려 마십시오. 마약사범 검거만 10년 했습니다."

새벽 다섯 시에 출발하기로 했다. 사냥을 위해서는 사냥꾼도 휴식이 필요했다. 20평 남짓한 회의실에 네 사람이 벌렁 드러누웠다. 그때였다. 늦은 시간임에도 불구하고 도청기를 울리는 소리가 났다. 분명히 이 시간이면 사무실에 아무도 없을 텐데, 대일그룹 기획조정실 실장 방에 도청해 둔 도청기가 작동을 했다.

"총무님. 늦은 시간에 죄송합니다."

"아이고, 박사장님. 늦기는요. 이제 열 시인데요."

"제가 부탁했던 일 어떻게 되어갑니까?"

"지난번건 쉬운 일이어서 사람 구하기가 쉬웠지만 이번 건 마땅한 사람 구하는 게 안 쉽네요. 내국인이 처리하는 것보다 외국인이 처리하는 것이 더 안전할 것 같아서 중국 쪽에 손을 넣어 놓았습니다. 조금만 기다려보십시오. 그리고 지난번에 주신 돈은 사람을 사는데도 부족합니다. 아시죠?"

"그날은 가지고 있던 현금이 그것뿐이라서 오천만 원만 드린 겁니다. 내일 기사를 보내겠습니다. 일억 오천만 원 더 드리면 되겠습니까?"

"그 정도면 충분합니다."

재호는 박회장의 집에서 나와 자신의 집으로 돌아갔다. 그러고는 집에 있던 금고에서 현금을 가방에 넣고 늦은 시간에 회사로 온 것이었다. 아버지가 염려하던 모든 일들을 일시에 처리하기 위하여 현금은 모으기 위해서였다. 출근길에 가방을 들고 나온다면 아내가 무슨 가방이냐고 물어볼 것이 뻔했다. 아무도 없는 사무실에서 비밀리에 연락한 전화는 전화가 도청된 것이 아니라 공간이 도청되어서 삼일공사로 전달된 것이었다.

박흥식은 도청내용을 듣고 깜짝 놀랐다. 앞과 뒤를 연결해보면 강훈길에게 사주한 자는 박재호라는 느끼기에 충분한 도청 내용이었다. 그런데 다혜의 살인교사 이외에 또 다른 살인교사의 정황이 포착된 것이다. 물론 아침에 강훈길만 검거하면 모든 것이 명백하게 드러날 일이지만 도청내용을 들은 박흥식은 기가 막힐 노릇이었다. 도청내용을 이형사가 듣고 박흥식에게 물어온다.

"반장님. 저거 무슨 말입니까? 총무라고 하는 게 꼭 강훈길 같은데요?"

"나도 그런 것 같은데. 내일 아침에 이놈 잡아보면 알겠지."

"그런데 이다혜 말고 또 누구를 죽이려고 하는 겁니까?"

"우리 형님이 타깃 같은데. 나 참. 세상이 왜 이리 험악해? 이제 사람을 죽이는 짓을 아무나 하는군."

"미리 말씀드려야 되는 것 아닙니까?"

"일단 강훈길을 잡고 나면 이놈 입에서 다 나오겠지. 아니면 증거가 없잖아. 도청한 것으로는 부족해."

박흥식은 직원들 보고 잠깐이라도 눈을 붙이자고 말을 해놓고도 정작 자신은 잠을 잘 수가 없었다. 박흥식은 유한이 부인을 두고도 오랜 세월을 이다혜와 왜 함께했는지 물어볼 수 없었다. 너무나 개인적인 사생활이었기에 감히 물어볼 수 없었다. 그러나 가정의 파탄은 부부 공동의 책임이란 것은 안다. 공동의 책임인데 한 사람만 죽일 놈이 되었고, 실제 그 사람을 죽이려고 하는 사람이 생거버린 것이다. 아내의 오빠로부터 살해의 위협을 받고 있는 남자. 그 사람이 유한이었다.

박흥식은 유한을 생각하자 불쌍해서 눈물이 날 지경이었다. 어느 순간부터 직감이란 것이 생기는 모양이었다. 위협을 느끼면 본능적으로 방어를 생각한다. 그러나 살해에 대한 방어는 그냥 방어일 수 없었다. 방어를 한다는 것은 자칫하면 죽음을 자초할 수 있었다. 생명이 담보로 된 전쟁은 최상의 방어가 공격이었다. 유한이 권총이 필요했던 이유는 방어용이었을까, 공격용이었을까 박흥식은 궁금해졌다.

다섯 시가 되자 네 사람은 자동적으로 일어났다. 다르게 말하면 곤히 잔 사람은 아무도 없었다는 것이었다. 20세기 마지막 크리스마스가 이틀 후라고 뉴스에서 떠들었지만 IMF 여파는 거리의 분위기를 띄우지 못했다. 소나타 두 대는 어둠을 틈타 조용히 동호대교를 넘어갔다. 옥수동을 거쳐서 신당동에 진입하자 앞서가던 차는 서행하기 시작했다.

청구역에서 우회전을 하자 삼성아파트 단지가 한 눈에 들어왔다. 아파트 단지 입구가 101동이었다. 박흥식은 101동 뒤쪽에서 차를 숨기고 이형사는 106동 지하주차장으로 차를 몰아갔다. 강훈길의 차가 보이는 뒤쪽에 주차를 하고 강훈길이 나오기만을 기다렸다. 몇 시에 나갈지 모르기에 새벽부터 움직인 검거팀은 눈이 충혈 되었다. 특히 한 곳을 주시해서 바라보는 눈은 피로감이 몇 배나 더했다.

두 시간을 기다린 후에야 강훈길은 모습을 보였다. 이형사는 급하게 박흥식에게 강훈길이 나타났다고 알리고 차의 시동을 걸었다. 마르샤는 천천히 지하주차장을 빠져 나와서 107동과 108동을 거쳐서 아파트 입구 101동을 벗어나고 있었다. 이형사의 차는 보이지 않고 마르샤의 뒤에는 박홍식의 차가 붙었다.

단지를 빠져 나와서 오른쪽에 있는 탑힐아파트에서 청구역 쪽으로 좌회전을 하려는 순간이었다. 흰색 소나타가 마르샤를 들이 받았다. 소나타의 앞 범퍼와 마르샤의 뒤 범퍼가 부서졌다. 좌회전을 하려고 출발하는 순간 뒤에서 들이받힌 충격은 강훈길을 놀라게 했다. 강훈길은 백미러로 뒤를 받은 차량을 살폈다. 뒤차의 운전자는 내려서 미안하다고 손짓하며 어찌할 바를 몰라 했다. 강훈길은 짜증난 얼굴로 운전석을 열고 나왔다. 오른손은 목을 잡고 있었다. 몹시 아픈 표정을 짓고 소나타로 걸어왔다.

그때였다. 두 대의 추돌을 지켜보고 있던 또 한 대의 차량에서 건장한 남자 두 명이 나와서 강훈길을 덮쳐버렸다. 강훈길은 자신의 차를 받은 소나타에만 신경을 썼을 뿐 다른 차를 쳐다볼 엄두를 전혀 못하고 있었다. 순간적으로 일어난 일이었다. 박홍식은 경찰 신분증을 보여주며 소나타에 태웠다. 강훈길은 꼼짝 못하고 잡혀 버렸다.

강훈길은 경찰이 자신을 잡을 일이라고는 이다혜의 살인교사 하나뿐임을 알았다. 이제 도망가려야 갈 수도 없는 형편이었다. 결국 강제로 소나타에 태워졌다. 강훈길을 뒷좌석에 태운 후 밖으로 얼굴을 못 들도록 고개를 차 밑으로 처박았다. 소나타는 왔던 길을 따라서 유유히 빠져 나갔다.

가려진 진실

유한은 아침 일찍 청계천을 다녀왔다. 가게 주인은 주민등록증과 여권에 운전면허증까지 덤으로 주었다. 세 개의 신분증에는 유한의 사진이 붙어 있었다. 한용주, 1961년생, 주소는 경기도 수원시 팔달동이었고, 운전면허증은 경기도에서 발급된 것이었다. 신분증 세 개를 차 트렁크에 넣고 막 병실로 들어 왔을 때 박홍식으로부터 전화가 걸려왔다.

"형님. 접니다."

"어떻게 됐어?"

"잡았습니다. 좀 쉬었다가 밤에 취조하고 연락드리겠습니다."

"그래. 늦더라도 연락 줘."

"알겠습니다. 쉬십시오."

박홍식은 설기호를 조동수가 갇혀 있는 방으로 몰아놓고 그 방에 강훈길을 넣었다. 그러고는 취조는 뒷전이고 소파에 누워 잠에 빠져버렸다. 며칠 동안 제대로 잠자지 못한 피곤이 한꺼번에 몰려왔다. 직원들이 점심을 차려놓고 불러도 일어나지 못했다. 박홍식은 오후 늦게 잠에서 깨어났다. 얼굴은 개기름이 생겨서 번들거렸다. 사우나라도 다녀와야 할 판이었다.

"식사들은 했어?"

"시계가 저녁 먹을 시간인데요."

"벌써 그런 거야? 내가 몇 시간 잤지?"

"여덟 시간 이상 주무셨습니다."

"나는 사우나 갔다가 저녁식사 하고 올 테니까. 자네들도 식사해. 오늘은 고기 시켜서 술도 한잔하고."

"다녀오십시오."

박홍식은 사우나에서 뜨거운 물에 몸을 담겼다. 머리까지 담그고 숨이 멎을 때까지 참았다가 물 위로 올라왔다. 얼마나 숨을 참았는지 얼굴이 시뻘게졌다. 죽는 고통이 어떤지 궁금했다. 죽을 정도로 힘들었을 때 물 위로 올라온 것이다. 오늘 밤이면 이다혜를 죽게 만든 배후가 밝혀진다는 것이 박홍식으로서는 많은 생각에 잠기게 했다. 물론 정황적으로는 박재호가 살인을 교사했다는 것으로 심정을 굳혔지만 강훈길의 입에서 똑바로 듣고 싶었다.

'그 다음은 어떻게 해야 하나. 박재호가 배후라면, 형님은 어떤 느낌일까? 그런데 만일 박재호가 형님을 해치려고 작업을 시작했다면, 병원에 계시는 것이 위험할 텐데. 어떻게 여동생의 남편을 죽일 생각을 하지? 보통 일이 아니군.'

박홍식은 편두통이 생겼다. 이다혜 사건을 맡고난 뒤로 가끔 왼쪽 뒷머리가 아파오더니 유한이 원하던 권총을 구입하여 준 이후로 두통이 부쩍 심해졌다. 생각이 많아질수록 두통이 박흥식을 괴롭혔다.

욕탕에서 나와 물기를 닦고 옷장으로 갔다. 사우나에 들어오면서 약국에서 사온 두통약 한 알을 입에 넣고 생수를 마셨다. 그러고는 다시 욕탕으로 들어가서 10분을 더 있다가 나왔다. 사우나를 나와서 식당에 갔지만 식욕이 없었다. 머리에는 온통 유한과 박재호의 생각으로 가득 찼다. 겨우 먹은 것이라고는 김밥 한 줄에 우동이었다.

박흥식은 두 시간 만에 삼일공사로 들어갔다. 사무실에서는 직원들이 식사를 하면서 소주를 마시고 있었다. 고기를 시켜서 술이라도 한잔 하라고 했더니 겨우 제육볶음에 소주를 마시는 중이었다. 들어오는 박흥식을 보고 오형사가 자리에서 일어났다.

"반장님. 이쪽으로 오셔서 소주 한잔 하십시오."

"내 술도 남은건가?"

"모자라면 더 사오죠."

박흥식은 오형사가 권하는 자리에 앉아서 따라주는 술잔을 받았다. 밥은 다 먹었고 남은 고기에 소주만 먹던 중이었다.

"반장님 힘드시죠? 이형사한테서 얘기 들었습니다."

"힘들긴."

"직원들 챙겨주시느라 고생 많으신 줄 압니다."

"서로 도우면서 사는 거지."

"어디 세상인심이 그렇습니까? 다들 지 살기에도 바쁜 세상인데."

"자. 내 잔도 한잔 받아."

"고맙습니다. 오늘 강훈길이 취조는 제가 맡겠습니다."

"오형사가?"

"저도 밥벌이는 해야죠. 제게 맡겨주십시오. 저런 놈 다루는 건 자신 있습니다."

"반장님 오형사는 마약전담반 출신이라서 잘할 겁니다. 한번 맡겨보시죠."

"좋아. 한 시간 있다가 오형사가 한번 다뤄봐."

오형사는 이 일이 끝나면 얼마정도 받을 돈을 생각하니까 앉아서 밥만 축내는 것이 가시방석이었다. 하는 것 없이 돈을 받는다는 것은 적성에도 어울리지 않았다. 자연스러운 술자리에서 강훈길을 다루는 일을 자신에게 맡겨보라고 했다. 이형사 역시 오형사의 실력을 믿었다. 10년 동안 마약사범을 다룬 솜씨라면 전직 조직폭력배 하나쯤은 문제없으리라 생각했다.

박홍식은 오형사에게 맡겨보기로 했다. 잡는 것도 힘들지만 취조하는 것도 기술이 필요했다. 오형사는 마약단속반에서 근무할 때는 고문기술자로 통했다. 가끔 피의자 고문으로 문제가 되기도 했지만 고문을 하지 않으면 범법자의 일망타진은 불가능했기에 윗선에서도 어느 정도 고문을 인정하는 추세였다.

네 사람의 술자리는 소주 다섯 병을 비운 뒤 끝났다. 오형사는 취조를 하기 전에 맨손체조를 했다. 한동안 몸을 풀 기회가 없었기에 자칫 잘못하면 안 쓰던 근육을 다칠 수 있다면서 팔과 다리의 근육들을 풀었다. 운동을 마치고는 담배를 한 대 물고 강훈길이 있는 취조실로 향했다.

강훈길은 끌려온 지 10시간이 넘도록 손과 발이 묶인 채 그대로 의자에 앉아 있었다. 강훈길은 담배를 물고 들어오는 오형사를 애써 외면했다. 오형사는 강훈길의 맞은편에 있는 의자를 당겨서 강훈길 코앞까지 가까이 갔다.

"야. 강훈길이……."

강훈길은 젊은 형사가 반말로 부르는 것이 귀에 거슬렸다. 강훈길 역시 한 두 번 취조를 당해본 것이 아니었다. 이다혜 사건은 어떤 일이 있어도 묵비권을 행사하겠다고 작심했다. 물끄러미 쳐다보는 강훈길의 얼굴을 주먹으로 세차게 쳤다.

"이 새끼가 사람 말이 말 같지 않아?"

주먹 한 방에 옆으로 꼬꾸라진 강훈길을 이형사는 일으켜서 다시 의자에 앉혔다. 강훈길의 입에서는 피가 흐르고 있었다.

"난 마약반 전문이야. 네놈 입 열게 하려고 차출된 몸이야. 내가 누군지 모르지? 지금부터 내가 누군지 알게 될 거야."

오형사는 옆에 있던 이형사를 불렀다.

"이형사. 이 새끼 옷 다 벗겨. 팬티도 남기지 말고."

이형사는 가위를 가져와서 강훈길의 옷을 전부 잘라버렸다. 발가벗은 강훈길은 밀려오는 수치심에 어찌할 바를 몰라 했다. 수갑을 찬 팔로 구부리고 있는 다리를 감싸 안았다. 그런 강훈길을 오형사는 가슴팍을 구둣발로 걷어찼다. 구부리고 있던 자세로 의자에서 꼬꾸라졌다. 그런 강훈길의 낭심을 걷어찼다. 윽 하는 외마디 비명이 방음장치가 된 좁은 방 안에 울려 퍼졌다.

"이 새끼가 어디서 엄살이야? 이 사건은 그냥 사건이 아니야. 살인사건이야. 네놈은 살인사건을 교사한 놈이고. 옛날에 네놈이 취조 받는 것과는 차원이 달라."

낭심을 부여잡고 엎어져 있는 강훈길의 엉덩이를 이번에는 몇 번

밟아버리자 다시 비명소리가 터져 나왔다.

"이 새끼 안 되겠군. 이형사. 이놈 매달아."

이형사는 강훈길의 수갑을 풀고 앉은 자세의 다리 밑으로 두 손을 넣게 하고는 다시 수갑을 채웠다. 두 팔 사이에 둥근 쇠막대를 끼우고 쇠막대를 거는 고리에 걸쳐 놓았다. 마치 전기구이 통닭처럼 보였다. 그 밑으로 큰 욕조를 밀어놓고 욕조에 수돗물을 틀었다. 악명 높던 제3공화국 중앙정보부에서 사용하던 고문 방법을 그대로 재현했다.

얼음 같이 차가운 물이 점점 고이고 그 물이 강훈길의 벌거벗은 등부터 적시기 시작했다. 실내라고는 하지만 한 겨울 날씨에 난방이라고는 전혀 없는 차가운 방에서 얼음같이 차가운 물이 몸을 적셔오자 강훈길은 사시나무 떨듯이 떨기 시작했다. 차가운 물에 등이 잠기고 배가 잠기자 얼굴이 물속으로 들어가지 않으려고 목을 힘주어 쳐들었지만 점점 힘이 빠진 강훈길은 차가운 물속에 무릎만 제외하고 모두 잠겨버렸다. 매달려 있는 통닭은 머리를 들고 위로 올려주기 전에는 절대로 혼자 빠져 나올 수 없었다.

물이 얼굴까지 차고 일 분을 더 있다가 오형사는 강훈길의 머리채를 물 위로 들어올렸다. 벌써 물을 몇 모금 마신 뒤였다. 입술부터 새파랗게 변해버린 강훈길을 다시 물속에 넣어버렸다. 그것은 잡고 있던 머리채만 놓아버리면 되는 아주 쉬운 일이었다. 이번에는 일 분 삼십 초가 지나고 나서 머리채를 들어 올렸다. 강훈길의 얼굴에는 공포가 가득했다.

"말…… 말 하겠습니다."

"그래? 일단 한번 들어보지. 들어보고 거짓이다 싶으면 넌 죽은 목숨이야. 알겠어?"

"알겠습니다."

오형사는 걸려있던 쇠막대기를 분리하고 수갑을 푼 채 자리에 앉혔다. 책상에는 강훈길의 진술 내용을 적을 노트와 펜이 있었다.

"지금부터 내가 묻는 말에 대답하는 거다. 알겠지?"

"네."

강훈길은 처음 당해보는 고문에 모든 것을 체념해버렸다. 그것은 이미 예순이라는 나이가 더 비티지 못하게 하는 정신적인 한계였다. 체력도 젊었을 때와 달랐고 조직을 거느리고 있던 옛날과는 모든 것이 달랐다. 지금은 늦은 결혼이지만 가정이라는 울타리가 있었고 커가는 아이들을 보는 것이 낙이 되어버린 늙어빠진 은퇴한 건달이었다.

"이다혜 살인교사 누구한테 받은 거야?"

"대일산업 박재호 사장입니다."

"박재호와는 어떤 관계지?"

"박재호 부친이 서울호남향우회 회원인데, 가끔 아들과 같이 왔습니다. 그래서 알고 지냅니다."

"박재호 아버지가 누구지?"

"대일그룹 박병호 회장입니다."

"박병호 고향이 호남인가?"

"나주에서 출생해서 어릴 때부터 서울에서 살았답니다."

"박병호와 잘 아는 사이야?"

"박회장님은 서울호남향우회 부회장입니다."

"회장은 누군데?"

"회장님은 전직 무안군수하시던 이춘구입니다."

"부회장은 누구누구야?"

"부회장은 명예직으로 열다섯 명이나 됩니다."

"좋아. 박재호로부터 언제 이다혜를 죽이라는 지시를 받았나?"

"지난 6월 말입니다."

"얼마를 받은 거야?"

"일억 오천만 원을 받았습니다."

"설기호와는 어떤 사이야?"

"설기호도 서울호남향우회에 소속되어 있습니다."

"조폭 똘마니가 왜 호남향우회에 적을 두나?"

"강남에 있는 동생들 중에서 몇 명은 가입되어 있습니다."

오형사의 취조를 듣고 있던 이형사가 도청 내용을 생각하면서 강훈길을 취조하기 시작했다.

"어제 박재호랑 통화했지?"

그 순간 강훈길은 얼굴이 빨개졌다. 이다혜 사건은 해결사가 잡히는 바람에 자신까지 화살이 날아왔다고는 하지만 어제 박재호와 통화를 한 것은 두 사람 이외에는 아무도 모르는 줄 알고 있다가 취조하던 것을 듣고 있던 형사가 물어오는 말에 말문이 막혀버린 것이었다.

"네놈은 대한민국 경찰을 우습게 보는군. 다시 한 번 물속으로 들어가야 말할 거야?"

"아, 아닙니다."

"다시 한 번 더 묻는다. 어제 박재호와 통화했지?"

"네."

"거짓 없이 다 말해봐."

"지난번에 박사장과 술을 먹는 자리에서 매제에 대한 얘기를 했습니다. 그룹을 망칠 놈이라고, 그대로 두면 큰일 난다고."

"그래서?"

"이다혜를 처리한 것처럼 한 번 더 부탁한다고……."

"매제를 죽여 달라고 했다는 거야?"

"네."

"그래서? 계속 말해봐."

"먼저 현금으로 오천만 원을 가지고 왔었습니다. 해결되면 일억 오천만 원 더 주겠다고……."

"처리비가 이억 원인거야?"

"네."

"계속 얘기해. 어제 통화한 내용은 해외에서 해결사를 구한다고 하던데?"

"중국에 부탁을 했습니다."

"언제? 돈은 보낸 거야?"

"착수금으로 삼천만 원 보냈고 일 끝나면 오천만 원 더 주기로 했습니다."

"중국에는 어떤 연결고리가 있는 거야?"

"그쪽은 다른 데서 연결을 시켜준 겁니다."

"연결시켜준 사람은 누구야?"

"지금 전화도 안 됩니다. 전화가 끊어졌습니다."

"이 새끼가 또 거짓말을 하네. 맛을 덜 봤네."

이형사는 이다혜의 사건보다 새로운 살인계획이 더 중요하다는 것을 알았다. 이다혜 사건은 이미 이다혜가 죽어버린 뒤였지만 새로운 사건은 살해될 대상자를 살릴 수 있기 때문이었다. 이형사는 강훈길을 계속 몰아붙였다.

"아닙니다. 정말입니다. 이 마당에 거짓말을 왜 하겠습니까?"

"중국에서는 언제 사람이 온다는 거야?"

"다음 주 화요일에 인천항으로 들어오기로 했습니다."

"뭐? 다음 주 화요일? 그럼 매제를 죽이는 일이 시작된 거야?"

"네."

"중국에서 넘어오는 킬러에 대한 정보는?"

"제게는 전혀 없습니다. 다만 타깃에 대한 정보는 킬러가 가지고 있지만……. 청도에서 온다는 것만 압니다."

"청도?"

박홍식은 오형사가 취조하는 동안에 잠시 밖에 나가 있었다. 취조를 오형사와 이형사한테 맡긴다는 것은 그만큼 오형사의 경험을 믿었기 때문이었다. 후배가 찾아와서 사무실을 비운 것이었다. 사무실 뒤편에 있는 호프집에서 맥주를 한잔 하고 들어왔을 때는 이미 취조가 끝나가고 있었다. 강훈길의 벌거벗은 알몸을 보고는 오형사의 스케일을 알고 취조가 끝나도록 회의실에서 기다렸다. 기나긴 싸움이 오늘로서 끝나는 줄 알았다. 잠시 후 오형사가 들어왔다. 손에는 취조 내용을 일일이 정리한 노트가 있었다. 그 노트를 박홍식에게 내밀었다.

"반장님. 취조 내용입니다. 내용이 심각합니다."

박홍식은 강훈길의 취조 내용을 읽어 내려가면서 점점 얼굴이 굳어졌다. 이다혜의 살인을 지시한 교사자를 잡았지만, 그 교사자가 유한까지 처치할 계획이라는 것에 놀라지 않을 수 없었다. 킬러가 중국에서 온다는 것은 전문가라는 뜻이기도 했다. 그러나 킬러는 나흘 후면 온다는데 전혀 킬러에 대한 정도가 없었다.

이 상황을 빨리 유한에게 전달해야만 했다. 지체할 시간적인 여유도 없었다. 이제는 보이지 않는 적과의 싸움이었다. 죽이려는 자와 막으려는 자의 싸움. 새로운 전쟁의 서막이 시작되었다.

박흥식이 유한의 병실에 자정이 넘어서 도착했다. 늦은 시간에 찾아간 것이 두 번째였다. 간병인은 병실 문을 열어주고는 잠을 자러 들어갔다. 유한도 자다가 일어나서 졸린 눈으로 박흥식을 바라봤다.

"일이 끝난 거야?"

"네. 강훈길 취조를 마쳤습니다. 이건 강훈길 취조 내용입니다. 읽어 보십시오."

제법 두꺼운 노트를 내민 박흥식은 병실에서 담배를 피우면 안 되는 줄 알면서 창문을 열고 담배를 피웠다. 창문으로 들어오는 차가운 겨울바람이 금방 병실 안을 싸늘하게 만들었다.

유한은 박흥식이 건네 준 취조내용을 천천히 읽어 내려갔다. 자신이 염려했던 일이 벌어진 것이었다. 이다혜의 살해를 교사한 자는 처남이지만, 그 동기가 불분명했다. 설마 했던 일이 현실로 나타났다.

그런데 처남이 매제를 죽이기 위하여 킬러를 고용했다는 대목에서 소름이 돋았다. 결국 자신의 부를 지키기 위하여 살인도 마다하지 않겠다는 뜻이었다. 그것도 다른 사람이 아닌 동생의 남편을 죽이겠다는 것이었다. 아직까지 유한은 재호의 매제인데도 말이다. 다

읽도록 옆에서 지켜보던 박흥식은 유한의 손을 꼭 잡았다.

"형님. 앞으로 어쩌면 좋습니까?"

"흥식아. 미안하다. 너한테 힘든 일을 시켰구나."

"아닙니다. 짐작은 했습니까?"

"아니야. 설마 했지. 아니길 바랐지."

"이래서 권총이 필요했습니까?"

"다혜를 죽인 범인이 처남일 줄은 몰랐지만 처남이 나를 제거할
지도 모른다는 생각은 했지."

"킬러가 청도에서 들어오는 날이 화요일이랍니다. 오늘이 이제 금
요일이 되었으니까, 사흘 여유뿐입니다. 우리는 저놈에 대한 정보
가 전혀 없는데……."

"아침이 되면 인천국제여객터미널에 한번 물어봐. 화요일 청도에
서 들어오는 배가 몇 시에 도착하는지……."

"네. 알아보겠습니다. 이제 저 세 놈은 어떻게 처리할까요?"

"박재호와 연락이 닿는 놈은 강훈길 하나뿐이잖아."

"네."

"그놈만 남겨놓고 두 놈은 풀어주는 것이 어때?"

"네?"

"내가 원하는 것은 살인교사를 한 놈이야. 그놈들을 죽인다고 다
혜가 살아서 돌아오는 것도 아니잖아."

"알겠습니다. 두 놈은 제가 알아서 처리하겠습니다. 형님. 이제 병
실에 계시면 위험합니다."

"흥식아. 내가 알아서 할게. 오늘 네 계좌로 약속대로 일억 원 보
내마."

"아닙니다. 지금까지 주신 돈도 칠천만 원입니다."

"아니야. 직원들 고생했는데 조금씩 나누어 줘. 그리고 강훈길은 당분간 잡고 있어."

"알겠습니다."

"내가 병실을 나가게 되면 내 핸드폰으로 연락하지 마. 내가 전화할 때까지…… 아니, 이 시간 이후로 나한테 전화하지 마. 내가 곧 연락할 테니까."

"알겠습니다."

"20세기 마지막 크리스마스이브인데……. 이런 대화가 어울리지 않는 것 같군."

"오늘이 크리스마스이브인줄도 몰랐습니다. 정신없이 뛰어다니다 보니까 날짜 감각을 잃어버렸습니다."

"이제 좀 쉬어."

"아닙니다. 화요일 청도에서 오는 놈 마중을 나가봐야죠."

"인상착의도 모른다면서……."

"그래도 나가서 한번 지켜볼 랍니다. 재수가 좋으면 걸려들겠죠."

"그동안 수고했어. 이제 그만 가봐."

유한은 박홍식을 돌려보내고 생각에 잠겼다. 다혜가 죽었을 때 함께 죽었더라면 하고 생각하던 날이 떠올랐다. 어쩌면 그때 죽지 않았다는 것은 다혜를 죽인 원한을 갚으라는 계시 같았다. 덤으로 얻은 삶. 그다지 삶에 대한 애착도 없었다. 짧았지만 폼 나게 산 세월이라고 생각했다. 유한은 자신이 앞으로 어떻게 해야 할 지 생각했다. 그 생각에 아침 해가 떠오르는 것도 몰랐다.

유한은 아침 식사를 마치고 나자 사복으로 갈아입었다. 병원에 입원한 이후로 세 번째 하는 외출이었다. 지난번에도 외출을 하고 왔을 때 간호사한테 변명하느라고 진땀을 뺀 선애는 유한의 외출을 걱정스런 시선으로 바라보았다. 어제 정희는 크리스마스이브를 함께 보내자며 오늘 퇴근하고 병원으로 온다고 했다. 정희를 만나고 세 번째 맞이하는 크리스마스이지만 함께 지내는 것은 처음이었다. 그래서 정희는 남다른 크리스마스라고 생각했다.

"사장님. 또 외출하세요?"

"오래 걸리지는 않을 겁니다. 그리고 갔다 와서 선애 씨랑 할 얘기가 있는데……."

"무슨 일 있으세요?"

"아닙니다. 나중에 얘기합시다."

"조심해서 다녀오세요. 너무 늦지 마시고요."

"금방 올 테니까 간호사한테 얘기 잘해줘요."

벤츠는 세브란스병원 주차장을 나와서 잠실 롯데호텔로 향했다. 호텔 정문에 차를 세우자 주차요원이 뛰어 나왔다. 차를 맡기고 조그만 티켓을 받아 주머니에 넣고 힘겨운 걸음으로 백화점을 가로질러서 롯데월드 매표소로 내려갔다. 매표소 옆에는 조흥은행이 있었다. 유한은 은행 안으로 들어가서 번호표를 뽑았다. 잠시 후 창구에서 딩동 소리가 울리자 유한은 창구에 다가갔다. 창구에서 젊은 여자가 남자를 맞이했다.

"고객님. 어떻게 오셨습니까?"

"신규로 통장을 개설하려고요."

"어떤 통장을 원하십니까?"

"수시로 입출금이 가능하고, 카드 인출과 카드 결제 겸용으로 만

들어주세요."

"여기 작성해주시고요. 신분증도 주세요. 도장은 안 가져오셨나요?"

"서명으로 하겠습니다."

"한용주 씨?"

"네."

"비밀번호 눌러주세요. 입금할 금액은 얼마입니까?"

"여기 십억 원짜리 수표입니다."

"고객님. 비씨카드도 하나 만들어주세요. 지금 가입하시면 혜택도 많습니다. 홍보기간이거든요."

"비씨카드요?"

"고객님 정도면 VVIP 카드 발급됩니다."

"그래요. 하나 하죠. 카드는 내가 직접 은행에서 수령하고 싶은데……."

"가능합니다. 일주일 뒤에 찾으러 오세요."

유한은 통장을 개설하고 은행 앞에 있는 SK텔레컴 영업점 안으로 느린 걸음으로 들어갔다. 가게 안은 신규고객을 유치하느라고 종업원들이 정신이 없었다. 종업원은 다리가 불편한 손님을 발견하고는 다른 손님에게 양해를 구하고 유한에게 다가왔다.

"손님. 무슨 일로 오셨습니까?"

"신규로 가입할 건데……. 새로 나온 신형이 뭐죠?"

"요즘 모토로라가 인기입니다. 이게 지난달에 새로 나온 최신형입니다."

"그럼…… 이걸로 두 대 개통해주세요."

"신분증 주시고, 여기 체크해둔 곳만 기입하시면 됩니다. 자동이체 통장은 어떤 것으로 합니까?"

"여기 조흥은행 통장으로 해주세요."

유한은 방금 개설한 통장의 계좌번호를 적어주고 핸드폰을 구입했다. 그리고 다시 힘든 걸음걸이로 백화점을 지나서 호텔 로비로 들어섰다. 로비 라운지에서 커피를 마시면서 사용하고 있던 핸드폰에서 전화번호 몇 개만 새로 산 핸드폰으로 옮기고 사용하던 핸드폰은 부셔 버렸다. 한 겨울임에도 선글라스를 낀 모습이 예사롭지 않았다. 잠시 후 유한은 호텔 정문에 세워둔 벤츠를 타고 호텔 후문 쪽을 빠져 나갔다.

어둠과 함께 사라지다

정희는 모처럼의 연휴도 연휴이지만 오늘이 크리스마스라서 더욱 좋았다. 금요일부터 일요일까지 유한과 함께 지낸다는 것이 더없이 좋았다. 이제 열흘만 있으면 회사에 나오지 않아서 좋았고 매일 좋은 일만 생길 것 같았다. 처음으로 출근을 할 때 차를 가져왔다.

정희는 퇴근 후 다른 사람의 눈을 의식해서 회사 부근의 주차장에 세워둔 BMW에 올랐다. 병실을 가기 전에 크리스마스 선물을 사러 삼성동 현대백화점에 들렀다. 고르다 고른 선물은 남자들이 좋아하는 듀폰 금장 라이터였다. 예쁘게 포장을 하고 그 위에 조그만 크리스마스카드를 붙였다.

지하1층에서 함께 먹을 케이크를 사고 와인도 한 병 샀다. 정희는 뱃속의 환희에게 줄 선물도 샀다. 걸음마를 떼려면 2년은 족히 걸릴 테지만 처음 맞이하는 크리스마스를 그냥 지나칠 수 없었다. 유아용품점에서 예쁘고 귀여운 작은 신발 하나를 사고 백화점을 빠져 나왔다.

길가에는 크리스마스트리가 즐비했고 캐럴 송이 가는 곳마다 울려 퍼졌다. 세브란스병원도 예외는 아니었다. 선교사가 만든 재단은 크리스마스가 더욱 의미 있는 병원이었다. 병원 입구부터 예수탄생을 기리는 문구와 형형색색의 불빛으로 알록달록했다.

정희는 오늘 환희는 존재를 알리고 싶었다. 크리스마스 선물로 새 생명을 세상에 알리고 싶었다. 정희가 병실에 들어갔을 때 늦은 시간인데도 수현은 아직 병실에 있었다.

"어. 수현아. 아직 안 갔니?"

"언니 보고 가려고요. 이거…… 언니 크리스마스 선물."

"어떡하니. 난 준비 못했는데……. 요즘 정신을 딴 곳에 팔고 사나봐."

"어서 와."

"정희 씨. 메리크리스마스."

"선애언니도 메리크리스마스. 수현이도 메리크리스마스. 사장님도 메리크리스마스……."

"정희는 말로 다 때우는구면. 하하하."

"죄송해요. 언니."

"아냐. 나도 준비 못했는데……."

"이제 언니는 집에 가세요. 언니는 오늘부터 3일간 휴가에요."

"무슨 말이야? 그건 안 돼."

"사장님. 선애언니 집에 가라고 하세요."

"그래요. 일요일까지 딸이랑 재미있게 놀다가 월요일에 오세요."

"사장님……."

"괜찮다니까……. 난 정희가 있잖습니까."

유한의 권유로 선애는 집에 가기 위하여 가방을 쌌다. 토요일이 크리스마스이기에 시나리오도 다음 주에 한꺼번에 보기로 하고 수현도 선애가 나가는 길을 함께 나섰다.

큰 병실에 두 사람이 남았다. 유한은 오늘 밤 안으로 병실에서 나갈 생각을 하고 있었다. 그런 얘기를 정희한테 얘기해야만 했다. 최소한 병원은 위험하다는 정도는 얘기할 수밖에 없었다. 정희는 백화점에서 산 선물을 유한에게 내밀었다.

"이건 뭐야?"

"오빠한테 주려고 선물 하나 샀죠. 풀어보세요."

"난 준비 못했는데……."

"나한테는 오빠 자체가 선물이에요."

유한은 먼저 포장위에 붙은 크리스마스카드를 열어 보았다.

'사랑하는 오빠. 오빠는 내게 특별한 존재입니다. 나의 첫 사랑이며 첫 남자입니다. 영원히 함께해요. 메리크리스마스…….'

유한은 태어나서 사랑한 여자가 셋 있었다. 하나는 재희였고, 또 하나는 다혜였고, 마지막 하나는 정희였다. 재희는 과거에 사랑했던 여자고, 다혜는 현재 존재하지 않는 여자였으며, 정희는 자신이 지켜주고 싶은 여자였다. 자신이 만난 여자 중에서 유일하게 순결했던 여자가 정희였다. 그래서 옛날의 뜨거움은 없을지라도 묵묵히 곁에서 보살펴주고 싶은 여자였다. 카드에 적힌 영원히 함께하자는 말에 울컥 감정이 복받쳤다.

'내가 정희와 영원히 함께 할 수 있을까? 내가 곁에 없다면 견뎌
낼까? 혼자서 씩씩하게 잘 살아야 할 텐데…….'

"남들은 피우던 담배도 끊으라고 난리를 피우는데, 넌 선물로 라
이터를 사왔구나."

"오빠의 유일한 낙이 담밴데 어떻게 말려요. 차라리 조금 피우라
고 하는 게 낫죠. 마음에 안 들면 다른 것으로 바꿀게요."

"아니야. 마음에 들어. 옛날부터 가지고 싶었는데, 내 돈 주고 사
기에는 좀 그랬어. 정희야 고맙다."

"오빠는? 진작 그럴 것이지. 그리고 우리 케이크 먹어요."

"와인도 마시는 거야?"

"당연하죠. 와인은 오빠가 따 봐요."

유한은 정희가 사온 케이크와 와인을 마셨다. 손가락으로 케이
크를 찍어서 정희의 코에 발랐다. 나이보다 더 여린 심성을 가진 정
희는 마냥 즐거워했다. 서른을 코앞에 둔 여자라고는 믿기지 않을
정도였다. 그런 심성으로 글을 쓴다면 좋은 글이 나오리라고 유한
은 생각했다. 유한은 정희에게 오늘 밤 병실을 나가야 한다는 얘기
를 시작했다.

"정희야……."

"네. 오빠."

"내가 하는 말 잘 들어."

"뭔데 그래요?"

"오늘 밤 자정이 넘으면 병원을 나가야 돼."

"나보고 가라고요? 싫어."

"그 말이 아니고 오빠가 나가야 한다고……."

"왜요? 아직 다 낫지도 않았는데……."

"이다혜를 죽인 범인을 찾았어."

"네? 그게 누군데요?"

"정희는 모르는 것이 더 좋아. 일단 이 핸드폰 받아. 앞으로 나랑 통화할 때에는 이 핸드폰을 사용해. 그리고 정희 주소는 당분가 충주 고향집으로 옮겨둬. 월요일에는 꼭 옮겨."

"무슨 일인데요?"

"다혜를 죽인 사람이 나까지 죽이려고 해. 그래서 오늘 병원을 나가야 해."

"오빠를 왜 죽인다고요? 누가 오빠를 죽여요?"

정희는 놀란 표정이었다. 그러다가 씩씩거리며 성질을 냈다. 사랑하는 남자를 죽이겠다고 협박하는 놈이 눈앞에 있다면 당장이라도 잡아먹을 기세였다. 정희는 오늘 밤 환희의 존재를 유한의 품속에서 알리려고 했었다. 진짜 크리스마스선물은 환희라고 말하려고 했었다. 그러나 갑자기 벌어진 상황 앞에서 정희는 할 말을 잃었다.

"오빠는 병원에서 나가면 어디에 가있으려고요? 우리 집에 오면 안돼요?"

"오늘부터 일요일까지는 정희랑 같이 있을 거야. 내가 아파트로 들어가면 정희가 위험해질 수가 있어서 안 돼. 모든 것이 해결되고 난 후에 아파트로 갈게."

"그게 언젠데?"

"글쎄다. 오늘 우리 어디로 갈까? 정희 가보고 싶은 곳 없어?"

"생각 안 해봤는데……. 그럼 우리 속초에 가요."

"속초?"

"속초에 가서 회도 먹고, 바다도 보고…… 그랬으면 좋겠다."

"그러자. 그리고 오빠가 선애 씨한테 줄 편지를 쓸 건데, 이 돈이랑 월요일 아침에 선애 씨한테 전달해. 전달이 늦어지면 안 돼."

"알았어요."

"그리고 방수현 씨한테는 당분간 시나리오 작업 보류하자고 말할 테니까……."

"오빠. 나 무서워요."

"걱정하지 마. 오빠는 너 두고 안 죽어."

"진짜죠?"

"그럼 당연하지."

"그럼 손가락 걸어요. 함께 죽는다고, 죽을 땐 함께 죽는다고……."

"그래. 죽음이 우리를 갈라놓을 때까지……."

유한은 정희가 내민 새끼손가락에 자신의 새끼손가락을 걸었다. 그러나 지킬 수 없는 약속 같았다. 유한은 선애에게 줄 편지를 썼다. 사정이 생겨서 더는 병원에 있을 수 없어서 나가는 것이니까 자신이 없어지고 나면 아내에게 전화를 해서 행방이 묘연하다고만 하라는 글이었다. 자고 나니까 없어졌다는 식으로 말하라고 했다. 그리고 끝으로 그동안 감사했다는 글과 천만 원짜리 수표 한 장을 동봉했다. 유한은 편지를 정희한테 주었다. 정희는 회사를 그만 두더라도 걱정이 없었고, 시나리오가 중단되어도 걱정이 없었다. 유한은 정희에게 비상금으로 오억 원이 든 통장을 주었기에 정희는 돈에 대한 문제는 없었다. 사랑하는 남자가 도망을 가야 한다는데 시나리오도 회사도 전혀 생각할 수 없었다.

병원을 빠져나갈 준비를 끝내고 자정이 오기를 두 사람은 기다렸다. 유한은 BMW는 월요일에 찾아가라고 말하고 벤츠로 움직일 계획이었다. 자정이 되자 두 사람은 조용히 병실을 빠져 나와 벤츠가 주차되어 있는 주차장으로 엘리베이터를 타고 내려갔다. 병원에서 가져나온 것은 입은 옷이 전부였다. 입원해 있는 동안 사놓은 것들을 그대로 두고 몸만 빠져 나왔다.

벤츠가 속초 대포항에 도착을 한 시간은 새벽 여섯 시가 넘었다. 한계령의 눈길이 발목을 잡아서 두 시간이나 지체했다. 속초해변이 보이는 작은 호텔에 차를 세우고 두 사람은 호텔로 들어갔다. 조금만 있으면 일출을 본다는 기대로 바다가 보이는 방을 잡았다. 20세기 마지막 크리스마스의 태양이 떠오르는 순간이었다. 그 태양이 두 사람에게 희망의 태양이 될지 불행의 태양이 될지 아무도 몰랐다. 두 사람은 떠오르는 붉은 태양을 보고 각자가 원하는 기도를 하였다.

두 사람은 쏟아지는 잠을 자고는 정오가 지나서 일어났다. 고픈 배가 시간이 정확한 법이다. 두 사람은 대포항에 오밀조밀 모여 있는 횟집으로 걸어갔다. 목발을 짚고 있는 모습이 불편해 보였다. 겨울 바다는 한산하지만 속초에 오는 겨울 관광객은 점심때면 대포항에만 오는 듯 했다. 제일 조용한 집을 골라서 들어갔다.

"오빠. 뭐 드실 거예요?"

"정희는 뭐 먹고 싶은데?"

"난 회를 먹어보면 맛이 다 똑같던데. 광어도 그렇고, 도다리도 그렇고……"

"정희는 순 촌놈이구나. 하하하."

"오빠는 고향이 부산이라서 잘 아나봐?"

"많이 먹어봐서 아는 거지. 자. 뭐로 시킬까?"

"술도 한 병 시켜요."

"대낮인데?"

"낮이면 어때요. 오늘은 대포항에 있고, 내일 아침에 설악동으로 들어가면 되잖아요."

"그럴까? 정희 말대로 하지 뭐."

유한은 우럭과 광어를 시키고 매운탕과 함께 소주도 한 병 시켰다. 대포항의 회는 서울과 다를 바 없었다. 어쩌면 곁들여서 나오는 밑반찬을 생각하면 서울보다 비쌌지만 대호항이 주는 정취 때문에 먹는 듯 했다. 회와 매운탕이 같이 나왔다. 정희는 유한의 병실에 가는 토요일은 회를 먹는 날이었다. 유한의 뼈가 빨리 붙도록 하느라고 못 먹던 회도 이제 맛을 알아가고 있었다. 유한은 소주를 정희에게 한잔 주었다.

"난 안 마실래요."

"왜? 잘 마시잖아."

"옛날에는 마셨지만, 요즘은 술 안 마셔요."

"왜? 어디 아파?"

"아픈 건 아니고, 이제 술이 싫어졌어요. 정희 대신에 오빠가 다 드세요."

"에이. 혼자 무슨 맛으로 먹어?"

"정희가 옆에 있잖아요."

"나 참. 정희를 안주삼아서 한잔 마셔보자."

오랜만에 마신 술은 금방 달아올랐다. 막상 속초에 와도 할 것은 없었다. 속초해변을 걷는 것이 유일한데 목발을 짚고 있는 유한에게는 그림의 떡이었다. 겨울바다가 낭만이 있다고 누가 그랬던가. 쓸쓸함이 있고 고독함이 있는 곳이 겨울바다였다. 그래서 혼자 겨울바다를 찾는 사람은 죽고 싶을 만큼 고독하다는 뜻이기도 했다.

두 사람이기에 고독하지는 않았지만, 두 사람이 놓인 처지는 고독 이상이었다. 한 사람은 내일을 예측할 수 없는 전쟁을 목전에 두고 있었고, 한 사람은 사랑하는 사람을 보고 싶을 때 볼 수 없다는 것을 직감하고 있었다. 누군가로부터 몸을 숨기는 사람을 자주 본다는 것은 그 사람을 위험에 빠트리는 것인 줄 정희도 알았다. 크리스마스의 기분을 내려면 사람이 붐비는 명동거리가 최고였다. 그곳에는 생동감이 흐르지만 철 지난 겨울바다는 적막함만 맴돌았다.

해변의 벤치에 앉아 담배를 피우던 유한은 정희의 손을 꼭 잡았다. 잡은 손을 영원히 놓고 싶지 않았다. 그 마음은 정희가 더욱 간절했다. 정희를 무릎에 앉히고 뒤에서 꼭 안았다. 손에 잡히는 젖무덤은 예전 같지 않았다. 한 달이 넘도록 유한의 앞에서 옷을 벗지 않던 정희에게 이상하다는 생각은 했지만 아기를 가졌다는 생각은 전혀 못하고 있었다.

"오빠. 추워요."

"바닷가라서 더 춥네. 호텔로 들어가서 따뜻한 물에 몸이나 담그자."

두 사람은 천천히 호텔로 돌아갔다. 목발을 짚는 걸음은 보통 사람의 걸음 속도보다 반의반도 내지 못했다. 이런 걸음걸이로 어떻게 움직일지 유한은 답답했다. 목발을 짚고는 다른 것은 아무것도 할 수 없었다. 심지어 시비를 거는 사람의 멱살을 잡기도 버거웠다.

3분 거리의 호텔을 15분이 걸려서 도착했다. 3분 거리를 걸었음에
도 유한은 힘들어했다.

유한은 방에 들어가자 욕탕에 뜨거운 물을 틀었다. 깁스를 풀고
난 뒤라서 다리를 물속에 넣는 것은 가능했다. 그러나 불편한 다리
로 혼자 목욕은 할 수 없었다. 욕실에서 넘어지기라도 한다면 근근
이 쇠붙이로 지탱하고 있는 다리가 다시 부러질 수도 있었다. 다리
가 다 나았더라도 무리한 운동은 할 수 없을 만큼 후유증이 남는
상처였다. 뛰어다닐 수도 없고 높은 산도 탈 수 없으며 스키도 탈
수 없는 큰 상처였다.

"정희야. 오빠랑 목욕하자."

"난 싫은데……."

"나 혼자 목욕 못해. 잡아 줘야지."

"그건 아는데……."

"오빠한테 사실대로 얘기해봐. 무슨 일인데……."

"오빠. 화내면 안 돼요? 화내면 울어버릴거야."

"알았어. 얘기해봐."

"사실은, 사실은……. 나 임신했어요."

"뭐?"

"화 안낸다면서……."

"얼마나 되었는데?"

"이제 18주 지났어요. 오빠가 아무리 뭐라고 해도 난 낳을 거야."

"부모님 아시면 어쩌려고?"

"지난달 초에 고향에 다녀왔어요. 배가 더 부르기 전에……. 다음
에 갈 땐 애기 낳아서 오빠랑 같이 가면 되지."

유한은 할 말을 잃었다. 여자의 나이는 전혀 문제가 되지 않지만 남자가 마흔이 넘어서 아기를 낳는다는 것은 흔한 일은 아니었다. 아기가 없다가 늦게 생겨서 나온 늦둥이라면 모를까 일부로 늦게 낳는 경우는 드물었다. 한치 앞도 예측할 수 없는 시점에 임신을 했다는 정희의 말에 기쁘다고 말할 수도 없었다. 여자란 모름지기 임신을 했을 때 모든 사람들한테 축하를 받을 일이었다.

더구나 아기아빠한테는 더 축하를 받을 일이지만 유한에게는 결코 반가운 일이 아니었다. 사지에 몰리지 않았더라도 정희의 임신이 달갑지 않을 텐데 킬러로부터 몸을 숨기는 유한에게는 당장 화요일이 걱정이었고 앞으로 한 달이 어떻게 될지도 알 수 없었다.

그렇다고 순수한 정희를 나무랄 수도 없었다. 사랑하는 남자의 아기를 낳고 싶은 것은 모든 여자들의 희망이었다. 그것도 첫 사랑이며 첫 남자라면 더욱 그랬다.

"정희야. 후회하면 어쩌려고 그랬어?"

"난 후회 안 해요. 오빠가 나랑 같이 안살아도 좋아요. 오빠의 분신이 내 곁에 있으면 그것만으로도 충분히 살아갈 수 있어요."

"지금은 내가 어떤 기약도 해줄 수 없다는 거 알지?"

"알아요. 제발 죽지만 마. 오빠가 죽으면 나도 죽을 거니까."

"내가 죽기는 왜 죽어? 이제 같이 목욕해도 되겠네. 하하하."

"젖이 좀 변했어요. 그래서 오빠한테 들킬까봐서 그동안 같이 목욕도 안했죠."

"회사에서 불편하지 않아?"

"불편해요. 배도 나오고……. 그래서 이달에 끝내려고요."

"난 배 나온 줄 몰랐어."

"복대를 하고 다녔죠."

"그래. 회사 그만 두면 당분간 아무 생각하지 말고 집에서 쉬어. 이왕에 낳는다면 애기도 정희도 건강해야지. 알겠지?"

"네. 오빠. 이제는 날아갈 것 같네. 참 태명도 정했어요."

"뭐로 했어?"

"환희. 즐거울 환에 기쁠 희……. 애기 때문에 즐겁고 기쁜 일만 가득하라고 지었어요."

"환희라……. 좋네. 우리 환희 한번 만져보자."

다음날 두 사람은 설악동으로 갔지만 목발을 짚는 유한으로서는 권금성에도 올라갈 수가 없었다. 식당에서 점심만 먹고 서둘러 서울로 길을 잡았다. 속초로 갈 때에는 유한이 운전을 했지만 서울로 갈 때는 정희가 운전대를 잡았다. 정희는 대형 승용차도 자유롭게 운전했다. 벤츠는 삼성역 주변에 있는 사진관에 섰다.

"왜? 무슨 볼일 있어?"

"아니. 오빠랑 가족사진 찍으려고요. 거실이 너무 휑해서 못 보겠어."

"나중에 출산하고 애기랑 같이 찍지."

"그땐 다시 찍으면 되잖아요. 들어가요."

두 사람은 사진관 안으로 들어갔다. 사진관은 가족사진만 전문으로 찍는 곳이었다. 사진관 주인은 목발을 짚고 오는 유한을 부축하여 의자에 앉혔다.

"어서 오세요. 어떤 사진 찍으시게요?"

"가족사진 제일 큰 것으로 찍으려고요."

"두 사람만 찍을 거면 중간 사이즈로 하세요."

"아뇨. 제일 큰 것으로 하고요. 액자도 제일 좋은 걸로 해주세요."

두 사람은 사진을 찍고는 청담동 아파트로 향했다. 오늘이 아니면 언제 갈 수 있을지 모른다는 생각에 유한은 청담동 아파트로 가자고 했다. 아파트 경비실에서는 정희가 혼자 사는 여자인줄 알다가 아파트 입구 장애인 주차장에 벤츠를 세우고 벤츠에서 내리는 유한을 부축하는 모습을 보고 경비실 밖으로 뛰어 나왔다.

"아저씨. 우리 신랑이에요. 아파서 병원에 입원하고 있는데……. 오늘 특별히 외출해서 집에 왔어요."

정희는 묻지도 않는 말을 경비에게 말하고 있었다. 혼자 사는 여자가 아니라고 공고를 하는 참이었다. 젊은 여자가 BMW를 타는 것도 대단한 일인데 남편과 함께 내리는 최고급 벤츠를 보고 경비는 정희를 다시 보게 되었다. 두 사람은 경비의 시선을 뒤로하고 엘리베이터에 올랐다.

집은 정희의 성격대로 정갈하게 꾸며져 있었다. 아기자기한 소품으로 곳곳을 장식하였고, 가구와 가전제품은 고급스럽게 배치되어 있었다. 작은 방 하나를 서재로 만들어 놓았고, 다른 작은 방 하나는 낳지도 않은 아기 방으로 꾸며 놓았다. 서재는 유한을 위한 것이었다. 책상과 책장만 들어간 서재는 책이 많지가 않아서 텅 비워보였다. 단지 고급스러운 책장과 책상만 돋보였다.

"정희가 신경을 많이 썼구나."

"돈으로 하는 건데요 뭐. 이번에 난생처음으로 큰돈을 써봤네."

"아니야. 돈만으로 되는 것이 아냐. 주인의 안목과 애정을 그 집이 대변하는 것이거든."

"오빠. TV 보고 계세요. 금방 밥 할 테니까……."
"그래. 오랜만에 정희가 해주는 밥 먹어보자."

뉴골든브릿지 V

월요일 아침, 정희는 회사에 몸이 아파서 늦게 나간다고 전화를 하고 세브란스병원으로 나가고 유한은 차를 끌고 잠실 롯데호텔로 향했다. 정희는 언제든지 집에 들어갈 수 있도록 현관문 비밀번호를 가르쳐주고 갔지만 언제 올 수 있을지 지금으로서는 기약할 수가 없었다. 두 사람은 자주 통화를 하기로 하고 헤어졌다.

유한은 롯데호텔에 주차하고 프런트로 갔다. 일주일 투숙을 하겠다고 말하고는 숙박계를 작성하고 카드로 결제를 했다. 숙박계도 카드도 모두 한용주로 되어 있었다. 2014호 키를 받고 룸으로 올라간 유한은 박홍식에게 전화를 걸었다.

"홍식아. 나야."

"네. 형님. 이 번호로 걸면 됩니까?"

"그래. 옛날 전화번호는 사용 안하니까. 이쪽으로 해. 나도 최반장으로 일하던 이 번호로 계속 걸 테니까."

"알겠습니다. 어디 계십니까?"

"그건 묻지 말고. 금요일 자정에 병원에서 나왔어. 안전한 곳에 있다는 것만 알아둬."

"내일 인천국제여객터미널에 청도에서 들어오는 배를 알아봤습니다. 중국 위동항운 소속인데 뉴골든브릿지V호랍니다. 오전 열한시 삼십분에 도착합니다. 저희들이 나가서 한번 살펴보겠습니다."

"어쩌면 병실을 덮칠지도 모르지. 아무튼 조심해서 움직여. 상대는 프로야."

"형님도 조심하십시오."

유한은 일신기획 이현우에게도 전화를 했다. 투자 계약서에 도장을 찍던 날 이후로 본 적이 없었다. 늘 시나리오 작업은 방수현이 도맡았다. 전화는 핸드폰을 사용하지 않고 호텔 전화를 사용했다.

"이대표."

"누구십니까?"

"나야. 유한."

"형님. 어디신데 번호가 일반 전화입니까?"

"핸드폰이 고장 나서 병원 전화로 거는 거야. 다른 것이 아니고 오늘부터 방수현 씨 병원에 오지 말라고 해."

"왜요? 시나리오가 마음에 안 드십니까?"

"그런 게 아니고……. 내가 사정이 있어서 병원에서 빨리 퇴원을 하는데, 당분간만 작업하던 것 보류하자고. 내가 다시 연락할 때까지."

"무슨 일이십니까?"

"그런 거 묻지 말고, 당분간만 보류해줘."

"알겠습니다. 연락기다리겠습니다."

시나리오 작업을 하면서 투자금 삼십억 원 중에 오억 원을 미리 받았기에 일신기획 입장에서는 손해 볼 일이 없었다. 영화제작이 무산되어도 오억 원은 버는 것이었다. 이현우는 유한에게 피치 못할 사정이 생겼다고 생각하고 유한이 연락할 때를 기다리기로 했다.

그 시간에 세브란스병원에서는 일대 소동이 벌어졌다. 토요일 아침 간호사가 병실에 들어갔는데 환자도 간병인도 증발해버린 것이었다. 환자를 입원수속한 사람이 환자의 아내였기에 보호자에게 연락을 취해 보려다가도 크리스마스니까 일요일까지는 집에서 보내고 오겠지 하는 생각에 심각하게 생각하지 않았다. 그러나 월요일 아침에도 환자는 돌아오지 않은 것이었다. 대일그룹에서 병원비를 내기 때문에 병원비를 떼어먹고 도망을 갔다고는 생각하지 않지만 병실에 있어야 할 환자가 없어졌다는 것은 병원에서도 책임을 면할 방법이 없었다.

정희는 1층에서 병실로 올라가려는 선애를 만나서 유한이 전달하라는 편지봉투를 전달하고는 금요일에 BMW를 세워둔 주차장으로 사라졌다. 편지를 읽어 본 선애는 간호사실에서 벌어질 소동이 예측되었다. 그러고는 굳은 마음으로 유한의 병실로 올라갔다. 선애가 병실에 들어가자 간호사가 따라 들어왔다.

"유한 씨 어떻게 된 겁니까? 토요일 아침부터 안보이던데."

"토요일 아침에 집에 갔다 오신다고 나갔어요. 크리스마스 연휴를 가족들과 보낸다고 가셨는데."

그러면서 선애는 재희에게 전화를 걸었다. 유한이 일러준 대로 태연하게 행동했다.

"사모님 간병인이에요."

"무슨 일이에요."

"토요일 아침에 사장님이 크리스마스를 집에서 보내고 오신다고 나가셨는데 아직 안 오셨어요. 아직 집에 계세요?"

"무슨 소리예요? 집이라니. 누가 크리스마스를 집에서 보낸다고요?"

"사장님이요. 전화를 해도 안 받아요."

재희는 억장이 무너졌다. 병원에 있어야 할 사람이 토요일에 병실을 나갔다. 그것도 간병인에게 크리스마스를 집에서 보내고 오겠다고 나갔다니 미칠 지경이었다. 원래 가족과 함께 보내는 남자였다면 그것이 무슨 큰일이겠는가? 집으로 올 사람도 아니면서 집으로 간다는 핑계를 대고 월요일에도 돌아가지 않았다는 것은 보통 일이 아니었다.

유한을 만난 것이 두 달 전이었지만 아직 병원을 퇴원할 정도는 전혀 아니라고 생각한 재희는 먼저 유한의 핸드폰에 전화를 걸었다. 두 달 전에 만난 후 자신의 과오를 전부 알고 있다는 이유로 차마 전화도 못하고 있었다. 전화는 꺼져 있었다. 재희는 다시 재호에게 전화를 했다.

"오빠."

"그래. 어쩐 일이니?"

"유서방이 병원에서 행방불명되었대."

"그게 무슨 얘기야?"

"토요일 아침에 집에 간다고 나간 사람이 아직 돌아오지 않고 있다고 간병인이 연락이 왔어. 무슨 일 있었던 건 아니지?"

"일은 무슨 일. 혼자서 다닐 만큼 움직일 수 없을 텐데."

"내 말이. 무슨 일 생긴 거 아냐? 걱정되어서 일이 손에 안 잡히네."

"넌 언제 가보고 안가본거야?"

"두 달 넘은 것 같은데."

"그때는 상태가 어땠어?"

"깁스 하고 꼼짝 못했지."

"병원에 한번 알아봐. 나도 알아볼 테니까."

재호는 유한의 행방이 묘연해진 이유가 궁금했다. 혹시라도 유한이 가지고 있던 비밀서류가 검찰청에라도 들어가는 날에는 그룹이 어떻게 될지 모를 일이었다. 아버지의 말대로 유한을 격동시킨 것은 아닌지 불안해지기 시작했다. 강훈길 총무에게 부탁한 일이 빨리 처리되었다면 이런 불안감에서 벌써 벗어났을 텐데 하는 마음이 들었다. 재호는 강훈길에게 전화를 걸었다. 강훈길의 전화가 꺼져있다는 메시지를 듣고 서울호남향우회로 전화를 했다.

"네. 서울호남향우회입니다."

"강총무님 부탁드립니다."

"출근 안하셨습니다."

"어디 아프세요?"

"누구세요?"

"네. 대일그룹 박재호 사장입니다."

"아. 네. 아프신 건 아니고요. 목요일에 출근한다고 나가셨다는데, 사무실에도 안 나오시고 집에도 안 들어가셨대요."

"누가 그래요?"

"강총무님 사모님이 사무실로 전화가 왔어요. 그래서 저희도 걱정입니다."

　재호는 이상하게 생각했다. 비즈니스가 많은 총무가 전화를 끊고 잠적했다는 것이 수상했다. 그러나 강훈길이 돈 오천만 원을 꿀꺽하고 도망갈 사람은 아니라고 판단했다. 목요일 아침에 나갔다면 벌써 5일째가 되는 날인데 소식이 없다는 것이 이상했다. 재호가 시킨 일은 모두 강훈길이 알아서 했기 때문에 강훈길과 연결되는 어느 누구나 재호는 알 수 없었다. 유한의 위협에서 벗어나는 길은 빨리 강훈길이 나서주는 것이었다.

　재호는 강훈길과 연락이 끊어지자 반대로 유한으로부터 보이지 않는 위협은 더 심하게 느껴졌다. 제일 신경 쓰이는 대목은 유한이 가지고 있는 대일그룹의 비밀서류였다. 재호가 해결사로 알고 있는 사람은 강훈길뿐이었다. 그것도 아버지 박병호 회장을 따라서 몇 번 서울호남향우회에 출입하면서 알게 되었고, 한 번의 술자리에서 자신의 과거를 자랑 삼아서 얘기하며, 사업을 하다가 어려운 일이 있으면 언제든지 말하라고 재호에게 얘기를 하였기에 재호는 이다혜의 처리도 해결해줄 수 있으리라 믿었던 것이다. 믿은 만큼 깔끔하게 이다혜를 처리하여 여동생의 우환을 없애주었기에 유한의 처리도 부탁한 것이었다. 그런데 재호의 해결사가 갑자기 연락 두절이었다.

　'이유가 뭐지? 강 총무가 어디로 갔다는 거지? 왜 핸드폰은 꺼져 있지? 도망을 갔을 리는 없고……. 도대체 무슨 일일까?'

　재호는 해결사가 사라졌다는 이유만으로도 자신도 알지 못하는 서늘한 공포가 밀려왔다. 재호는 강훈길이 중국으로 오더를 내려서 중국에서 유한을 해치우려고 화요일에 킬러가 온다는 것을 전혀 모르고 있었다. 킬러 역시 재호의 존재를 몰랐다. 오로지 타깃만 알고 타깃만 처치하러 오는 것이었다. 이제부터는 재호도 모르는 킬러와 유한의 사투만 남았지만 유한이 킬러로부터 몸을 피신한 것도 알지 못했다. 해결사가 없어지고 난 후 재호에게는 아무런 정보력도 없어졌다. 그것은 한 사람만 믿었을 때 오는 폐단이었다.

유한은 장시간 움직이면 목을 가눌 수 없는 만큼 고통이 왔다. 경추수술 이후 아직 목을 좌우로 움직일 수도 없었고 목을 꼿꼿하게 세우고 조금만 움직여도 통증이 수반되었다. 고통을 줄이는 방법은 편하게 누워서 목을 쉬어줘야만 했다. 유한은 침대에 누워서 아픈 목을 진정시켜야만 했다.

유한이 롯데호텔을 임시 숙소로 사용한 이유는 백화점이 붙어 있어서 언제든지 필요한 것들을 살 수 있다는 점과, 올림픽도로가 인접하여 어디든지 손쉽게 이동할 수 있었기 때문이었다.

유한은 정오가 되자 호텔에서 내려왔다. 백화점 11층에 있는 식당가에서 점심식사를 하고는 신사복 매장을 향했다. 군청색 양복 두 벌과 와이셔츠 넉 장을 사고 구두까지 샀다. 다시 룸으로 돌아와서 양복으로 갈아입었다. 병원생활 이후로 이발을 하지 않아서 머리가 제법 길었다. 덥수룩한 수염과 긴 머리에 양복을 입은 모습은 회사를 다니던 모습과 사뭇 달랐다. 블랙 바탕에 흰 세로줄이 있는 와이셔츠는 군청색 양복과 잘 어울렸다. 선글라스를 끼면 예술을 하는 사람으로 보일만큼 많은 사람들 속에서도 눈에 띌 정도였다.

유한은 목발을 짚고 벤츠가 주차되어 있는 호텔 정문으로 내려왔다. 차는 호텔을 빠져나와 올림픽도로로 접어들었다. 동호대교와 한남대교를 지나쳐서 여의도로 향했다. 63빌딩 지하주차장에 주차를 하고 빌딩 안내데스크로 향했다. 23층에 있는 대한생명 고객상담실은 월요일인데도 사람이 붐볐다. 번호표를 뽑고 한참을 대기하고 있다가 유한이 뽑은 번호가 창구에 불이 켜진 것을 보고는 창구로 향했다.

"고객님 무엇을 도와드릴까요?"

"제가 가입한 보험에 대해서 알아보려고 왔습니다."

"신분증 주시겠습니까?"

유한은 자신의 주민등록증을 여직원에게 내밀었다. 컴퓨터로 조회를 마친 여직원은 몇 장의 서류를 출력해서 유한에게 보여주었다.

"보험이 아홉 개 들어있습니다. 하나는 상해보험이고, 하나는 암보험이고요, 나머지는 모두 생명보험입니다."

"보험금 수령인을 바꾸려고 하는데……."

"네. 가능합니다. 현재는 박재희 님으로 되어 있는데, 어떤 분으로 바꾸실 거예요?"

"여기 이 사람으로 모두 바꿔주세요."

"윤정희 님으로 바꾸실 겁니까?"

"네."

"두 개는 수령인이 유한 씨 본인 이외에는 불가능하고요, 일곱 개는 변경 가능합니다."

"그럼 생명보험 일곱 개만 바꿔주세요."

"일곱 개 서류에 서명날인 하셔야 하니까 잠시 기다려주세요."

유한은 재희가 가입한 생명보험금 수령인을 정희로 바꿔버렸다. 만약 자신이 죽게 된다면 재희는 살아가는데 전혀 지장이 없지만 정희는 다르다고 생각했다. 살아있는 동안은 지켜줄 수 있지만 자신이 죽고 나면 정희를 지켜줄 수 있는 유일한 것은 돈이라고 생각했다. 마지막에 남겨줄 수 있는 것, 그것은 보험금이었다.

서류에 서명을 마치고 수령인이 바뀐 것을 확인한 후 유한은 다시 롯데호텔로 돌아왔다. 벤츠를 호텔 정문 주차장에 세우고 지난주 은행에 신청한 비씨카드를 찾았다. 유한은 만일을 대비해서 나름대로는 하나씩 준비해 나갔다. 목발을 짚고 호텔 밖으로 나와서 택시를 탔다.

"어디로 모실까요?"

"선릉역에 있는 금호렌트카로 갑시다."

택시는 선릉역에서 유턴을 해서 20미터를 더 가다가 섰다. 유한은 빌딩의 6층으로 올라갔다. 6층부터 9층까지 금호렌트카가 사용했다. 6층 영업부로 들어간 유한은 장기렌트 창구로 다가갔다.

"손님. 어떻게 오셨습니까?"

"장기 렌트를 하려는데……."

"기간은 어느 정도 필요하세요?"

"두 달 정도 사용할 생각입니다."

"차종은 어떤 것으로 할까요?"

"마력이 높은 것이 뭐가 있나요?"

"국산차로 하실 거죠?"

"마력이 좋은 거라면 국산이든 외제든 상관없습니다."

"랜드로버는 어때요?"

"4륜이죠?"

"네. 올해 나온 모델인데, 디스커버리2라고…….'

"배기량은 몇입니까?"

"4000cc입니다."

"그걸로 하죠. 한 달 렌트비가 얼마죠?"

"이건 좀 나갑니다. 올해 뽑은 차라서. 한 달에 300만 원이고요. 보증금이 500만 원입니다. 합치면 1,100만 원입니다."

"운전면허증 드려야죠?"

"네. 결재는 보증금이 있어서 현금으로 하셔야 합니다."

"계좌번호 주시면 지금 이체하겠습니다."

유한은 한용주의 운전면허증을 창구에 제출했다. 몇 개의 서류에 서명을 하고 디스커버리가 주차되어 있는 지하주차장으로 직원을 따라갔다. 디스커버리는 앞은 둔탁했지만 힘이 좋아 보였다. 차체가 높아서 시야가 확 트였다. 유한은 디스커버리를 몰고 롯데호텔 뒤편 석촌호수 부근의 주차장에 숨겨두었다. 유한의 장점은 머리가 비상한 것보다도 상황에 적응하는 능력이 빠른 것이다. 그 적응력은 재희를 만나고 난 후 대일그룹에 들어가면서부터 빛을 발했다. 전혀 경험이 없는 처음 하는 일도 남들이 보면 많은 지식과 경험이 있어 보였다. 어딜 가더라도 초보처럼 보이지 않았고 행동까지도 노련했다. 유한은 자신에게 닥친 힘든 상황에서도 하나하나 적응을 하고 있었다.

유한은 호텔로 가는 길에 미용재료를 파는 숍에서 머리 염색약을 몇 가지 샀다. 유한이 하는 모든 준비는 본능에 가까웠다. 언젠가 닥칠지 모르는 일을 미리 예상을 하고 하나씩 준비하는 것이었다.

박홍식은 아침 일찍 삼일공사로 나가면서 인천국제여객터미널로 들어온다는 킬러를 생각했다. 어떤 모습을 하고 들어올지 전혀 예상할 수는 없지만 전 직원을 데리고 나갈 계획이었다. 킬러를 막을 수만 있다면 유한은 안전하다는 생각뿐이었다. 마음 같아서는 박재호를 잡아서 병신을 만들고 싶지만 지금 박재호를 신경 쓸 겨를이 없었다. 박재호는 언제 잡아도 잡을 수 있는 놈이었고 킬러는 오늘 놓치면 영원히 잡을 수 없다고 생각했다.

유한은 조동수와 설기호를 알아서 처리하라고 했지만 두 사람을 처리하는 것도 보통 일이 아니었다. 잡아둘 수도 놓아 줄 수도 없는 상황이었다. 잡아둔다면 언제까지 잡아둘지 그것도 결정해야 했다. 박홍식은 삼일공사에 들어가자 말자 직원들을 집합시켰다.

"오늘 중국에서 킬러가 들어온다. 청도에서 뉴골든브릿지V를 타고 들어오는데, 오전 11시 30분에 도착하니까 우린 11시까지는 나가야 할 거야."

"그놈 어떻게 생겼는지 전혀 모르는데, 어떡하죠?"

이형사는 킬러를 어떻게 구별할지가 난감하다는 뜻이었다. 살아오면서 킬러라는 단어는 영화에서나 봤을 뿐 직접 만나러 나가자는 말에 걱정이 앞섰다.

"그래도 나가봐야지. 혼자 들어오는 놈을 관찰해보자고……."

"반장님. 멀리서 관찰할 수밖에 없는데 망원경이라도 준비해야 되는 것 아닙니까?"

"나가면서 망원경 두 개 준비하도록 해. 킬러 잡으러 나랑 이형사와 오형사만 간다."

"저는요?"

"박형사는 오늘 다른 일을 해."

"어떤 일입니까?"

"서울 외곽 쪽에 조동수와 설기호를 가둬둘만한 곳 찾아. 당분간 어쩔 수 없어……."

"언제까지 이용한다고 말합니까?"

"3개월 이용한다고 해. 그때 되면 뭔가 결정 나겠지."

"알겠습니다."

"당분간 박형사는 두 놈 감시하는 일에만 전념해. 밥은 줘야 죽지는 않을 거 아냐."

"나 참. 개새끼 두 마리 기르게 생겼네요."

"그리고 오늘 각 계좌로 수고비 보냈다. 수고비는 월급과 별개야. 어떠하든 킬러만 잡으면 좋겠는데……, 그래야 형님이 안전한데……."

세 사람은 박형사를 남겨두고 인천으로 출발했다. 청도에서 들어오는 배는 인천2국제여객터미널로 입항을 했다. 소나타는 터미널이 있는 인천 신포동으로 달렸다.

차가 터미널 주차장에 들어서자 뉴골든브릿지V는 예정시간보다 일찍 입항을 해서 승객들이 막 하선을 하고 있었다. 세 사람은 하선을 하는 곳을 망원경을 쓰고 보려고 했지만, 터미널 전망대와 배의 거리가 너무 떨어져있어 사람식별이 불가능했다. 다시 입국 수속을 밟는 게이트로 자리를 옮겼다. 예전보다 많아진 중국관광객들이 한꺼번에 쏟아져 나왔다. 중국관광객들 뒤로 삼삼오오 나오는 보따리 장사꾼들이 배낭을 메고 나오고 있었지만, 혼자 입국하는 남자는 몇 명 되지 않았다. 그 남자들을 뚫어지라고 쳐다보아도 킬러로 의심 가는 사람을 찾기란 낙타가 바늘구멍을 들어갈 만큼 어려운 길이었다. 이 사람이다 싶으면 마중 나온 가족들이 반기고 있고, 또 이 사람이다 싶으면 친구들이 마중 나와 있었다. 킬러의 특성상 은밀하게 움직여서 서울에 잠입을 해서 혼자 움직일 거라고 생각했으나, 그 생각이 착오가 되는 순간이었다. 입국장을 들어오던 마지막 한 사람까지 확인하고 힘없이 돌아섰다.

"반장님. 강훈길이 거짓말한 건 아닐까요?"

"나도 제발 거짓말이었으면 좋겠어. 이놈이 들어왔다면 보통 심각한 일이 아니잖아."

"킬러가 들어왔으면 그 분한테 찾아갈 건데……. 알려드렸습니까?"

"지난 금요일 자정에 병원을 빠져나오셨다나 봐."

"다행입니다. 제가 입술이 바짝바짝 마릅니다."

"왜 안 그러겠어? 난 청도에서 온다는 놈 때문에 그때부터 잠을 잘 못 자는데……."

"이제 어떻게 합니까?"

"이놈이 들어왔으면 흔적을 남기겠지. 지금은 기다릴 수밖에 다른 방법이 없군."

"나 참. 살면서 킬러를 쫓아보기는 처음이다. 안 그래, 오형사?"

"그러게. 마약반에서 10년을 일했지만 킬러를 쫓는 건 나도 처음이다."

"일단 사무실로 가지……. 박형사도 가평으로 갔을 텐데……. 도청기에라도 희망을 걸어보는 수밖에. 이형사 운전 해."

"알겠습니다. 가다가 밥이라도 먹고 가죠."

"가다가 적당한 식당 있으면 차 세워."

"네."

벙거지 모자를 쓰고 배낭을 멘 남자는 한국과 중국을 오가는 보따리상인들 틈에 섞여 있다가 입국수속이 끝나고 나오면서 화장실에 몸을 숨겼다. 청도에서 함께 내린 승객들이 터미널을 모두 빠져나갈 동안 남자는 꼼짝하지 않았다. 남자는 벙거지 모자와 배낭을 던져버리고 말쑥한 정장차림으로 터미널을 빠져 나와서 택시를 탔다. 택시는 인천 내항을 출발해서 도화IC로 올랐다. 경인고속도로를 통해서 여의도를 지나 마포대교를 건넜다. 계속 달리던 택시는 강변북로를 이용하여 삼각지를 통해 서울역에 도착했다. 남자를 보기에는 보통의 서울사람 같았다. 남자는 기차를 탈 승객처럼 서울역 대합실 안으로 들어갔다. 남자는 대합실을 한 바퀴 돌더니 대합실 입구에 있는 화물보관함으로 가서 일반 화물칸보다 큰 화물칸의 비밀번호를 돌렸다. 화물칸 안에는 큰 가방이 있었다. 남자는 가방을 들고 나와 택시를 탔다.

자정이 넘은 시간 강남세브란스병원, 유한이 입원했던 병실로 올라가는 엘리베이터에 낯선 의사가 올라탔다. 의사는 함께 탄 간호사에게 인사를 했다. 간호사는 의사의 얼굴을 쳐다보고 고개를 갸웃하면서 인사를 건넸다. 의사는 유한이 입원했던 특실이 있던 9층에 내렸다. 간호사도 뜸해진 복도를 따라서 조용히 걸어가서 특실 앞에 멈췄다. 병실 문을 열면서 허리에 숨겨둔 피스톨을 꺼냈다. 피스톨은 소음기가 부착되어 있었다. 유한이 누워있던 침대를 향해

방아쇠를 당겼다. 세 발의 탄환은 침대를 관통했다. 어둠속에서 타 깃이 당연히 있으리라 생각하고 방아쇠를 당겼지만 한마디 비명소 리가 없자 남자는 벽에 붙은 스위치를 찾아 불을 켰다. 병실에 있 는 물건을 봐서는 분명 타깃이 있어야 하지만 병실 안에는 아무도 없었다. 남자는 즉시 불을 끄고 병실을 빠져 나왔다.

강남세브란스병원을 빠져나온 남자는 어디론가 전화를 했다. 그 러나 상대방의 전화는 꺼져 있어서 연락이 되지 않았다. 남자는 머 물고 있던 숙소가 있는 방이동으로 돌아갔다.

숙소는 방이동 먹자골목에 있는 모텔 중에서 사람들이 많이 드 나드는 곳에 있었다. 남자는 서울의 지리를 꿰뚫고 있었다. 숙소 앞 김밥 집에서 김밥을 시켜서 우동이랑 먹고는 편의점에서 캔 맥주 세 개를 샀다. 숙소가 있는 골목으로 걸으면서 생각했다. 청도에서 얘기를 들었을 때는 타깃이 움직일 수 없다고 들었지만 찾아간 병실 에 아무도 없다는 것이 이상했다. 이제 다시 병원에 갈 수도 없었다. 침대에 박혀있는 탄환은 아침이면 난리가 날 것이 뻔했다.

청도에서 남자에게 일을 시킨 사람은 사설도박장을 운영하던 사 장이었다. 한국과 홍콩에서 많은 사람들이 도박을 하려고 중국 청 도에 있는 사설도박장을 찾기 때문에 주인은 발이 넓은 편이었다. 남자는 청도에서 출발하면서 서울에서 연락 가능한 전화번호 하나 만 받아왔지만 그 전화도 불통이 되어서 어떻게 할지 난감했다. 타 깃을 제거하면 연락하라고 받은 전화번호였다.

남자는 캔 맥주를 따서 마셨다. 그냥 중국으로 돌아가면 눈앞에 얼른 거리는 거금이 날아갈 판이었다. 착수비로 천만 원을 받았지 만 잘못하면 그 돈마저 돌려줘야 할 판이었다. 성공하면 받기로 한 삼천만 원이 눈앞에 보였다. 그냥 청도를 돌아갈 수 없는 노릇이었다. 캔 맥주 세 개를 다 마신 남자는 청도로 전화를 걸었다.

"사장님……. 접니다."

"한국에서는 나한테 전화하지 말랬잖아."

"급한 일입니다."

"말해봐."

"파랑새가 사라졌습니다."

"파랑새가 사라지다니…… 그게 무슨 말이야? 꼼짝 못하고 있다던데."

"새장에 갔을 때에는 이미 날아가 버린 뒤였습니다. 그리고 주신 전화번호도 통화가 안 됩니다."

"뭐? 강사장도 통화가 안 된다고?"

"네. 어떻게 합니까? 그냥 돌아갑니까?"

"그냥 돌아오면 어떡해? 자네나 나나 물어줄 돈 있어?"

"그럼 어떻게 합니까? 말씀해 주시면……."

"기다려봐. 지난번에 서울 연락처가 강사장 말고 하나 더 있었는데 찾아보고 아침에 연락할 테니까 기다려……."

"아침에 전화 주십시오."

남자도 그대로 돌아갈 마음이 없었다. 받은 천만 원은 일부는 빚을 갚고 일부는 경비로 다 날려버린 뒤였다. 어떻게 하든 타깃을 처리하고 삼천만 원을 받아야겠다고 생각했다. 남자는 밤배를 타고 온 터라 피곤함이 밀려왔다. 배도 요금이 제일 싼 3등석을 이용했기에 보따리 장사들이 떠드는 통에 잠을 제대로 잘 수 없었다. 무거운 눈꺼풀은 점점 눈을 감기게 했다.

세브란스병원 9층 간호사실이 아침부터 시끄러웠다. 토요일에 말
없이 나간 환자가 혹시 들어왔을까 하고 병실 문을 열어본 간호사
는 침대가 엉망이 된 것을 보고 수석간호사에게 보고했다. 급하게
올라온 수석간호사는 담당의사에게 알리면서 병원장까지 알게 된
것이었다. 병원이 생긴 이래 처음 있는 일이라서 모두가 비상사태였
다. 병실의 침대에 총탄의 흔적이 세 군데나 있다는 것은 예사로운
일이 아니었다. 병원장은 112에 신고를 하라고 지시를 했다. 열 시
가 지나자 강남경찰서에서 형사 세 명이 급파되었다. 형사들은 침대
에 박힌 총알을 뽑고 입원해 있던 환자에 대한 자세한 기록을 수집
했다. 분명히 입원해 있던 환자를 살인하기 위해서 누군가 총을 발
사했다는 것을 기정사실로 확인되었다. 그러나 환자가 없었던 것이
다행이었다. 형사는 강남경찰서로 전화를 걸었다.

　　"과장님. 허경위입니다."

　　"그래. 신고내용과 맞아?"

　　"네. 침대에 총알이 세 개 박혀있는 것을 수거했습니다."

　　"환자는?"

　　"마침 자리에 없었답니다."

　　"환자에 대해서 알아봤어?"

　　"환자는 유한이라고……. 지난번에 이다혜와 교통사고로 입원했
는데……. 이다혜 타살이 미제사건으로 넘겨진 거 아시죠?"

　　"그 사람이 유한이라고?"

　　"네."

　　"빨리 복귀해."

　　"알겠습니다."

형사들은 수거한 총알과 유한의 인적사항에 대하여 받은 것들을 가지고 강남경찰서로 돌아갔다. 형사과장실로 들어간 형사들은 수거한 총알을 보여주고 유한의 인적사항을 설명했다.

"지난번에 이다혜 사건 전담 팀이 누구야?"

"3팀 최일호 팀장입니다."

"당장 들어오라고 해."

과장의 호출에 영문도 모르고 형사3팀 최일호 팀장은 과장실로 들어갔다. 과장 앞에 서있는 세 사람은 모두 형사 1팀 소속이었다.

"최팀장. 지난번에 이다혜 사건 맡았지?"

"네. 이렇다 할 결과가 없었습니다만……."

"그때 이다혜와 함께 신문에 난 남자 기억나?"

"네. 이름은 기억이 안 납니다."

"그 남자가 유한인데…… 대일그룹 사위였잖아."

"아, 네."

"그 친구 강남세브란스병원에 입원한 것은 알고 있지?"

"알죠. 그런데 무슨 일입니까?"

"오늘 아침에 간호사가 그 친구 병실에 들어갔는데…… 그 친구는 행적이 묘연하고 침대에 총알이 세 개 박혀 있다는 거야."

"네?"

"그 친구 찾는 것도 중요한데……. 총을 가지고 쏠 정도면, 이거 심각한 거 아냐?"

"어쩌다가 그런 일이……."

"됐어. 자넨 그만 나가봐. 이 사건은 1팀에서 맡을 거야. 그리고 그때 조사했던 것 모두 허신일팀장한테 넘겨. 하나도 빼지 말고."

"알겠습니다."

최일호가 나가자 변창호 과장은 허신일경위만 남기고 두 사람은 내 보냈다. 담배를 한 대 문 변창호는 고민에 빠졌다. 지난번에도 이다혜 사건을 미제로 남겨버린 오점 때문에 경찰서장으로부터 찍힌 상태인데 이번에 또 이다혜와 연결된 사건이 강남경찰서에서 전담해야 한다는 것이 곤혹스러웠다. 최일호는 이다혜 수사와 관련된 서류 뭉치를 형사과장 방으로 가져갔다. 최일호가 가져온 서류를 두 사람은 한참을 살폈다. 점심시간이 지나도 누구하나 밥을 먹자고 하지 않았다. 변창호는 지난번에 최일호가 망쳐버린 위신을 꼭 만회하여야만 했다. 그 반대로 허신일은 최일호가 처리 못한 사건까지 처리해서 일 계급 특진까지 할 기회라고 생각했다.

"허팀장. 어떻게 생각하나?"

"이거 큰 사건인데요."

"그렇지? 내가 봐도 그래."

"정리를 하자면, 어쩌면 유한을 죽이기 위하여 체로키 브레이크를 고장 냈고, 그 사고로 유한 대신에 이다혜가 죽었다. 그리고 다시 유한을 죽이기 위하여 총을 쐈다. 이거 아닙니까?"

"그렇지. 지난번에는 이다혜 타살로 포커스를 이다혜한테 맞추다 보니까 수사가 실패한 것 같아. 이번에는 유한으로 맞춰서 수사를 해야겠군."

"맞습니다. 유한에게 원한 관계가 있는 자가 직접 죽이려고 하진 않았을 테고 총까지 들고 사람을 죽이겠다면 이건 보통 놈이 아닌데요."

"일단 유한의 행적부터 쫓아. 내가 보기에는 위협을 느끼고 일부러 피한 것 같은데……."

"알겠습니다."

"오늘부터 애들 풀어. 먼저 유한의 가족을 비롯하여 주변부터 다 털어봐."

허신일은 형사과장방을 나오면서 형사1팀 형사들을 전부 불러 모았다. 그의 손에는 이다혜 사건의 수사기록이 들려있었다.

"지금 바쁜 사람 손들어봐."

"저는 하던 것 마무리해야 하는데요."

"그럼 박형사는 빠지고, 나머지 네 명은 이것부터 읽고 다시 이야기 하자."

허신일은 이다혜 사건 파일을 형사들한테 주고 구내식당을 내려갔다. 강남 한복판에서 총질을 하는 사건은 경찰생활 16년 만에 처음 있는 일이었다. 밥을 먹으면서도 머리에는 이다혜와 유한의 생각뿐이었다. 밥을 먹고 난 후 식당 밖에서 담배를 물었다. 평소 최일호가 팀장은 선임이라고 하는 꼬락서니가 눈에 가시였던 허신일은 이번에 최일호의 코를 납작하게 해줘야겠다고 마음먹었다. 사무실로 들어온 허신일은 다시 형사들을 불렀다.

"다들 읽어 봤어?"

"네."

"지금부터 내 말 잘 들어봐. 이다혜와 유한은 오랫동안 만난 연인관계야. 유한은 재벌회사 사위, 이다혜는 영화배우, 그런데 이다혜는 결혼도 했다가 실패했고……. 두 사람은 다시 만난거지. 지난 7월 31일 두 사람은 부산으로 여행 갔다 오다가 사고가 나서 이다혜가 죽은 거야. 국과수에서는 차량의 브레이크에 인위적으로 손을 댄 흔적이 있다고 타살로 추정을 했고, 그래서 형사3팀에서 수사를 했지. 그런데 결과는 없었어. 이다혜의 차량에 손을 댔다는 용의자를 이다혜 주변에만 국한한 것 같아. 그런데 오늘 아침에 유한이 입원한 병실 침대에서 총알이 세 개 박힌 것을 보고 병원에서 신고를 한 거야. 다행히 유한은 병실에 없었어. 지난 토요일 아침에 집에 갔다 온다고 나갔다는데 집에는 가지도 않았고, 지금까지 행방이 묘연해. 내 생각은 누군가 자신을 죽이러 올 줄 알고 미리 피신한 것 같아. 지금부터 두 사람은 유한의 행방을 좇고, 두 사람은 유한을 죽일만한 주변 사람들을 알아봐. 유한의 아내부터 유한이 다니던 직장까지 전부 털어봐. 김영덕 형사와 김양기 형사는 유한의 주변을 놓치지 말고 다 뒤져보고……. 이재영 형사와 박정수 형사는 유한을 추적해봐.”

김영덕은 제일 먼저 유한의 보호자로 입원수속 사본에 적혀있던 박재희의 연락처를 보고 전화를 걸었다.

“박재희 씨 되시죠?”

“누구세요?”

“강남경찰서 형사과입니다. 강남세브란스병원 입원수속 서류에 유한 씨 보호자로 적혀있는 것 보고 연락드립니다. 유한 씨와 어떻게 되십니까?”

“유한 씨가 우리 애기아빠입니다. 그런데 애기아빠한테 무슨 일 있는 건 아니죠?”

“자세한 것은 만나뵙고 말씀드리겠습니다. 지금 댁이십니까?”

“아닙니다. 회사예요. 회사로 오세요. 대일산업 아시죠? 대일그룹 사옥 9층이에요.”

"지금 출발하겠습니다."

김영덕은 김양기와 함께 대일그룹으로 향했다. 재희는 강남경찰서라는 전화를 받고 지난번 이다혜의 사건이 악몽처럼 떠올랐다. 이다혜가 죽은 후 타살이라고 신문에 나오면서 자신도 두 번이나 경찰의 조사를 받았던 기억이 지금도 잊히지 않았다. 지은 죄가 없어도 경찰서에서 조사를 받는다는 것은 주눅을 들게 했다. 그런데 그때 이다혜 사건을 전담했던 경찰서에서 형사가 자신을 만나러 온다니 기분 나빴던 기억만 떠올랐다. 살아서도 속을 태우더니 죽어서도 애를 먹이는구나 생각했다.

김영덕과 김양기는 대일그룹 사옥 1층에서 안내를 받았다. 9층에 박재희를 만난다고 했더니 대일산업 대표이사 사장이라는 말에 놀랐다. 두 사람은 경비의 안내를 받으며 9층으로 올라갔다. 1층 안내 데스크에서 미리 연락을 받은 재희는 형사들을 기다리고 있었다.

"어서 오세요."

"저희들은 사장님인줄 몰랐습니다. 그냥 유한 씨 아내인줄 알고……."

"괜찮아요. 회사에서만 사장이죠. 나가면 애기엄마고, 한 남자의 아내고, 주부죠."

"다름이 아니고, 유한 씨가 병원에서 행방이 묘연한 것은 아십니까?"

"월요일에 간병인한테서 전화가 와서 알았습니다."

"그런데 오늘 아침에서 유한 씨 병실 침대에 총알이 세 개 박혀있다고 병원에서 경찰서로 신고가 왔습니다. 그래서 병원에 가 보니까 누군가 유한 씨를 죽이려고 총을 쏜 것 같았습니다."

"네? 총을 쐈다고요? 누가요?"

"지금부터 누가 쐈는지 찾아야죠. 그런데 남편이 행방이 묘연한데……. 아내 되시는 분은 찾아 나서지 않습니까?"

재희는 할 말이 없었다. 말없이 사라진 사람을 어디에서 찾는다는 말인가? 물론 다른 가정에서 남편이 행방이 묘연하다면 백방으로 찾아다닐 것이었다. 그러다가 경찰에 실종신고를 하는 것이 당연했지만 재희는 그럴 수도 없었다. 남과 다름없는 남자를 찾아다니는 것도 우습고, 또 회사에 매인 몸이라서 사적인 일로 자리를 비울 수도 없는 일이었다.

"사모님은 남편이 행방불명이라고 생각하십니까?"

"네?"

"아니면, 위험을 느끼고 스스로 병실을 빠져 나간 것 같습니까?"

"그건 잘 모르겠습니다."

"유한 씨는 대일그룹 기획조정실 실장이었고, 하나뿐인 사위인데 이렇게 방치되어 있는 것이 보통 일어날 일이 아니지 않습니까?"

재희는 형사가 물어오는 질문에 대답할 수가 없었다. 누가 봐도 이해할 수 없는 일이었다. 남편이 병원에 누웠는데 아내가 회사에 있다는 것도 그렇고 그룹 회장의 하나밖에 없는 사위임에도 방임되다시피 내버려 둔 것도 이해할 수 없는 일이었다. 대답을 못 할수록 김영덕은 더 물고 늘어졌다.

"유한 씨가 회사에서 무슨 일이 있습니까?"

"네? 그게 무슨 말이에요?"

"혹시 유한 씨가 돌아오면 대일그룹에서 다시 일을 하는지 묻는 겁니다."

김영덕은 자신이 묻는 질문에 재희가 아무 것도 대답을 하지 못하자 이상하다고 생각했다. 그래서 유한의 장인을 비롯한 모든 주변 사람들도 빠짐없이 만나보기로 했다. 분명히 이 사건의 시발점은 유한의 주변 사람들로 비롯된 일이라고 직감했다. 그것은 기본적인 질문임에도 아무런 대답도 하지 못하는 재희의 반응에서 추론했다.

"오늘은 이만 가겠습니다."

재희는 돌아간다는 형사들을 배웅할 생각도 못했다. 멍하니 앉아있는 그대로 형사들은 돌아갔다. 유한의 병실에 누군가 총을 쐈다는 말은 목숨을 노린다는 뜻이었다. 유한이 갑자기 사라졌다면 그것은 이미 사태를 파악하고 있는 것이었다. 혼자서는 도저히 생각을 할 수가 없었다. 재희는 급하게 전화기를 들었다.

"오빠. 어디야?"

"왜? 내 방인데⋯⋯."

"지금 올라갈 테니까 나가지 말고 기다려."

재희는 겁이 났다. 남편한테 위협적인 존재가 누군가를 생각했다. 아무리 생각을 해봐도 자신의 오빠 말고는 없었다. 유한이 누구에게 원한을 살면서 살지는 않았다. 그러나 그룹의 궂은일을 도맡아서 하다보면 적이 생길수도 있겠다고 재희는 생각했다. 36층에 들어서자 비서들이 일어나서 인사를 한다. 재희는 인사도 받지 않고 재호의 사무실로 들어갔다.

"뭔 일이야?"

"오빠, 오늘 아침에 유서방 병실에서 총알이 세 개 발견되었대."

"총알이라니?"

"침대에 박혀있는 것을 보고 간호사가 경찰에 신고를 했대."

"넌 어떻게 알아?"

"방금 강남경찰서 형사들이 찾아 왔어."

"뭐? 형사들이?"

"형사들이 묻는 말에 아무 말도 못했어."

"뭘 물었는데?"

"남편이 행방이 묘연한데 왜 찾을 생각을 안 하냐고……."

"남편은 무슨."

"오빠는 무슨 말을 그렇게 해? 유서방 걱정되지도 않아?"

"아. 걱정이 되지, 왜 안 되겠어?"

"그런데 누가 유서방 죽이려고 해? 어떻게 병실에 총을 쏠 수가 있어?"

"그러게. 어떤 미친놈이 서울 한복판에서 총질을 해."

"유서방이 미리 도망갔나 봐. 안 그랬으면 어젯밤에 죽었을 거야."

재호는 현재 벌어지고 있는 사건들이 어렴풋이 짐작이 갔다. 유한의 병실에 총을 쏜 사람이라면 자신이 강훈길에게 부탁한 그 일뿐이었다. 재호는 표정을 감추었다. 그러나 앞으로 닥칠 일들이 걱정이었다. 죽이지도 못하면서 모든 사람들이 의심할 수 있는 꺼리가 만들어진 셈이었다. 당연히 경찰에서 자신도 찾아오리라 예감할 수 있었다.

'중국에서 사람을 구한다고 하더니 벌써 온 거야? 사람이 있는지 없는지 확인도 안하나? 그러면 유한이 없어졌다는 것은 뭐지? 미리 알고 있었다는 거야? 자신을 죽이러 오는 줄 알고 도망을 쳤다면, 누가 시켰을 줄도 알 것 아닌가? 그렇다면 앞으로 유한이 나를 가만

히 안둘 텐데, 그런데 강총무는 왜 연락이 안 되는 거지?'

　재호도 생각이 빨랐다. 유한이 갑자기 사라진 이유는 달리 생각할 수 없었다. 결국 위험한 줄 알고 미리 피했다는 결론을 내리자 앞으로는 자신이 위험할 수도 있다고 판단했다. 자신은 노출이 되어 있고 유한은 행방이 묘연하다면 불리한 것은 자신이라고 생각했다.

　"알았어. 내려가 봐. 나도 알아볼 테니까."

　"혹시, 오빠가 그런 거 아니지?"

　"무슨 소리야? 내가 동생 남편을 다치게 할 이유가 어디 있어?"

　"그렇겠지. 오빠는 아니지. 그러면 누가 감히 그런 일을 하지?"

　재호는 머리가 복잡해졌다. 재희가 말하는 것도 귀에 들어오지 않았다. 유한이 안다면 이제 죽지 않으려면 방어를 해야 했다. 노출되어 있는 상태에서 방어를 한다는 것은 어려운 일이었다. 어떻게 방어를 할 것인지 그것이 숙제였다. 이런 일에는 능숙하지 않았다. 회사에 나오지 않을 수도 없고 경호원을 고용할 수도 없었다. 없던 경호원을 둔다면 제일 먼저 박회장으로부터 불벼락을 맞을 게 뻔했다. 강총무 하고 연락만 된다면 다 해결될 것 같았다.

　"오빠 무슨 생각 하고 있어?"

　"어? 아니야……."

　"오빠도 유서방 어디에 있는지 수소문 해봐. 몸도 성하지 않는데……."

　"알았어. 나도 알아볼게."

　두 사람의 대화가 고스란히 삼일공사에 녹음되고 있었다. 박흥식은 전날 인천국제여객터미널에 나갔다가 헛걸음만 하고 들어왔다. 청도에서 입국하는 사람들을 보면 단체여행객이 아니면 나머지는 모두 보따리 상인만 보였다. 전날 오후부터 전전긍긍하고 있던 차에 도청기에서 박재호의 목소리가 감청된 것이었다. 내용은 벌써 킬러가 어젯밤 병원을 기습을 하여 유한이 입원했던 병실 침대에 권총을 세 발 난사하고 갔고 그 일로 강남경찰서에서 수사가 시작되었다는 것이었다. 박홍식은 발 빠르게 움직이는 킬러의 행동에 속수무책이었다. 보이지 않는 적을 막기란 너무도 힘든 일이었다. 그래도 유한은 지난 금요일 밤 병실을 빠져 나와서 죽음을 면했다는 것이 다행이었다.

"다들 도청내용 들었지? 청도에서 온 놈이 총을 가지고 있다네."

"완전히 프로인데요. 그래도 다행입니다. 미리 피하셔서."

"반장님. 저놈 박재호 말입니다. 저놈을 잡아다 족치면 안 됩니까? 뭐 저런 놈이 다 있습니까? 여동생 남편을 못 죽여서 안달이 난 놈이네요."

"내 마음도 꿀떡 같다. 우리 한 달만 더 이 일을 해보자."

"어떻게요?"

"박형사는 계속 조동수와 설기호 감시하고. 참, 서울 외곽 쪽은 알아봤어?"

"네. 가평인데요. 전에 창고로 쓰던 곳인데 작은 창고마다 철문으로 되어있어서 지키기가 좋아 보였습니다."

"한 달에 얼마 달래?"

"한 달은 안 빌려주고 여섯 달 선불로 달랍니다. 한 달에 50만 원, 300만 원입니다."

"저 두 놈 내일 가평으로 옮겨. 꼴도 보기 싫어. 내 마음 같으면 저런 쓰레기들은 땅속에 파묻고 싶은데……."

"네. 내일부터 저는 가평에 가 있겠습니다."

"그렇게 해. 그리고 이형사와 오형사는 오늘부터 박재호를 미행해봐. 그놈이 움직이면 따라 움직이고 그놈이 자면 그 주변에서 자고……. 경비는 이형사 계좌로 넣어줄 테니까."

"알겠습니다. 미행이라면 자신 있습니다. 안 그래? 오형사?"

"마약반에서도 미행이 주특기죠. 하하하."

이날부터 24시간 박재호의 미행에 이형사와 오형사가 붙었다. 유한의 행적을 알 수 없다면 박재호를 미행해야 유한의 위험을 방지할 수 있다고 판단했다. 문제는 킬러였다. 강남세브란스병원을 쑥대밭으로 만들어 버리고 잠적해 버린 킬러를 어디에서 찾을 지 난감했다. 만약 킬러가 박재호와 연락이 된다면 이형사와 오형사의 레이더에 잡힐 것 같았다. 그때까지 기다리기로 했다.

박흥식은 앞으로 24시간 도청기에 매달려 있을 생각이었다. 사무실에서 자고 사무실에서 먹고 이 일이 마무리 될 때까지 그러고 싶었다. 그것이 유한에 대한 도리 같았다. 박흥식은 유한이 모르고 있을 상황들을 알려주어야 했다.

"형님. 접니다."

"아. 흥식아. 사무실이냐?"

"네. 몸은 좀 어떻습니까?"

"목이 아파서 누워 있어."

"병원도 못 가시고 어떻게 합니까?"

"시간이 지나면 차차 낫겠지."

"어제 저희들이 놓친 킬러가 어젯밤에 세브란스를 덮쳤습니다. 형님 병실 침대에 총알을 세 발 박고 나갔는데, 병원에서 신고를 하는 바람에 강남경찰서에서 수사를 시작했습니다."

"그래? 총을 쏘았다고?"

"네. 피하기를 잘 하셨습니다. 박재호는 어떻게 하실 생각입니까?"

"그건 나한테 맡겨둬. 죽이든 살리든 내가 알아서 할 테니까."

"오늘 저녁부터 박재호한테 미행을 붙였습니다. 만약에 킬러와 접선을 한다면 우리한테 꼬리가 밟힐 겁니다. 변동사항이 생기면 즉시 전화 드리겠습니다."

"홍식아. 너도 총을 하나 구해. 상대가 프로잖아. 총도 가지고 있고."

"생각중입니다. 알아서 하겠습니다. 몸 관리 잘하십시오."

"그래. 고맙다."

어제 서울에 잠입한 킬러가 어젯밤에 병원을 급습했다는 말을 듣고 유한은 오금이 저렸다. 조금도 방심할 수 없는 상황이었다. 유한은 킬러가 서울을 떠나는 날까지 조용히 기다렸다가 재호를 처리할 작정이었다. 몸이 불편한 모습은 멀리서 봐도 금방 알아볼 수 있었기에 보이지 않는 킬러와 대적할 수 없었다. 죽은 것처럼 조용히 기다리기로 했다.

남자에게 아침에 전화를 한다던 청도사설도박장 사장은 한낮이 지나도 소식이 없었다. 할 수 없이 다시 청도로 전화를 해보기로 하고 막 핸드폰을 들었을 때였다. 기다리던 전화는 오후 세 시가 지나서 왔다.

"미안해. 전화가 늦었지? 전화번호를 찾느라고 늦었어."

"무슨 전화번호입니까?"

"지난번에 서울 강사장이 불러준 건데……. 한번 받아 적어봐."

"누구 전화번호입니까?"

"강사장하고 연락되는 사람이겠지. 나도 잘 몰라. 한번 해 봐. 016에 7566에 4620이야."

"네. 적었습니다."

"어떻게 하든지 꼭 처리하고 와. 아니면 나도 물어줄 돈 없어. 알았지?"

"알겠습니다."

남자는 받아든 전화번호를 접어서 양복 주머니에 넣었다. 서울에서 늦어도 열흘 안에 처리한다고 생각하고 비용도 150만 원만 준비하고 왔지만 한 푼이라도 경비를 아끼려고 오던 날 바로 급습을 한 것이었다. 4천만 원을 받는다고 해도 체류비와 권총을 구입하는데 400만 원이 들었다. 청도사설도박장 주인은 서울역 사물함에서 권총을 찾아가되 권총 구입비를 별도로 챙겼다. 이제 이틀이 되었지만 놓쳐버린 파랑새를 찾기는 쉽지 않아 보였다. 누군가의 도움을 받지 않으면 불가능했다.

남자는 도박장 주인이 불러준 전화번호로 전화를 걸었다. 재호가 가지고 있는 핸드폰 중에서 평시에 사용하는 것 말고는 자신의 핸드폰 번호를 아는 사람은 정해져 있었다. 그런데 발신자 표시금지로 전화가 세 번이나 와도 받지 않다가 네 번째 오는 전화를 받았다.

"여보세요."

"7566에 4620 맞습니까?"

"누구신데 전화를 하셨습니까?"

두 사람은 서로를 모르는 상태에서 통화를 하고 있었다.

"저, 중국에서 왔습니다."

"네? 중국이요? 아, 강총무가 말씀하던 분이군요?"

"그분 연락이 안 되어서 선생님께 전화를 했습니다. 타깃이 없어졌는데 어떻게 하면 좋을지…….."

"제가 연락할 수 있는 번호를 주십시오."

"문자로 남겨드리겠습니다."

"문자에 남겨주신 번호로 제가 내일 다시 전화를 드리겠습니다."

"알겠습니다."

박재호의 사무실에 도청된 도청기의 성능은 대단했다. 전화통화를 해도 상대의 목소리까지 감청할 수 있었다. 선명하지는 않아도 무슨 말인지 알아듣기에는 충분했다. 결국 박재호와 킬러의 대화가 삼일공사 도청기에 빠짐없이 녹음되었다. 문제는 재호가 킬러한테 통화할 때 재호의 사무실이 아닌 다른 장소라면 상황이 달랐다. 일단 킬러가 재호한테 접선했다는 것이 중요했다. 재호를 미행하는 이형사만 믿고 기다릴 수밖에 없었다.

김영덕과 김양기는 유한의 아내를 조사하고 나오면서 뭔가 이상하다는 느낌을 가졌다. 도저히 보통의 아내로서는 할 행동은 아니라고 생각했다. 사무실에 가서 조사한 내용을 보고했다. 이번 사건은 형사과장이 직접 보고를 하라고 하여 팀장과 형사과장이 함께 있는 자리에서 보고를 했다. 보고를 받은 두 사람은 고개를 갸웃거렸다.

"허팀장……. 이거 냄새가 나는 거 아냐?

"그러게요. 어떻게 사람이 행방불명되었는데 손을 놓고 있습니까? 그것도 마누라가."

"김형사. 내일 대일그룹 박병호 회장부터 만나봐. 뭔가 나올 거야. 회사에 무슨 일이 있는 것 같기도 하고……."

"내일 오전에 방문해 보겠습니다."

재희는 유한이 걱정되었다. 서로가 아무리 밉다고 해도 이런 결말은 원하지 않았다. 헤어져도 서로가 잘 살기를 바라고 싶었다. 재희는 다혜의 죽음도 이상했다. 타살이라고 떠들썩하다가 미제사건으로 남았지만 지금 유한에게 닥친 일을 보면 분명 다혜도 누구로부터 살해당한 것이라고 확신했다. 다혜를 죽인 자가 또 유한을 죽이는 것 같았다. 누가 두 사람의 생명을 앗아가려고 하는지 재희는 생각에 잠겼다. 퇴근을 하고 집으로 돌아가는 길에도 혹시나 하고 창밖을 유심히 바라보았다.

성하지도 않는 몸으로 위협으로부터 피해야 하는 유한이 측은했다. 유한이 기댈 수 있는 언덕이 재희가 될 줄 알았지만 유한에게는 결코 언덕일 수 없었다. 유한이 차라리 언덕이 필요한 나약한 사람이었다면 두 사람의 운명도 달라졌을 것이었다. 유한이 곤경에 빠져도 아무런 손을 쓸 수 없는 자신이 한심했다.

"사장님. 이제 들어오세요?"

"서연아. 영현이는?"

"도련님은 친구가 찾아와서 잠깐 나갔어요."

"친구 누구?"

"자주 오던 승철이라고 아시잖아요?"

"밥도 안 먹고?"

"갔다 와서 먹는데요."

가정부는 재희를 부르는 호칭이 바뀌었다. 늘 유한에게 사장님이라고 하던 것을 재희에게도 사장님이라고 불렀다. 그것도 그럴 것이 대일산업의 대표이사 사장이기에 사장님이라고 부르지 않을 수도 없었다. 지난 7월 31일 아침에 유한을 본 이후로 한 번도 본 적이 없었다. 유한은 가끔 선애에게 돈을 찔러주었다. 가정부로서는 월급 이외의 과외 돈은 받으면 당연히 그 사람이 좋은 사람이라고 생각되었다. 선애는 아직도 유한이 병원에 있는 줄 알았다. 잠시 후 아들이 들어왔다.

"엄마 언제 왔어?"

"방금. 너랑 밥 같이 먹으려고 빨리 왔지."

"배고파. 누나 밥 줘요."

"네. 도련님."

재희는 가정부가 차려놓은 밥을 아들과 함께 먹었다. 일주일에 두세 번 정도만 함께 밥을 먹을 수 있었다. 토요일은 아침에 나가면 저녁까지 먹고 늦게 돌아왔고, 평일은 회사일 때문에 먹고 들어오는 날이 많아서 근래에는 아들과 대화하는 시간도 부족했다. 아들의 밥숟가락에 갈치의 살을 올려주고는,

"요즘 공부는 잘되어 가니?"

"그럭저럭……."

"대답이 왜 그래? 과외 선생님은 마음에 들어?"

"수학은 지난번 선생님이 더 잘 가르치던데……."

"그래? 한 달만 더 해보고 그때 바꾸던가 하자."

"엄마……."

"왜?"

"겨울방학도 했는데……. 1월부터는 나도 바쁘잖아. 공부하느라고……."

"그래서?"

"그래서……. 내일 아빠 병원에 한번 갔다 오려고."

"뭐?"

"3학년 되면 더 못갈 거잖아."

"아빠, 병원에 안 계셔."

"왜? 어디 가셨는데? 움직이면 안 되잖아?"

"나도 몰라……."

"그게 무슨 말이야? 엄마가 모르면 누가 알아?"

"정말이야. 모른다니까."

"모른다고 가만히 있는 거야? 아빠가 행방불명인데 엄마는 회사에 가?"

재희는 아들이 하는 말에 말문이 막혔다. 듣고 보면 틀린 말도 아니었다. 낮에 형사들이 묻는 질문에 대답을 못하듯이 아들이 하는 말에 어떤 변명도 할 수 없었다. 아빠가 여자 때문에 사고가 나서 병원에 있다면서 보기 싫다고 말하더니 오늘은 어찌된 영문인지 아빠를 보러 병원에 가보겠다는 것이다. 하필이면 사라지고 없는 이때에 가겠다는 것이었다.

"엄마는 아빠가 없어지길 바란 사람이지?"

"무슨 소리야?"

"아니면 이럴 수 없잖아. 경찰에 신고라도 하던지 해야지."

"오늘 안 그래도 경찰에 신고했어."

아들은 먹던 숟가락을 식탁에 놓고 방으로 들어가 버렸다. 지금까지의 행동으로 봐서는 아들은 아빠를 무척 싫어하는 줄 알았다. 두 사람은 평소에도 많은 대화가 없었고 특히 유한이 사고가 난 이후에는 만나는 것도 싫어했다.

그러나 재희가 알고 있던 아들이 아니었다. 결국은 유씨 집안의 장손이었다. 혼자 먹던 밥숟가락을 재희도 내려놓았다. 오늘 같은 날은 술이라도 취하게 마시고 싶었다. 회사를 나간 이후로 평일에는 술 마시는 것을 자제했다. 출근에 지장을 주는 일은 금했다. 재희는 룸바에서 브랜디 한잔을 단숨에 마셨다. 그리고 방으로 들어가서 이불을 덮어쓰고 누워버렸다.

청도라고 불리는 남자

　　연일 뉴스에서는 밀레니엄을 떠들고 있었다. 새로운 100년을 시작하는 날이 사흘밖에 남지 않았다. 남자는 숙소에 틀어박혀서 핸드폰만 만지작거렸다. 어제 오후부터 방 안에서 밥을 시켜먹고 종일 TV만 보다가 잠이 들었다. 아침 일찍 일어나도 마땅히 할 일도 없었다. 샤워를 하고 방 안에만 뒹굴었다. 남자의 핸드폰이 울린 것은 정오가 다 되어서였다.

　　"여보세요."

　　"네. 어제 통화했던 박입니다."

　　"아, 네."

　　"뭐라고 불러야 합니까?"

　　"전……. 그냥 청도라고 부르십시오."

　　"청도 씨. 저녁에 만날 수 있죠?"

　　"네. 어디로 나가면 됩니까?"

　　"지금 계신 곳은 어디입니까?"

　　"여긴 방이동입니다만……."

"그럼 저녁 여덟 시에 강남으로 오십시오. 선릉역 10번 출구로 나와서 뒷골목에 그린그래스호텔이 있습니다. 그 호텔 지하에 '루비'라는 술집인데 오셔서 박재호를 찾으십시오. 10번 출구에 나와서 그린그래스호텔을 물어보면 가르쳐 줄 겁니다."

"알겠습니다. 저녁에 뵙겠습니다."

남자는 좀처럼 자신을 드러내는 경우는 없지만 타깃을 처리하지 못하면 삼천만 원을 못 받는 것도 문제지만, 이미 다 써버린 천만 원까지 물어내어야 하기에 서울에서 남은 마지막 접선 자를 만나지 않을 수 없었다. 남자는 앞으로 여덟 시간을 어떻게 보내나 고민을 하다가 TV를 켜서 야한 영상을 봤다. 중국에서는 구하기도 힘든 테이프이지만 서울은 모텔에서 볼 수 있어서 좋았다.

그 시간 이형사와 오형사는 재호가 있는 대입그룹 사옥 앞을 지키고 있었고 재호의 차량이 움직이면 총알같이 뒤따를 만반의 준비를 하고 있었다. 어제 오후부터 재호를 밀착 미행을 시작한 두 사람은 잠도 재호가 사는 성북동 모텔에서 자고, 아침에 출근하는 재호의 차를 쫓아서 테헤란로의 대일그룹 사옥 안으로 들어가는 것을 확인하고 재호의 차가 보이는 곳에서 대기하고 있었다. 두 사람은 먹는 밥도 한 사람이 나가서 사온 김밥이나 햄버거가 전부였고, 화장실도 교대로 갔다 올 만큼 재호에게서 시선을 떼지 않았다. 오형사가 화장실을 간 사이에 이형사의 휴대폰으로 전화가 걸려왔다.

"이형사."

"네. 반장님."

"오늘 여덟 시에 박재호가 킬러와 접선하는 것 같아. 아마 그 이전에 박재호가 나가니까 미행 잘하고 두 사람이 어디로 들어가는

지 나한테 바로 전화를 해. 나도 도청하고 있다가 그때 함께 합류할 테니까."

"알겠습니다. 바로 전화 드리겠습니다."

전화를 끊자 오형사가 조수석을 열고 들어왔다.

"누군데?"

"반장님이야. 오늘 박재호가 킬러랑 접선을 한다는 거야, 여덟 시에."

"아직 세 시간 남았군. 드디어 킬러의 얼굴을 보는 거야?"

"좋아하지 마. 무서운 놈이니까."

"나만큼 무서운 놈일까? 한번 붙어봤으면 좋겠네."

오형사가 세 시간은 더 대기해야 한다는 말에 이형사는 의자를 뒤로 넘기고 모자를 눌러쓰고는 잠들었다. 이형사가 잠 들 때면 오형사의 눈은 더욱 예리해졌다. 대일그룹 사옥을 드나드는 사람들을 향하여 눈을 떼지 않았다. 김영덕과 김양기는 대일그룹 사옥 36층으로 올라갔다. 전화로 박병호 회장과 미리 통화를 하고 찾아가는 길이었다.

비서의 안내를 받아서 회장실로 향했다. 정희는 낯선 두 남자가 찾아와서 강남경찰서에서 왔다며 회장과 미리 약속을 했다는 말을 옆에서 듣고 뭔가 심상치 않다고 생각했다. 두 사람이 회장실로 들어가자 차를 대신 가지고 들어가겠다고 했다.

"강남경찰서 김영덕입니다."

"저는 김양기 형사입니다."

"어서 오십시오. 전화로 할 얘기가 아니라고 해서 오시라고는 했지만……. 무슨 일입니까?"

김영덕은 지금까지 일어난 일들에 대하여 하나씩 묻기 시작했다.

"유한 씨 아시죠?"

"제 사위입니다만……. 무슨 일입니까?"

"유한 씨 강남세브란스병원에 입원한 것도 아시죠?"

"당연히 알죠."

"그럼 지난 토요일에 병원을 나가서 행방불명된 것도 아십니까?"

"행방불명이라니요? 몸도 성치 않는데 어디라도 갔다는 겁니까? 금시초문입니다."

"따님한테서 말씀 못 들으셨습니까?"

"우리 재희는 사위가 행방불명인 것을 안다는 말입니까?"

"어제 따님이 계시는 9층을 방문해서 말씀 드렸는데……."

"아직 얘기 못 들었습니다."

"그러면 유한 씨가 있던 병실에 괴한이 침입해서 총을 난사하고 간 것도 모르시겠군요?"

"네? 그게 무슨 말입니까? 괴한이라니요?"

"화요일 밤에 괴한이 침입해서 유한 씨가 있던 병실 침대에 총을 세 발 쏘고 사라졌습니다. 다행이 유한 씨가 토요일에 나가서 돌아오지 않은 바람에 죽음은 면했습니다만……."

"네? 어떤 놈이 그런 짓을 했다는 겁니까? 그리고 우리 사위는 어디로 갔다는 겁니까?"

"병원에서 112로 신고를 하였기에 우리 서에서 수사를 하는 중입니다. 그런데 이상한 것은 유한 씨가 토요일에 사라진 것을 간호사가 월요일에 알았고, 간병인이 보호자한테 유한 씨 사라진 것을 알렸다고 하는데 어떻게 가족들은 모두 모르고 있는지 그게 궁금합니다. 또 남편이 행방불명되었다는데 아내 되시는 분은 전혀 염려를 하지 않고 태평하게 회사 일을 하는 것도 이상합니다. 그래서 우리는 이 점을 정확하게 알아야겠습니다."

박병호도 기가 찰 일이었다. 형사들이 말하는 내용을 전혀 아는 바도 없을 뿐 아니라 유한이 정말 행방불명되었다면 딸이 왜 가만히 있는지 그것도 궁금했다. 그런데 유한의 병실에 괴한이 침입을 해서 유한의 목숨을 노렸다는 말에 뭔가 스쳐 지나가는 것이 있었다. 박병호는 아들과 딸을 불러서 물어봐야겠다고 생각했다.

"사실은 저도 전혀 내용을 모릅니다. 저도 무슨 일인지 알아보고 연락드리겠습니다."

"한 가지만 더 묻겠습니다. 유한 씨가 퇴원을 하면 대일그룹에는 다시 복직을 하는 겁니까?"

"그럼요. 회사에서 유한이 빠지면 안 되죠."

"그런데 유한 씨가 일하던 자리에 아드님이 있던데……, 아드님 있는 자리에 따님이 가셨고……."

"아, 그건 기획조정실장 자리를 오래 비워둘 수 없어서 사위가 퇴원할 때까지 임시로 조치한 겁니다."

"그래요? 임시로 조치했다면서 박재희 씨가 대일산업에 대표이사로 등재가 된 것은 뭘 말씀하시는 겁니까?"

김영덕 형사는 박병호를 만나기 전에 이미 유한의 가족관계와 대일그룹에 대해서 세밀하게 조사를 한 뒤였다. 박병호는 형사의 입에서 그룹 인사에 대한 얘기가 나오자 심기가 불편해졌다.

"그게 사위가 행방불명 된 것이랑 무슨 관계가 있다고 그룹 인사에 대한 얘기까지 하는 겁니까?"

"이건 단순하게 유한 씨 행방불명에 대한 일이 아닙니다. 누군가 유한 씨를 죽이려고 한다는 것이고, 또 지난번에 죽은 이다혜 씨와 무관하지 않기 때문입니다. 병원에 괴한이 들어와서 총을 난사하고 갔다는데 회장님은 심각하지 않은 모양입니다?"

"그거야 나도 놀랐죠. 어떤 미친놈이기에 총질을 한다는 건 지……. 나 원."

"일단 회장님도 알아보십시오. 알아보시고 연락 주십시오. 유한 씨를 찾아야 합니다. 안 그러면 유한 씨가 위험합니다."

"알겠습니다. 알아보고 연락하겠습니다."

형사들은 자리에서 일어났다. 정희가 생강차를 들고 회장실에 들어갔을 때는 병실에 괴한이 침입했다는 정도만 들었을 뿐이지만 그 병실이 유한이 있던 병실이라는 것을 느낄 수 있었다. 오늘만 출근하고 내일부터 나오지 않으려고 했던 정희는 사태가 어떻게 되는지 궁금해서 연말까지 출근해야겠다고 마음먹었다.

박회장은 비서를 통해 재호와 재희를 불렀다. 형사가 한 얘기를 종합해보면 사위가 지난 토요일에 스스로 병원을 빠져 나가서 행방이 묘연하고, 사위가 없던 병실에 괴한이 침입해서 총을 난사하고 갔다는 것이었다. 계속 병원에 머물렀으면 시체로 변했을 사위. 미리 몸을 피했다면 괴한의 존재를 아는 것이 아닌가? 박병호는 이렇게 결론을 내렸다.

그렇다면 사위의 목숨을 노리는 사람이 누군지? 또 지난여름 사위가 만나던 여자를 죽인 사람이 누군지 생각을 해보았다. 아무래도 아들이 아니면 할 사람이 없어 보였다. 재호와 재희가 회장실로 들어왔다.

"방금 형사가 다녀갔는데……."

"네?"

"유서방이 행방불명이라면서……. 그리고 유서방 병실에 괴한이 총을 난사하고 갔다는데 어제 형사들이 재희 너한테 가서 말을 했다면서 왜 애비한테 말을 안했지?"

"아빠가 걱정하실까봐 말씀 못 드렸어요. 오빠한테만 얘기하고……."

"이게 쉬쉬 할 얘기야? 지금 경찰에서 유서방 찾는다고 난리고, 또 유서방이 행방불명인데 가족들이 모두 손을 놓고 있다고 우리 모두를 의심하잖아. 재호야. 넌 모르는 일이야?"

"저도 유서방 찾고 싶죠. 그런데 사라진 사람을 어떻게 찾아요?"

"너 애비한테 사실대로 말해봐. 유서방 병실에 총을 든 괴한이 침입했다는데……."

"제가 어떻게 알아요?"

"재희, 넌 내려가 있어. 저녁에 다시 얘기하자."

박회장은 재호와 단둘이 얘기하려고 재희를 9층으로 내려 보냈다. 재희가 회장실을 나가자 담배를 한 대 입에 물고 라이터를 켰다. 깊게 빤 연기는 한숨과 함께 방 안에 퍼졌다. 재호는 박회장의 눈치를 살피느라 정신이 없었다.

"내가 강총무랑 친하게 지내지 말라고 했지?"

"술 한잔 마신 이후로 연락 안합니다."

박회장은 재호가 있는 자리에서 서울호남향우회로 전화를 했다. 강훈길 총무를 찾자 지난 목요일 아침 집에서 출근한다고 나간 뒤 연락이 두절되었다는 말을 들었다. 핸드폰 번호를 물었지만 그날

이후로 핸드폰도 꺼져있다는 말에 손바닥으로 재호의 뺨을 세차게 한 대 때렸다. 수십 년을 사업을 해온 박회장은 돌아가는 내용이 이미 파악되고 있었다.

"바른대로 말해. 내가 알아야 수습을 할 거 아니냐. 어서."

"뭘 말입니까?"

재호는 발뺌을 할 수밖에 없었다. 어디부터 얘기를 할지 난감하기도 했고, 무엇을 빼고 무엇을 넣고 얘기를 할지 생각할 수도 없었다. 박회장이 모두 알기 전까지는 무조건 모르쇠로 가자고 마음먹었다.

"네가 모르는 척 한다면 애비가 정리를 해보마. 유서방이 토요일에 스스로 병실을 나갔어. 그리고 화요일에 유서방이 있던 병실에 괴한이 들어가서 침대에 총을 난사하고 갔다. 이게 무슨 뜻인 줄 알아? 유서방은 괴한을 실체를 이미 파악하고 피했다는 것이고…… 그 괴한은 유서방을 죽이기 위하여 누군가 사주를 했다는 거야. 그리고 네놈이 연락을 하면서 술을 마시던 강총무는 어떤 사람이냐? 전직 건달 출신에 충분히 사람을 죽일 수도 있는 사람이야. 그런데 강총무가 목요일 아침부터 행방불명이야. 이건 뭐라고 설명할 거야?"

재호는 박회장이 말하는 모든 것을 알고 있지만 강훈길이 연락이 닿지 않는 것을 유한의 행방불명과 연결을 지어보지는 않았다. 그러나 박회장이 강훈길까지 연결을 짓자 간담이 서늘했다.

"이제 말해봐. 어서."

"지난번에 유서방이 대일금속을 내어놓으라고 협박을 했습니다. 안 그러면 가지고 있던 비빌 서류를 검찰청에 보낸다고……"

"그래서?"

재호는 유한을 제거할 수밖에 없다는 당위성을 만들기 위하여 박회장에게 거짓말을 했다.

"대일금속이 어떤 회사입니까? 순수 자산가치가 1천억이 넘는 회사 아닙니까?"

"그러면 애비한테 말해야지. 네놈이 회장이야? 주고 안 주고를 네놈이 왜 결정해?"

"아버지야 연세도 고령이시고……, 앞으로 그룹을 이끌 사람이 저니까……."

"내가 죽었어? 이놈이 세상 무서운 줄 모르고……. 그래서 어떻게 했다는 거야?"

"강총무가 어려운 일 있으면 얘기하라고 해서 술을 한잔하다가 유서방 얘기가 나왔습니다."

"그래서?"

"강총무가 처리해준다고……."

"뭘 어떻게 처리한다고? 유서방을 죽이라고 시킨 거냐?"

"네. 중국에서 해결사가 와서 감쪽같이 처리한다고 걱정 말라고 했습니다."

"그런데 강총무도 행방불명이야. 유서방도 행방불명이고. 이건 어떤 뜻인지 알아? 유서방이 전부 알고 있다는 거야. 강총무는 죽었는지 살았는지 알 수 없지만……."

"제가 알아서 하겠습니다."

"네놈이 어떻게 알아서 해?"

"이제 다른 방법이 없잖아요. 그놈을 어떻게든지 잡아서 애환덩

어리를 없애야죠. 그놈이 가지고 있는 비밀서류를 검찰청에라도 가져가면 그룹은 풍비박산 나잖아요."

박회장은 세상물정 모르고 날뛰는 아들이 한심스러웠다. 아들에 비하면 사위는 어떤 위험이 도사리는 곳에서도 살아남을 만큼 강인하다는 것을 알기에 이제는 아들이 걱정되었다. 이미 일은 벌어졌다. 중국에서 넘어온 해결사는 강훈길의 지시를 받기 때문에 재호와 연락이 되지 않는 줄 알았다. 한번 실패한 테러는 그것으로 끝인 줄 알았다. 몸을 감춰버린 유한을 아무리 해결사라고 해도 찾을 수 없다고 생각했다. 그러나 유한의 보복이 무서웠다. 재호가 자신을 죽이려고 했다는 것을 안다면 정말 비밀서류를 검찰청에 넘겨줄 것만 같았다. 아니면 아들을 헤치지나 않을까 염려되기도 했다.

"다 네놈 멋대로 처리해서 생긴 일이야. 유서방한테 대일금속 하나 주면 어떠냐?"

"이제는 늦었습니다……. 어떻게 하든지 유서방을 찾아내야 합니다. 경찰이 먼저 찾으면 진짜 큰일 납니다."

"내일부터 경호원을 하나 데리고 다녀라."

"경호원이요?"

"그래. 유서방이 널 가만히 두겠냐? 경호원은 내가 알아볼 테니까……."

"네."

재호는 회장실에서 나와 자기 방으로 들어갔다. 차라리 박회장이 알게 된 것이 한편으로 다행스러웠다. 이제 유한을 제거하는데 걸림돌이 없었다. 낮에 통화를 한 청도를 만나서 항상 자신의 주위에 맴돌게 한다면 유한이 스스로 찾아올 거 같았다. 가까이에는 경호원이 붙고 멀리에는 청도가 지킨다면 안전하리라 생각했다.

일곱 시 반이 되자 재호는 퇴근을 하기 위하여 자신의 방에서 나왔다. 비서들은 재호가 퇴근하기만을 기다렸다. 평소보다 한 시간이나 늦게 나왔다. 엘리베이터를 타고 1층으로 내려가자 김기사가 뒷문을 열어놓고 기다리고 있었다. 재호는 차에 오르면서 주변을 둘러보았다. 숨어버린 유한이 어디선가 불쑥 나타날 거 같았다. 그런 느낌을 어제 저녁부터 들었다.

"사장님 어디로 모실까요?"

"그린그래스호텔 지하 루비로 가자."

"네……."

대일그룹 사옥에서 선릉역은 가까웠다. 그러나 '루비'로 가려면 한 번의 유턴을 해야 했다. 사옥에서 나와서 1차선으로 붙어 르네상스호텔 사거리에서 유턴을 하려고 신호에 대기하고 있을 때 소나타 한 대가 따라 붙었다. 벤츠는 유턴을 해서 선릉역에서 좌회전을 했다. 다시 오른쪽 일방통행로를 따라서 들어가다 그린그래스호텔 입구에 섰다. 소나타는 그린그래스호텔에 오형사를 내리고 곧장 지나쳐갔다. 오형사는 차에서 내려서 벤츠의 동태를 살피면서 재호가 어디로 들어가는지 관찰했다. 소나타는 그린그래스호텔 주변의 도로를 살핀 후 호텔 옆 식당에 주차했다.

오형사는 재호가 지하에 있는 룸살롱 '루비'로 들어가는 것을 보고 출입을 하는 사람들의 사진을 찍기 위해 대각선 방향에 숨었다. 이형사는 박홍식한테 전화를 걸어 자신들이 있는 위치를 알려주었다.

"어서 오십시오."

"장도희 있어?"

"네. 계십니다."

웨이터가 마담을 부르자 입구에 붙어있는 방에서 마담이 나와 재호를 반겼다.

"어머. 사장님. 오랜만이에요."

"손님 올 건데……."

"이쪽으로 오세요."

재호는 마담이 안내하는 룸으로 들어갔다. 룸은 제법 컸다. 코트를 벗자 마담이 받아서 옷장에 넣었다.

"어떤 손님 오세요?"

"중국에서 오신 귀한 손님인데. 애들 빵빵한 걸로 넣고 2차 나갈 애들만 골라."

"술은 발렌타인 30년?"

"그냥 17년으로 넣어. 중국에서 온 사람이 30년을 알겠어? 그리고 입구에서 나 찾는 손님 오면 보내주고."

"네. 오라버니."

청도가 도착하기 전에 술과 안주가 먼저 들어왔다. 마담이 따라주는 술잔을 받아서 마시려고 할 때 웨이터의 안내를 받고 청도가 들어왔다. 말쑥한 정장을 입은 청도는 그냥 서울에서 생활하는 샐러리맨 같았다. 다소 왜소한 체구는 어디를 봐도 킬러 같지 않았다. 소파에 앉은 청도는 이런 분위기가 낯설어 보였다. 중국에서 도박판만 전전하면서 가끔 지역에서 건달들의 뒤를 봐주는 남자는 가끔 서울에 왔지만 룸살롱에 다닐 일이 없었다. 재호는 마담을 내보내면서 아가씨도 삼십 분 뒤에 넣으라고 했다.

"반갑습니다. 박재호입니다."

"청도라고 불러주십시오."

"먼저 제가 한잔 드리겠습니다. 편하게 드십시오."

청도는 재호가 따라주는 술잔을 단숨에 틀어넣었다. 중국의 독한 술에 이력이 난 청도는 발렌타인의 향도 느낄 줄 모르고 그냥 마셔버렸다. 청도가 말을 꺼내기도 전에 재호가 먼저 말문을 열었다.

"서울에는 언제 오셨습니까?"

"화요일 11시 30분에 인천에 도착했습니다."

"비행기로 오셨습니까?"

"아닙니다. 청도에서 배로 왔습니다."

"아. 그래서 청도라고 하셨구나."

"화요일 자정이 넘어서 병원에 갔지만 표적이 없었습니다. 어떻게 된 겁니까?"

"저도 왜 표적이 없어졌는지 모르겠습니다. 몸도 성치 않은데……."

청도는 박재호가 오더를 내린 줄 몰랐으나 재호의 실체를 파악하기 위하여 대화를 이어갔다. 대화는 재호가 최초에 오더를 내린 바이어라고 감지할 수 있었다.

"그런데 서울 연락책 통화가 안 됩니다. 무슨 일 있는 겁니까?

"아. 강훈길 씨 말씀이죠?"

"네."

"저도 왜 연락이 안 되는 줄 모르겠습니다."

"혹시 표적이 제가 오는 줄 알고 피한 거 아닙니까?"

"지금은 그렇게 생각할 수밖에 없겠습니다. 아마도 피했다는 것은 제가 지시한 것을 안다는 뜻이기도 하죠."

"그럼 서울 연락책이 당한 것 아닐까요?"

"글쎄요. 지금은 뭐라고 단정할 수는 없습니다."

"저는 어떻게 합니까? 그냥 중국으로 돌아갈까요? 돌아가더라도 제가 받은 돈을 돌려줄 수 없습니다. 왜냐하면 표적이 움직였기 때문입니다. 움직이는 표적은 제거할 수 없습니다."

"중국에 급하게 들어가셔야 할 일이 있습니까?"

"일은 없지만 그렇다고 서울에 있어봐야 뭘 할 수 있겠습니까?"

"그러면 저를 도와주십시오. 표적이 알아버렸다면 조만간에 나한테 오겠죠. 날 죽이려고."

"무작정 있을 수도 없고……. 저도 벌어서 먹고 사는 사람이라서……."

청도는 보수를 얘기하는 것이었다. 서울에 남을 수 있는데 남는 대가가 뭐냐고 묻는 말을 돌려서 하고 있었다. 재호는 그것을 알아차리고 지갑에서 수표 한 장을 꺼내어 청도한테 내 밀었다. 수표는 삼천만 원이었다.

"이 정도면 되겠습니까?"

삼천만 원은 표적을 처리하고 성공보수를 받을 돈이었다. 돈이 필요했던 청도는 거절할 이유가 없었다. 재호가 내민 수표를 누군가 볼까봐 집어넣는 것처럼 접어서 양복 안주머니 넣었다.

"제가 어떻게 하면 되겠습니까?

"한 달간만 내 주변을 지켜봐 주면 됩니다. 분명이 표적이 나타날 겁니다. 표적을 처리하면 오천만 원을 더 드리겠습니다."

"알겠습니다. 기동력이 필요한데 차를 한 대 주실 수 있습니까?"

"내일 준비해 드리겠습니다. 그랬저면 되겠습니까?"

"네."

"그럼 내일 차량이 준비되면 연락드릴 테니 차를 가져가시고 모레 토요일부터 시작합시다. 경비가 들면 그 경비는 따로 드리겠습니다. 그러니까 제가 가는 곳은 어디든지 따라 다니셔야 합니다."

"알겠습니다."

"이제 편하게 마십시다. 오늘 서울에서 회포 한번 푸십시오."

재호는 마담을 불러 아가씨들을 넣도록 했다. 아가씨들이 들어오자 분위기는 달라졌다. 차가운 분위기가 따뜻한 분위기로 변해갔다. 두 사람은 자정이 넘도록 술을 마시고 술에 취한 청도만 아가씨를 붙여서 호텔로 올려 보냈다.

재호는 비틀거리는 걸음으로 1층으로 올라와서 김기사를 찾았다. 김기사는 옆에 있는 식당에서 저녁밥을 먹고 차 안에서 자고 있었다. 급히 나온 김기사는 재호를 태우고 호텔을 빠져나갔다.

일곱 시 반부터 호텔에 도착해서 박홍식까지 합류한 세 사람은 '루비'로 들어가는 킬러의 앞모습을 찍을 수가 없었다. 단지 확보한 것이라고는 '루비'로 들어가는 몇 명의 뒷모습이 전부였다. '루비'에서 함께 나올 줄 알았던 킬러는 흔적도 없고 재호만 술에 취해서 나온 것이다. 세 사람은 닭 쫓던 개가 지붕을 쳐다보듯이 허탈했다.

"아니. 어떻게 된 거야? 왜 혼자만 나와?"

"혹시 뒷문으로 나간 것 아닐까요?"

"오형사. 뒷문이 어딘지 알아봐."

박홍식은 킬러가 호텔로 올라간 줄 모르고 뒷문을 찾고 있었다. 오형사가 찾던 뒷문은 호텔 반대편으로 나 있었다. 세 사람은 킬러가 뒷문으로 빠져나갔다고 여겼다. 박홍식은 킬러를 놓쳐버린 것이 원통했다. 마음 같아서는 술집에 있을 때 들어가서 체포하고 싶었지만 킬러가 가지고 있을 총이 두려웠다. 자칫 잘못하면 사상자가 발생할 판이었다. 박홍식은 뒷모습이 담긴 사진을 보고 이 중에 누가 킬러일까 생각했다.

소나타에서 박홍식은 내리고 이형사와 오형사는 재호가 살고 있는 성북동으로 차를 몰아갔다. 한시도 재호에게서 눈을 떼지 말라는 박홍식의 지시로 오늘도 성북동으로 향한 것이었다. 재호가 '루비'에 들어가는 것과 술에 취해서 '루비'에서 나오는 것을 빠짐없이 보는 남자가 있었다. 그린그래스호텔 맞은편 주차장에 세워진 디스커버리에는 백발의 짧은 스포츠머리에 굵은 뿔테 안경을 쓴 남자가 초저녁부터 자정이 넘도록 지켜보고 있었다. 남자는 박홍식 일행의 행동까지 모두 관찰했다.

백발의 짧은 스포츠머리의 남자는 유한이었다. 굵은 뿔테 안경을 쓴 유한은 전혀 다른 사람이었다. 오전에 롯데호텔 미용실에서 머리를 자른 후 직접 백발로 염색을 했다. 디스커버리 운전석 문에 붙어 있는 작은 공간에는 베레타가 숨겨져 있었다. 재호가 대일그룹 사옥에서 나올 때부터 미행을 했던 것이었다. 디스커버리는 선릉을 빠져나와 잠실로 향했다.

미행을 하는 사람들

　아침부터 강남경찰서 형사과장실에는 형사1팀 형사들 모두가 집합을 했다. 이틀이 지나도록 전혀 수사의 진척이 없던 것을 보고 변창호과장이 직접 수사의 지시를 내릴 참이었다. 이다혜 사건으로 경찰서장에게 찍힌 변창호는 어떻게 하든 유한의 사건으로 만회하고 싶었다. 김영덕이 유한의 아내와 장인을 만난 내용을 변창호에게 전부 보고했지만 변창호는 그들에게는 아무것도 건질게 없다고 판단했다.

　"오늘부터 이재영 형사와 박정수 형사는 유한의 사건에 빠져. 나중에 필요할 때 다시 합류하고……. 김영덕 형사와 김양기 형사, 그리고 허신일 팀장 세 사람이 전담하도록 해."

　"알겠습니다."

　"아직 유한의 처남은 안 만나봤지?"

　"네."

　"만나지 마."

　"왜요? 오늘 안 그래도 만나러 갈 참이었는데……."

"처남이 그룹 후계자잖아?"

"네."

"유한을 해칠만한 사람이 누굴까? 이틀간 곰곰이 생각해 봤는데 아무도 없어. 이다혜를 해칠만한 사람도 아무도 없어. 유한의 아내가 이다혜를 해칠 수는 없잖아. 여자니까…… 그러면 누가 남지? 장인도 수상하고 처남도 수상하지. 장인은 김영덕 형사의 말로는 전혀 모르는 눈치라면서……."

"네."

"확실하지?"

"박병호 회장도 아들하고 딸을 불러서 알아본다는 말이 거짓말 같아 보이지는 않았습니다."

"그러면 한 사람 남지. 박재호. 오늘부터 세 사람은 박재호를 감시해. 어쩌면 유한이 나타날 지도 몰라. 아마도 유한은 다 알고 있을 거야. 그렇지 않으면 몸을 숨길 이유가 없어. 24시간 감시하라고. 이번 사건 해결 못하면 집에 못 들어갈 줄 알아."

"네."

새해가 이틀 남았는데 연말에 잠복근무를 하라는 형사과장의 말에 다들 입이 튀어 나왔다. 수사에서 빠진 형사들이 몹시 부러웠다. 밀레니엄이라고 들뜬 마음도 시들해졌다. 허신일 팀장은 두 사람을 따로 불렀다. 세 사람이 한 곳을 주시해서 감시하는 것은 전혀 능률이 안 오르는 일이었다. 그래서 각각의 임무를 부여했다. 허신일은 유한의 아내도 감시를 붙여야겠다고 생각했다.

"김양기 형사는 박재희를 감시하고, 김영덕 형사는 박재호를 감시해."

"네. 알겠습니다."

"누구를 만나는지 누구랑 통화를 하는지……. 아니지, 도청이 안되지. 두 사람 도청할 수는 없나?"

"도청하려면 일이 복잡합니다. 또 대포폰을 사용한다면 도청도 불가능하고요."

"그렇지. 젠장, 미치고 환장하겠군. 완전히 맨땅에 헤딩하는 꼴이네. 연말이지만 두 사람이 수고 좀 해."

"알겠습니다."

청도는 재호의 전화를 받고 역삼역 사거리에 차를 찾으러 갔다. 타깃을 처리하지 못해서 받은 착수금을 돌려줘야 하나 고민을 하던 중 어렵게 최초에 오더를 내린 바이어를 만났고 한 달간 신변을 지키는 대가로 3천만 원을 받은 것은 행운이었다. 어제 마신 술이 덜 깼지만 머리는 맑았다. 차를 찾으면 오늘부터 재호의 주변에 있을 참이었다.

역삼역 금융결제원 주차장에 세워진 그랜저는 중고이지만 주행 거리가 1만 킬로미터를 넘지 않은 새 차였다. 청도는 차를 몰고 대일그룹 사옥 맞은편에 있는 주택은행 주차장에 세웠다. 1층 주차장은 대일그룹 1층 정문이 훤히 보이는 곳이었다. 그러나 그 자리는 잘 보이는 이점은 있지만 재호가 움직일 때 바로 뒤쫓을 수는 없다. 선릉역에서 유턴을 하든지 아니면 도로를 가로질러야 했다. 하지만 이형사는 대일그룹 사옥의 옆에 있는 빌딩 주차장에 있었다.

두 명의 감시자가 대일그룹 1층을 감시하고 있을 때, 강남경찰서 김영덕 형사도 부근에 있었다. 정확하게 말하면 두 명의 감시자와 한 명의 관찰자가 박재호를 주시하고 있었다.

박회장은 재호에게 경호원을 붙여 주었다. 경호원은 한국체대에서 유도를 했고 경호회사에서 특공무술까지 익힌 유단자였다. 몸에 지닐 수 있는 것은 허가가 된 가스총이 전부였다. 근거리 경호는 가능했지만 원거리에서 공격하면 무방비였다. 경호원은 재호가 다니는 곳은 어디든지 붙어 다녔다. 회사에서는 비서실에 책상을 두고 비서와 함께 있었고, 집으로 돌아가면 별채에 있는 방에 묵도록 했다. 박회장은 아들이 염려스러웠다.

정희는 어제 형사가 찾아와서 병원에 괴한이 침입했다는 얘기는 들었지만 그것은 유한을 해치기 위한 것이라고 오늘 느꼈다. 유난히 경계를 하는 사장과 갑자기 나타난 재호의 경호원으로 보아서 직감적으로 유한과 재호의 싸움으로 보였다. 정희는 걱정이었다. 오늘이 마지막 출근 날인데 마음 같으면 계속 남아서 재호의 동태를 유한에게 알려주고 싶었다. 그러나 점점 불러오는 배를 감추고 출근할 수는 없었다. 정희는 점심시간을 이용하여 유한에게 전화를 했다.

"오빠. 어디예요?"

"난 잘 있어. 정희도 잘 있지?"

"네. 오늘이 출근 마지막 날이에요."

"그렇구나. 그동안 고생했다. 환희는 어때?"

"요즘은 발길질을 많이 해요. 손으로 살짝 누르면 잠잠하기도 하고……."

"몸 관리 잘 해. 알았지?"

"네. 어제 형사가 회장님을 찾아왔는데……, 오빠가 있던 병실에 괴한이 들어왔다고 얘기하는 것 들었어요."

"그래? 형사가 왔다갔어?"

"네. 두 명이 왔던데……. 그리고 오늘 박재호 사장 경호원이라고 모르는 사람이 한 명 출근 했어요."

"뭐? 경호원?"

"네. 비서실에 앉아 있는데 불편해 죽겠어."

"그렇구나."

"오빠를 해치려고 하는 사람이 박재호사장 맞죠?"

"넌 알려고 애쓰지 마. 그냥 모르는 게 좋아. 내가 청담동 아파트에 안 가는 이유도 네가 다치는 것이 싫어서야. 아마도 나랑 정희를 연결시킬 수도 있으니까. 다 정리되면 갈 테니까 그때까지 몸조심하고."

"네. 흑흑흑."

정희는 유한과 통화를 하면서 끝내 눈물을 흘렸다. 함께 있으면 너도 다칠 수 있기 때문에 가고 싶어도 못 간다는 말에 눈이 찡하면서 솟아오르는 눈물을 감당할 수 없었다.

"자주 전화할게요."

"그래. 오빠도 전화할게."

유한은 자신이 몸을 피했다는 것을 재호가 알았다고 느꼈다. 신변의 위협 때문에 경호원을 채용했다는 말에 유한은 가소로웠다. 죽이려면 지금이라도 올라가서 죽일 수도 있었다. 왜 다혜를 죽였는지 묻고 싶었다. 그리고 왜 자신을 죽이려고 하는 지도 묻고 싶었다. 그런 것이 먼저 전제되어야 했다. 차분히 그 이유를 알고 싶었다.

사고 이후로 장례도 보지 못하고 분묘가 안치되어 있는 추모공원에도 가지 못했다. 그날 두 사람이 말다툼을 하지 않았어도 다혜와 유한은 죽을 운명이었다. 그러나 유한은 운명을 비껴갔다. 함께 죽

었어야 할 목숨을 덤으로 살고 있었다. 육신의 고통과 정신의 고통
을 안은 채 억지로 버티고 있었다.

'박재호……. 기다려라. 내가 곧 찾아가마. 네놈에게 어떤 결말을
있을지 기대해라. 네놈 덕분에 죽어야 할 목숨…… 덤으로 살고 있
다. 네놈을 죽이기 위해서…….'

유한은 병실에 총알이 난사되었다는 말을 들은 이후로 제 정신
이 아니었다. 조금만 방심했으면 그 총탄에 죽었어야 했다. 그때를
생각하면 온몸에 소름이 돋았다. 인간은 얼마만큼 사악할 수 있는
가? 어떤 이유라도 사람이 사람의 목숨을 앗아갈 순 없었다. 그러
나 자신의 목숨을 지키기 위해서 상대의 목숨을 앗아가야 할 순간
이었다. 아니 유한은 목숨을 부지하는데 일말의 미련도 없었다. 지
난여름 차라리 함께 죽었더라면 하는 생각이 간간이 났다.

'덤으로 살아봐야 혼자서 얼마나 잘 살려고……. 이만큼 살았으
면 된 거지.'

언제부턴가 유한은 스스로의 한계를 느끼고 있었다. 자신이 세
웠다고 자부하든 성이 하루아침에 모래성처럼 밀려든 바닷물에 무
너진 느낌이었다. 다시는 돌아가지 못하는 성이라면 삶의 의미가 없
었다. 유한은 거울을 쳐다보았다. 거울 속에 비친 자신의 모습이 너
무도 낯설었다. 그 모습은 킬러가 가지고 있는 사진과는 전혀 딴 사
람이었다.

유한은 틈만 나면 롯데월드 아이스링크 옆에 있는 실탄 사격장에서 사격 연습을 했다. 사격술은 연습과 비례했다. 연습의 횟수가 반복될수록 방아쇠를 당길 때 권총이 올라가는 반동이 줄어들었고 과녁의 중앙에 점점 맞아졌다.

유한은 거울 앞에서 m9베레타를 꺼내어 거울에 비친 자신의 가슴에 정조준했다. 거울 속에 비친 남자가 재호로 변하자 탄알이 없는 빈총의 방아쇠를 몇 번이고 당겼다.

재호가 대일그룹 사옥을 벗어날 때면 조수석에는 항상 경호원이 함께 탔다. 경호원이 옆에 있지만 재호는 더욱 불안해졌다. 자신이 유한을 죽이려는 것을 유한도 알고 스스로 몸을 숨겼다는 것은 언제든지 불쑥 나타나서 자신을 목에 칼이라도 찌를 것 같았다.

유한에게 쫓기는 꿈으로 어젯밤에는 식은땀까지 흘렸다. 차를 타기 전에는 주변을 두리번거리는 습관까지 생겼다. 일주일이 넘도록 연락이 안 되는 강훈길은 결국 유한에게 제거되었을 것이라는 생각에 이르자 더욱 공포가 밀려왔다. 유한을 죽이지 않으면 자신이 죽을 것만 같았다. 나타나기만 하면 청도가 죽여줄 것이지만, 언제 어디서 나타날지 몰랐다.

재호는 안성에 있는 거성중공업으로 향했다. 유한이 M&A를 성사시키고 그 열매는 재호의 몫이었다. 중공업은 대일그룹의 차세대 핵심 사업이었다. 앞으로 30년은 족히 주력업종으로 그룹을 먹여 살릴 회사를 유한의 노력으로 만든 것이었다. 재호는 거성중공업으로 가면서 유한의 능력을 인정하지 않을 수 없었다. 벤츠는 대일그룹 사옥을 빠져 나가서 경부고속도로를 향했다. 그 뒤로 세 대의 차량이 뒤따랐다.

청평호에 잠들다

   새해가 밝았다. 새로운 백년의 시대로 세상이 들떠 있었다. 매년 신정을 지내는 박회장의 집에는 아들과 딸의 식구들이 함께 모였다. 특별히 이날은 요양을 하던 박회장의 아내도 집으로 와서 아침 일찍 제사를 모셨다. 신정이면 유한도 처가에 와서 처가 제사로 함께 모셨다.

   든 사람은 표가 안 나지만 난 사람은 표가 난다고 했던가? 유한 한 사람이 비었을 뿐인데 분위기는 처져 있었다. 유한이 없는 이유를 다들 병원에 있어서 못 오는 줄 알고 있지만, 유한의 아들은 아빠가 행방불명되었다는 것을 알았다. 아들의 침울한 표정을 재희는 애써 감추어 보려고 하지만, 그럴수록 아들은 더 우울해졌다. 재호와 박회장은 서로 눈치만 봤다. 두 사람만 공유하는 비밀은 분위기를 더욱 어색하게 할 뿐이었다.

   "자, 세배 해야지. 먼저 아들과 며느리……, 우리 손자부터 해라."

   "할아버지, 할머니, 새해 복 많이 받으세요."

   "오냐. 너희들도 새해 복 많이 받고……. 자, 세뱃돈이다."

"감사합니다."

"자. 다음은 우리 딸이랑 외손자……."

"새해 복 많이 받으세요."

"오냐. 이제 3학년이 되니까 공부 더욱 열심히 하고……. 자, 세뱃돈."

"네. 고맙습니다. 그런데 할아버지……."

"왜?"

"우리 아빠 어디 가셨어요? 어디 가셨기에 설날에도 안 오세요?"

"글쎄다. 곧 오시겠지."

박회장은 외손자가 물어오는 말이 가슴에 걸렸다. 결코 이런 상황까지는 가서는 안 될 일이었다. 재호가 미리 얘기만 했다면 계열회사 중에서 하나를 떼어주어도 좋았다. 세상물정 모르는 아들이 건달의 말을 듣고 일을 벌인 것이 천추의 한이지만, 이제 어쩌랴. 벌써 버스는 떠나버렸는데 손을 든다고 다시 돌아올 수는 없었다. 이제는 회사를 지키고 아들을 보호할 수밖에 달리 도리가 없었다. 그 방법은 유한이 나타나는 길 뿐이었다. 그 뒤는 만나서 해결하고 싶은 것이 박회장의 마음이었다.

정희는 유한과 함께 찍은 사진이 걸려있는 거실 벽을 바라보았다. 5년이 넘도록 다닌 회사를 그만두고 처음 맞이하는 날이 새로운 천 년이 시작되는 2000년 1월 1일이었다. 아침에 떠오르는 태양을 바라보면서 불러오는 배를 어루만졌다. 환희가 태어나면 아빠랑 함께 살게 해달라고 태양의 신에게 간절히 기도했다. 환희를 임신한 후 점점 모성애가 커지는 정희는 환희의 방을 꾸미는 것으로 유한이 없는 서러움을 달래었다.

떡국을 끓였다. 식탁에 상의 차리다가 핸드폰을 만졌다. 그리고 전화를 걸었다.

"오빠……."

"그래. 정희야. 잘 지내지?"

"응. 보고 싶어."

"우리 환희도 잘 있고?"

"환희도 아빠가 보고 싶은가 봐. 부쩍 발길질을 해요. 어디예요?"

"난 잘 있으니까 걱정하지 말고."

"방금 떡국 끓였어요. 상 차리다가 오빠가 생각나서."

"미안하다. 새해 첫날에 함께 못 있어서."

"우리 언제쯤 함께 할 수 있어요? 그냥 집으로 돌아오면 안돼요?"

"하나만 처리하고. 곧 끝날 거야. 조금만 기다려."

"목이랑 다리는 어때요? 많이 아프죠?"

"견딜만 해. 내 걱정은 하지 말고 정희나 조심해. 다닐 때 덤벙대지 말고, 특히 운전 조심하고."

"네. 오빠도 식사 꼭 챙겨 드세요. 함께 살면 정희가 맛있는 것 다 해줄게요."

"그래. 이만 끊자."

박회장의 별채에는 운전기사와 재호의 경호원이 있었다. 대문 밖에는 박흥식도 있었다. 새해 첫날이라고 이형사와 오형사는 하루 쉬어라고 하고 자신이 대신 재호의 주변에 머물렀다. 어제 오전은 박형사가 지키는 가평도 갔다 왔었다. 창고 부근에 마침 중국집이 있어서 조동수와 설기호 밥 굶길 일은 없겠구나 생각하고 돌아왔었다.

박홍식이 숨어있는 또 다른 곳에 청도도 있었다. 두 사람은 서로를 의식 못하고 각각 잠복해서 박병호의 집을 관찰했다. 그러나 두 사람을 지켜보는 눈이 있었다. 백발의 짧은 머리에 굵은 뿔테 안경을 쓴 유한은 박회장의 집에서 50미터 떨어진 곳에 디스커버리를 세워두고 망원경으로 두 사람을 관찰하고 있었다.

한 사람은 잘 아는 사람이지만, 다른 한 사람은 처음 보는 얼굴이었다. 뒷모습은 눈에 익은데 아무리 생각해도 어디서 봤는지 떠오르지 않았다. 그러나 재호의 벤츠가 박회장의 집 안으로 들어갈 때부터 있던 남자는 다른 곳으로 옮길 생각을 안 하고 계속 박회장 집을 주시하고 있었다.

'누구지? 뒷모습은 본 적이 있는 것 같은데 생각이 안 나네. 형사가 왔나?'

유한은 상대가 형사라고 해도 자신의 모습을 드러낼 수 없었다. 유한은 낯선 남자의 얼굴을 망원렌즈로 당겨서 몇 장 찍어두었다. 디지털 카메라는 찍어서 바로 볼 수 있어서 좋았다. 유한은 두 사람이 각각 숨어있다는 것을 직감했다. 박홍식이 낯선 남자에게 발각이 되면 어쩌나 하는 걱정이 들었다. 박홍식의 주변에 낯선 남자가 있는 것을 알려주려고 전화를 걸었다.

"홍식아."

"아. 형님. 잘 지내시죠? 지금 어디에 계십니까?"

"자네를 지금 볼 수 있는 자리에 있어."

그러자 박홍식은 놀라면서 얼굴을 내밀고 두리번거렸다.

"움직이지 마. 자네가 있는 자리에서 대각선으로 뒤쪽에 낯선 남자가 하나 있어. 박재호가 박회장 집에 들어갈 때부터 지금까지 꼼짝도 안하고 있어. 그 남자도 자네를 못 본 거 같은데……. 자네 조심하라고 전화한 거야."

"형님은 언제부터 있었습니까?"

"새벽부터. 새해 첫날은 다들 박회장 집에서 모이니까 아들 얼굴이나 보고 가려고 왔지."

"발견했습니다. 저놈은 누굽니까?"

"나도 처음 보는데……. 혹시 형사가 왔나보지?"

"언제 가실 겁니까?"

"좀 있다가 갈 거야. 또 연락할게."

박흥식은 유한이 아들을 보기 위하여 아침부터 왔다는 것이 믿어지지 않았다. 어디에 있는지 알 수는 없어도 자신처럼 재호를 뒤쫓는 것 같았다. 박흥식은 낯선 남자를 잘 볼 수 있는 곳으로 자리를 옮겼다. 박회장의 집을 관찰하는 것이 아니라 낯선 남자를 관찰하기 시작했다. 양복 위에 입은 점퍼는 전혀 양복과 어울리지 않았다. 양복을 입었다면 코트를 입는 것이 보통이었지만 낯선 남자는 달랐다. 형사라면 저렇게 옷을 입을 것 같지 않았다.

박흥식은 낯선 남자의 얼굴을 사진에 담았다. 앞모습과 옆모습, 그리고 뒷모습까지 모두 담았다. 그리고는 이형사에서 사진을 전송했다. 어젯밤 '루비'를 출입하던 남자들의 뒷모습을 찍은 사진은 이형사가 가지고 있었다. 낯선 남자가 형사가 아니라는 확신이 들자 혹시나 하는 마음에 사진을 전송한 것이었다. 사진을 받은 이형사로부터 전화가 걸려왔다.

"반장님. 이 사진 뭡니까?"

"지금 박재호가 박회장 집에 있는데 몇 시간을 박회장 집을 지켜보고 있는 놈이야. 어제 찍은 사진이랑 비교해봐."

"어제 찍은 사진은 뒷모습뿐입니다."

"그래서 여러 각도로 찍어서 보낸 거야. 대조해보고 연락해."

"알겠습니다."

이형사는 가족들과 덕수궁에 나들이 갔다가 박흥식이 보낸 사진을 받고 통화를 한 것이었다. 이형사는 어제 찍은 사진들과 방금 받은 사진을 대조해 나갔다. 그런데 뒷모습이 비슷한 남자를 발견했다. 어제는 양복만 입고 있었고, 방금 사진은 양복위에 점퍼를 입고 있지만 머리가 비슷했다. 머리카락의 길이도 비슷했고, 두상의 크기도 비슷했다. 이형사는 즉시 박흥식한테 전화를 걸었다.

"반장님. 비슷한 사진이 하나 있습니다."

"그래? 어떻게 비슷한데?"

"두상 크기도 비슷하고, 머리카락 길이도 비슷합니다. 아니, 똑같습니다."

"이형사는 지금 어디에 있어?"

"가족들이랑 지금 덕수궁에 와있습니다."

"지금 성북동으로 넘어 와. 주소는 문자로 보낼 테니까 내비 찍고 바로 넘어와."

"알겠습니다."

박흥식은 낯선 남자가 어젯밤 재호와 접선한 청도에서 넘어온 킬러 같았다. 아니라도 꼭 확인을 해야 했다. 킬러라면 주변에 있는 유한도 위험했다. 이형사가 사진을 가지고 올 때까지 숨어서 계속 지켜보기로 했다. 이형사는 가족들을 보내고 박홍식이 보내준 주소를 내비게이션에 찍고는 바로 달려왔다. 차를 박회장 집과 떨어진 곳에 세우고 박홍식이 숨어있는 곳으로 조심스럽게 다가갔다.

"마침 가깝게 있어서 빨리 왔습니다."

"어제 찍은 사진 줘 봐. 누구랑 닮았다는 거야?"

"이놈과 닮았습니다. 아니, 똑같습니다."

"그렇군. 바로 이놈이야. 우리가 이놈 꼬리를 잡았어."

박홍식은 곧 바로 유한에게 전화를 걸었다. 유한이 모르고 있으면 킬러의 손에 언제 죽을지 몰라서 불안하다고 느낀 것이었다. 제발 전화를 받고 유한이 돌아갔으면 싶었다. 지금부터 킬러는 자신들이 미행을 해서 처리하고자 했다.

"형님."

"옆에 같이 있는 친구는 누구야?"

"같이 일하는 친굽니다. 다른 게 아니고 어제 박재호를 미행해서 킬러랑 접선하는 술집으로 갔었습니다. 킬러를 잡지는 못했지만 그때 접선 장소로 들어가는 사람들을 찍어둔 사진 중에 한 장이 대각선 뒤쪽에 있는 놈과 동일인입니다."

"뭐? 저놈이 킬러라고?"

"제 생각이 맞을 겁니다. 그러니까 형님은 이제 돌아가십시오. 계시면 위험합니다. 저놈은 우리가 처리하겠습니다."

"어떻게 처리하려고?"

"일단 미행을 해서 어디에 머물고 있는지부터 파악하고……. 우리도 준비를 해서 내일이라도 조용히 덮치면 됩니다. 그러니까 형님은 돌아가십시오."

유한은 전화를 끊어버렸다. 눈앞에 있는 킬러를 두고 돌아갈 수가 없었다. 자신의 목숨을 노리는 놈을 살려둔다면 결국 또 자신이 죽을 수 있다고 생각했다. 호텔을 나올 때에는 오늘 재호를 처리하려고 나온 것은 아니었다. 정말로 아들이 보고 싶었다. 오늘은 새해를 보내려고 박회장의 집에 온다는 것을 알기에 미리 오면 얼굴이라도 볼 줄 알았다. 오늘이 아니면 어쩌면 다시는 볼 수 없을지도 모른다는 생각이 들었다. 아들 얼굴을 보려고 일찍 도착하였는데 재호의 차를 쫓는 두 대의 차와 두 사람을 발견한 것이었다. 그 중 한 사람이 박홍식이었고, 또 한 사람이 병실에 총을 난사한 킬러라면 그냥 돌아갈 수는 없는 일이었다.

유한은 탄창 두 개에 총알을 재웠다. 그리고 탄창 하나를 베레타에 끼워 넣고 노리쇠를 뒤로 당겼다. 그리고 베레타를 오른쪽 주머니에 넣었다. 유한이 통화가 끝나기도 전에 전화를 끊어버리자 박홍식은 놀랐다. 자신들이 킬러를 처리하겠다고 돌아가라는 말에 전화를 끊었다는 것은 유한이 오늘 처리하겠다는 뜻이기도 했다. 만약에 그렇게 된다면 가스총만 가지고 있는 자신들은 유한의 행동을 지켜보면서 도울 방법을 모색해야만 했다. 권총을 한 자루 더 구입하지 못한 자신이 원망스러웠다. 군무관이 5백만 원을 달라는 말에 돈이 너무 아까워서 거래를 하지 않은 것이 한스러웠다. 눈앞에 킬러가 있어도 직접 제거할 수 없다면 총을 가지고 있는 유한의 행동을 보고 도울 방법을 찾는 것이 순리였다. 그러나 유한은 어디에 있는지 전혀 보이지 않았다.

"반장님. 누구랑 통화하신 겁니까? 그 분입니까?"

"그래."

"그 분이 이 부근에 오신 겁니까?"

"우리는 볼 수 없어도 우릴 보고 있어. 이형사 가지고 있는 무기가 뭐 있나?"

"차에 가스총, 전기충격기 그리고 등산용 칼이 있습니다."

"다 챙겨와. 차는 한 대로 출발하자. 오늘 무슨 일 벌어지겠어."

"저놈은 권총을 가지고 있잖습니까? 어쩌시려고?"

"형님도 권총을 가지고 있어. 사격술은 어떨지 모르지만."

"네?"

"우리가 먼저 나설 수는 없어. 만약에 형님이 행동을 개시한다면 도울 수는 있겠지. 준비해서 내 차로 와."

늦은 아침을 먹은 재호는 하남시에 있는 처가에 가기 위하여 먼저 나왔다. 벤츠를 직접 운전하고 뒷좌석에 아내랑 아들을 태우고 조수석에는 경호원이 탔다. 벤츠는 을지로 백병원을 지나서 남산3호 터널로 진입했다. 벤츠를 따라오는 그랜저 뒤에 소나타가 붙었고, 그 뒤에 디스커버리가 붙었다. 달리면서 디스커버리가 소나타도 추월하고 벤츠도 추월했지만, 어느 누구도 디스커버리를 운전하는 사람이 유한인줄 몰랐다. 백발의 짧은 스포츠머리에 굵은 뿔테 안경을 쓴 모습은 누가 봐도 다른 얼굴이었다. 다시 디스커버리는 속도를 늦추어 제일 뒤로 갔다. 4000cc 8기통 4륜구동인 디스커버리는 힘이 좋았다. 시속 180㎞도 거뜬히 달렸다.

벤츠는 한남대교로 올라가자 올림픽도로를 타기 위하여 우측 차선에 붙었다. 벤츠가 움직이는 방향으로 차량 세대가 같이 움직였다. 벤츠는 우측으로 빠져서 유턴을 하여 올림픽도로로 접어들었다. 동호대교를 지나자 속도를 내기 시작했다. 박홍식은 다시 유한에게 전화를 걸었다.

"형님. 어디십니까?"

"걱정하지 마."

"차라리 경찰에 인계합시다. 박재호도 그렇고, 킬러도 그렇고, 둘 다 경찰에 넘깁시다. 군이 형님 손에 피를 묻혀서 뭐하시겠습니까?"

"아니야. 내가 처리할거야."

"형님. 제발 제 말 좀 들으세요. 그러다가 형님도 다칩니다. 설령 둘 다 죽이면 형님은 어찌됩니까? 왜 삶을 포기하시려고 그럽니까? 제발⋯."

"흥식아. 그 동안 고마웠다. 잊지 않으마. 그만 전화 끊자."

박흥식은 이제야 유한에게 권총을 준 것이 후회되었다. 만류를 해도 안 듣고 애원을 해도 듣지 않았다. 유한을 살릴 길을 생각했다. 킬러를 자신에게 맡기고 돌아갔더라면 차라리 해피하게 끝날 수도 있었다. 유한과 재호의 앙금은 쉽게 풀 수는 없겠지만, 거래는 가능하리라 봤다. 그러나 중간에 킬러가 끼이는 바람에 일이 복잡하게 돌아갔다. 킬러가 재호를 호위하고 있다는 자체가 유한을 격분시켰다.

"반장님. 어떻게 손을 써보십시오. 이러다가는 우리 모두 다칩니다."

"문제는 형님이 살고 싶은 마음이 없다는 것이야. 이 일을 어찌한다⋯⋯."

박흥식은 유한을 살리는 길은 이것뿐이라고 생각했다. 살아생전에 남자다운 남자를 만나서 호형호제하였는데 그 남자가 죽는 꼴은 도저히 볼 수 없었다. 어쩌면 배신일 수도 있겠지만 박흥식은 유한을 살리고 싶었다. 박홍식은 유한의 고등학교 동창이자 강남경찰서 수사과장인 나창진에게 전화를 걸었다.

"형님. 접니다. 박홍식."

"어. 박소장. 새해라고 인사차 전화한 거야? 자네도 새해 복 많이 받게."

"급합니다. 지금 형사과장님한테 연락해주십시오. 형님 친구 유한 씨가 박재호와 킬러를 쫓고 있답니다. 지금 올림픽도로 남단 동호대교에서 미사리 방향으로 가고 있습니다. 빨리요."

"무슨 일인데? 유한이가 왜? 유한은 병실에 있잖아?"

"자세한 건 나중에 들으시고 형사과장님이랑 먼저 통화부터 하세요."

나창진은 병실에 있어야 할 유한이 누군가를 쫓고 있다는 박홍식의 밑도 끝도 없는 말에 당황하면서도 뭔가 상황이 급박함을 알았다. 즉시 변창호 형사과장에게 전화를 걸었다.

"변과장. 나요. 나창진이……."

"새해에 무슨 일입니까? 새해 덕담이라도 해 주시려고요?"

"급합니다. 유한 씨 알죠? 지금 유한 씨가 박재호와 킬러를 쫓고 있다는데 이게 무슨 얘기입니까?"

"네? 어디서 어디로 가고 있답니까?"

"올림픽도로 남단 동호대교에서 미사리 방향으로 가고 있답니다. 대체 무슨 일입니까?"

"다음에 얘기합시다. 이만."

"잠깐만요. 유한 씨는 내 고등학교 동창입니다. 나도 같이 갑시다."

경찰들이 유한의 행동을 막기에는 이미 늦어버렸다. 뒤따라서 온다고 해도 잡을 수가 없었다. 더구나 재호와 킬러의 차량은 노출이 되었지만 유한은 어떤 차를 타고 있는지 아무도 알 수 없었다.

벤츠는 잠실대교를 지나서 올림픽대교를 지났다. 유한은 어디서 두 사람을 덮칠지 고민을 했다. 목적지가 하남이란 것을 알았다. 매년 설날에는 처가에 갔던 재호였기에 정월 초하루에는 어김없이 하남에 갔다. 밝은 대낮에 잡을 것인지 아니면 하남에서 돌아가는 길에 잡을 것인지 고민이 되었다. 일단 하남까지 따라가 보기로 했다.

변창호 형사과장은 즉시 강남경찰서로 향했다. 운전을 하면서 형사1팀 형사들과 기동타격대 경찰을 집합시켰다. 경찰서에 도착을 하자 나창진도 도착을 했다. 나창진은 영문을 몰라서 변창호 옆에 졸졸 따라 다녔다. 변창호도 나창진이 필요했다. 유한이 박재호와 킬러를 쫓고 있다는 제보를 한 사람은 나창진만 알고 있었다. 변창호는 나창진의 전화를 받자말자 형사1팀 형사들을 불러 모았다.

"지금 유한이 박재호와 킬러를 쫓고 있다는데 즉시 미사리 쪽으로 출발해. 기동타격대도 무장을 하고 형사들도 모두 무장을 해. 킬러가 총을 가졌어."

변창호는 형사1팀 김영덕 형사가 운전하는 차에 나창진과 함께 타고는 앞서서 종합운동장방향으로 출발을 했다. 그 뒤에는 세 대의 승용차가 경광등을 달고 따랐고 마지막에는 기동타격대가 타고 있는 버스가 붙었다.

변창호는 가는 도중에 그동안 유한에게 일어난 일들을 모두 나창진에게 얘기했다. 듣고 있던 나창진은 놀라워했다. 물론 변창호가 알고 있는 내용은 껍데기에 불과했다. 박흥식으로부터 이다혜를 죽인 범인을 잡은 과정을 안다면 기가 찰 노릇이었다. 나창진은 박흥식에게 전화를 걸었다.

"지금 어디쯤이야?"

"지금 하남으로 들어가는 중입니다."

"누가 하남으로 들어간다는 거야?"

"박재호가 앞서고 그 뒤를 킬러가 따라갑니다."

이때 변창호가 나창진의 핸드폰을 낚아챘다.

"나. 형사과장 변창혼데 킬러가 왜 박재호 차량을 따라간다는 거야? 그리고 당신은 누구야?"

"과장님. 저 박흥식입니다."

"자네는 왜 그곳에 있는 거야?"

"그건 나중에 말씀드리고 킬러가 박재호를 보호한다고 뒤따라가는 겁니다. 유한 씨도 뒤쫓는 것 같은데 어떤 차를 타고 있는지 모르겠습니다."

"박재호가 킬러를 고용한 것이구먼. 우리는 올림픽도로 잠실 부근이야. 핸드폰 끄지 말고 상황을 중계해. 지금은 어디야?"

"하남시청 앞입니다."

"하남은 왜 간 건데?"

"그건 잘 모르겠습니다. 박재호가 박병호 회장 집에 아침 일찍 갔다가 지금 나와서 가는 것을 저도 쫓고 있는 중입니다."

"자네는 박재호를 왜 쫓아?"

"그것도 나중에 말씀드리겠습니다. 박재호 차가 하남시청 맞은편에 있는 최충열정형외과 앞에 섰습니다."

재호의 장인이 최충열이었다. 최충열정형외과는 5층 건물로 1층부터 4층까지 병원으로 사용하고 5층은 주택으로 사용했다. 벤츠는 병원 1층 정문 앞 주차장에 섰다. 재호의 벤츠가 선 옆자리에 킬러가 탄 그랜저가 나란히 주차를 했다.

　차에 탄 사람들이 내리기도 전에 육중한 디스커버리가 그랜저 운전석을 달려오는 속도로 처박고는 벤츠까지 밀고 들어갔다. 쾅 하는 소리에 주변에 있던 사람들이 일제히 쳐다봤다. 그랜저의 운전석은 문이 안쪽으로 심하게 찌그러지면서 킬러는 문에 끼었고 얼굴에는 피를 흘리고 있었다. 그랜저에 밀린 벤츠는 그랜저 조수석과 벤츠 운전석이 붙어 버렸다.

　디스커버리의 8기통 엔진의 힘은 차 두 대를 박고도 10미터 이상을 밀고 나갔다. 벤츠의 조수석에 붙은 담벼락이 없었다면 50미터라도 밀고 갈 속도였다. 벤츠에 탄 사람들은 꼼짝 없이 갇힌 꼴이었다. 디스커버리 앞 범퍼는 두 대를 박았는데도 크게 들어간 곳이 없었다. 출고 당시의 앞 범퍼에 쇠로 덧붙여서 범퍼가 견고했다.

　유한은 운전석 문을 열고 내렸다. 오른손에는 베레타가 쥐어져 있었고 왼손에는 지팡이가 쥐어져 있었다. 유한은 절룩거리는 걸음으로 운전석에서 내렸다. 그러고는 구겨진 그랜저 운전석에서 피를 흘리고 있는 킬러의 머리 정중앙을 베레타로 겨냥하여 쏘았다. 총알을 머리를 뚫고 조수석 시트에 박혔다. 단 한 발의 총알로 킬러는 그 자리에서 즉사했다. 그 행동은 민첩했다. 킬러는 미처 손을 써보지도 못하고 당했다.

　박홍식은 말릴 틈이 없었다. 순간적으로 일어난 일이라 차가 부딪히는 요란한 소리에 넋을 놓고 쳐다만 볼 뿐이었다. 정신이 들었을 때에는 디스커버리를 유한이 몰고 온 줄 알았고, 유한이 쏜 총에 킬러가 죽은 줄 알았다. 핸드폰에서는 변창호가 무슨 일이냐고 물어도 대답을 할 엄두를 못 내고 있었다. 베레타를 뽑아든 유한이 근거리에서 킬러의 머리 정중앙을 쏘았기에 자신도 멍하니 바라볼 뿐이었다.

유한은 벤츠로 다가갔다. 조수석에 탄 경호원은 겁을 먹고 유한을 쳐다볼 수도 없었다. 뒷좌석에 탄 재호의 아내와 아들도 얼굴에 피를 흘리면서 고개를 엎드려 벌벌 떨고 있었다.

유한은 벤츠의 앞 유리창을 깨버렸다. 깨어진 유리 파편이 재호의 얼굴로 날아들었다. 재호도 이마에 피를 흘렸지만 정신마저 놓은 것은 아니었다. 유한은 깨어진 앞 유리창으로 재호를 끄집어내었다. 재호는 겁을 먹고 벌벌 떨고 있었다. 겨우 눈을 떠서 유한을 바라보았지만 낯선 남자의 얼굴이었다. 자세히 쳐다본 재호는 유한의 변장술에 기가 질려버렸다. 눈앞에서 킬러의 머리 정중앙에 총으로 쏘아버린 유한의 냉정함은 유한을 두려운 존재로 인식시키기에 충분했다.

유한은 재호를 디스커버리 조수석에 태우고 전날 청계천에서 산 수갑으로 양 손을 채웠다. 그리고는 차를 몰고 출발을 하였다. 박흥식은 재호를 태우고 가려는 디스커버리 앞을 막아섰다.

"형님. 그만 하십시오. 킬러 한 놈만 죽었으면 된 거 아닙니까? 박재호를 데려가서 어쩌시려고요? 저놈은 그냥 법의 심판을 받도록 하십시오. 제발 형님……."

"법의 심판? 법의 심판을 받으면 죽은 다혜가 살아 돌아오나? 그리고 돈 있는 놈은 법도 무섭게 생각하지 않아. 그걸 생각한다면 함부로 사람을 죽이겠어?"

"형님 마음 다 압니다. 이제 그만 하십시오. 경찰도 오고 있습니다."

"따라오지 마. 그러면 너도 다쳐."

유한은 막아서는 박흥식을 차로 천천히 밀자 박흥식은 어쩔 수 없이 비켜섰다. 유한의 차는 하남시를 벗어나서 팔당대교를 건넜다. 그때 경광등을 켠 차량들이 사고현장에 속속 들어왔다. 변창호와 나창진은 두 대의 차량이 부서진 것을 보고 기겁을 했다. 그랜저 운전석에 죽어있는 시신을 본 것은 그 후였다. 변창호의 안색이 붉어졌다. 사태가 생각하고 있었던 것보다 훨씬 심각했다. 총을 소지한 킬러를 한 발의 총알로 죽였다는 것은 예삿일이 아니었다. 나창진은 박흥식을 몰아세웠다.

"누가 그런 거야? 유한이야?"

"네."

"뭐야? 킬러의 권총을 유한이 뺏은 거야?"

"아닙니다. 유한 형님이 권총을 가지고 있었습니다."

"무슨 소릴 하는 거야? 회사 일만 하든 사람이 권총을 어떻게 가지고 있어?"

나창진은 유한이 권총을 소지하고 있다는 것에 대해서 박흥식을 의심하지 않을 수 없었다. 그러나 의심을 하고만 있어서 될 일이 아니었다. 그러나 이제 아무 소용없는 일이었다. 조금만 더 일찍 왔더라면 막을 수 있었다는 자괴감이 들었다.

"네가 좀 말리지 왜 못 말렸어? 박재호는 어디 간 거야?"

"형님이 차에 태워서 데려 갔습니다."

"이거 큰일 났군."

나창진이 박흥식과 이야기 하는 것을 듣던 변창호는 큰일이라고 생각했다. 이다혜 사건을 처리하지 못해서 아쉬웠지만 이번에는 유한을 해치려는 자를 잡으면 이다혜 사건도 함께 처리될 줄 알고 기대를 했었는데, 피해자로 생각했던 유한이 사람을 죽인 가해자가 되어버린 것이었다. 사태가 이 지경이 되자 변창호는 어떻게 해야 할 지 난감해졌다. 신경질적인 목소리로 허신일을 불렀다.

"허팀장. 병원에 연락해서 시체하고 다친 사람들 싣고 가라고 해. 그리고 올림픽도로 남단과 북단 모든 차량 검문검색 하라고 하고. 야! 박흥식! 유한이 운전하던 차는 어떤 거야?"

"랜드로버입니다."

"랜드로버가 어떻게 생긴 거야? 야! 허반장! 강남경찰서로 연락해서 랜드로버가 어떤 찬지 사진 한 장 보내라고 해."

"네. 알겠습니다."

사고현장에는 하남경찰서에서도 나왔다. 형사과장은 그랜저에 죽어있는 시체를 보고 관할에서 살인사건이 일어난 것이 걱정이라도 되는 듯 했다. 하남경찰서 형사과장은 변창호에게 인사를 했다.

"수고 많으십니다. 저희가 한발 늦었네요."

"강남경찰서 변창호 과장입니다. 이건 우리가 처리하겠습니다. 괜히 손대봐야 손에 구정물만 튀깁니다."

"알겠습니다. 뒷정리 잘 부탁드립니다. 저희가 도울 일 있으면 언제든지 말씀해주십시오."

"알겠습니다."

변창호는 하남경찰서에서 온 형사과장이 성가셨다. 가득이나 시간도 없고 머리도 아픈데 몇 마디 나눈 것도 짜증스러웠다.

"야! 허팀장! 허팀장, 어디 있어?"

"네. 여기 있습니다."

"양평경찰서하고 가평, 여주, 이천, 홍천, 춘천경찰서까지 전부 협조 요청해. 절대 빠져나가지 못하도록……."

"알겠습니다."

나창진은 박홍식을 불렀다. 어떻게 유한이 킬러의 습격을 받았는지, 또 유한이 처남을 왜 납치했는지 하나도 빠짐없이 말하라고 했다. 그래야 지금이라도 유한을 도울 수 있다고. 다른 사람이 아닌 자신은 유한의 친구니까 도울 수 있다고 구슬렸다.

"지난여름에 이다혜 사건이 미제로 넘어간 거 아시죠?"

"알지."

"미제사건으로 분류되고 서류가 덮어지고 난 뒤부터 저하고 유한 형님이 범인을 추적했습니다."

"병원에 누워있는 친구가 무슨 추적을 해?"

"시키신 분은 형님이고 일은 제가 했습니다."

"그래서 범인을 잡았다는 거야?"

"네. 이다혜 체로키 브레이크를 고장 낸 두 놈과 그것을 지시한 놈까지 세 놈을 잡았습니다."

"알아듣게 말해."

"박재호가 전직 조폭 우두머리한테 부탁을 해서 그 놈이 일꾼을 시켰습니다. 혹시 강훈길이라고 아십니까?"

"알지. 강훈길은 은퇴했잖아."

"그놈이 서울호남향우회 총무로 있었답니다. 박재호 부친이 전남

나주 출신인데 아버지를 따라서 서울호남향우회에 다닌 모양입니다. 그래서 연결이 된 것 같습니다."

"세 놈은 어디에 있어?"

"강훈길은 사무실에 가둬 놓았고, 두 놈은 가평에 있는 창고에 가둬놓았습니다."

"이 친구, 큰일 낼 친구네. 가평 어디야?"

나창진은 변창호를 불렀다. 박홍식에게 들은 얘기를 그대로 전하자 박홍식의 사무실과 가평창고로 형사를 보내겠다고 난리를 쳤다. 강남경찰서에서 해결하지 못한 것을 개인이 수사를 해서 잡아뒀다는 것이 자존심이 상하기도 했지만 경찰이 아닌 자가 범인을 감금하고 있다는 것이 괘씸하기도 했다. 유한을 쫓는 일은 변창호가 맡고 나창진은 허신일과 함께 박홍식을 앞세우고 가평 창고로 출발했다. 그리고 김영덕 형사는 다른 형사들과 삼일공사에 잡혀있는 강훈길을 인수하러 출발했다.

유한의 차는 동쪽으로 달렸다. 가평을 지나서 춘천 방향으로 달렸다. 한참 달린 디스커버리는 춘천을 지나 49번 국도를 타고 오봉산 자락에 도달했다. 오봉산은 대일그룹 연수원이 있는 곳이지만 연수원을 지나쳐서 산속으로 들어갔다.

유한은 신입사원 연수교육 때 항상 정신교육 강사로 일주일 연수교육 중에 두 시간을 전담했었다. 아무리 바쁜 일과가 있어도 정신교육은 빼먹지 않을 만큼 신입사원 연수교육에 애착이 있었다. 자주 왔던 오봉산이기에 지리가 훤했다. 한적한 평지에 차를 세우고 조수석에 수갑이 채워진 재호를 차 밖으로 끌어내렸다.

"우리 어쩌다가 이렇게 되었습니까?"

"유사장. 미안해. 내가 잘못 했어. 살려줘."

"한번 물어나 봅시다. 왜 다혜를 죽였습니까? 처남이 다혜를 죽일 이유가 도대체 뭡니까?"

"이다혜가 이혼을 한 후 다시 유사장을 만난다는 것을 알았어. 결혼 전에도 재희 마음고생은 시켰는데……, 이혼하고 또 재희 마음고생을 시킨다는 것에 그만……."

"처남은 여동생의 행실은 몰랐습니까? 어떻게 내 눈의 들보는 못 보고 남의 눈에 티끌만 보인다 말입니까?"

유한은 울분을 토하면서 오른손에 들고 있던 베레타로 재호의 왼쪽 허벅지 쏘아버렸다. 총소리는 조용한 산속에 울려 퍼졌다. 총에 맞은 재호는 비명을 지르며 쓰러졌다. 총알은 허벅지를 관통하고 지나갔다. 재호의 다리는 온통 피로 물들었다.

유한은 분을 못 이겨서 몸이 덜덜 떨렸다. 말을 할 때도 목소리마저 떨렸다. 경찰이 자신을 쫓고 있다는 것은 안중에도 없었다. 이미 사람까지 죽인 몸이었다. 한 사람을 죽이나 두 사람을 죽이나 별 차이는 없다고 판단했다. 덤으로 살아 온 목숨, 오늘이 사고 후 5개월째 되는 날이었다. 유한의 분노는 더욱 커져만 갔다.

"나는 왜 죽이려고 했어?"

"그건, 유사장이 요구하던 것이 과하다도 생각했고, 유사장 말을 안 들어주면 가지고 있는 비밀서류들이 검찰청에 넘어 갈까봐 겁이 나서 그랬어."

"그게 말이야? 내가 그렇게 박씨 가문에 애물덩어리였어? 내가 14년 동안 어떻게 했는데? 회사를 키우기 위해서 온갖 굳은 일도 마다하지 않았어. 시키면 시키는 대로 다했어. 사람을 죽이는 일 빼고는 안 해본 것이 없는데, 어떻게 나한테 이럴 수가 있어?"

"미안해. 제발 한번만 살려줘."

"내가 쌓아 올린 탑을 내가 무너트릴 것이라고 생각한 거야?"

"미안해."

"넌 다혜의 영정 앞에 무릎을 꿇고 빌어야 해."

유한은 핸드폰을 꺼냈다. 연락처를 뒤져서 다혜의 사촌언니의 전화번호를 찾았다. 다혜를 처음 만나게 해준 장본인이자 유한이 병실에 있을 때 다혜의 엄마와 함께 찾아온 여자였다. 유한은 재호를 다혜가 잠들어 있는 추모공원에 데리고 가서 사죄를 하도록 하고 싶었다.

"여보세요."

"네. 누구세요?"

"김유라 씨 핸드폰이죠?"

"네. 그런데요. 누구시죠?"

"유한입니다."

"아, 네. 어쩐 일이에요?"

"다혜가 있는 추모공원이 어디입니까?"

"퇴원하셨어요?"

"아닙니다. 오늘 가보려고……."

"남양주에 있는 하늘빛 추모공원이에요."

"아, 네. 잘 알겠습니다."

유한은 쓰러져 있는 재호를 다시 차에 태웠다. 하늘빛추모공원을 내비게이션에 찍고 오봉산에서 내려왔다. 겨울의 해는 짧았다. 다섯 시가 넘자 일몰이 시작되었다. 디스커버리는 춘천을 빠져 나와서 가평을 향해 달렸다. 춘천에서부터 이어진 46번 국도는 연휴인데도 서울로 향하는 도로는 밀리지 않았다.

목숨이 촌각을 다투는 긴박함 속에서도 유한은 여유를 잃지 않았다. 가던 길을 잠시 멈추고 재호의 허벅지에서 흐르는 피를 목에 두르고 있던 목도리로 풀어서 동여맸다. 그리고 다시 운전을 했다. 재호의 얼굴은 땀과 눈물로 범벅이 되었지만 유한은 재호의 얼굴을 피했다. 마음이 약해질까 봐 앞만 쳐다보고 운전을 했다.

가평 자라섬 입구를 지나서 3킬로미터를 지날 때였다. 가평 창고에서 조동수와 설기호를 태우고 나오는 형사들이 탄 차가 디스커버리를 발견했다.

"저 차, 랜드로버 아닙니까?"

허신일 팀장이 앞서가던 유한의 차를 발견하고는 함께 탄 박홍식에게 묻는 것이었다. 박홍식은 잠시 머뭇거렸다. 유한의 차라고 말을 해야 할지, 아니라고 해야 할지 고민스러웠다. 그러나 킬러를 죽인 것과 박재호를 죽이는 것은 달랐다. 누군지도 모르는 중국에서 넘어 온 킬러를 죽인 것은 죄가 가벼울 수 있어도 박재호를 죽이는 것은 전혀 다를 것 같았다. 박홍식은 유한이 더 이상 살인을 하지 않도록 막아야겠다고 판단했다.

"맞습니다. 저 차가 유한 씨가 타고 있습니다."

"그래? 박소장. 유한한테 빨리 전화 걸어봐."

박홍식은 전화를 걸었다. 유한은 울리는 핸드폰을 봤다. 박홍식의 전화가 몇 번이나 걸려 와도 받지 않았다. 계속 울리는 핸드폰을 꺼버렸다.

"받지 않는데요."

허신일 팀장은 변창호 과장에게 전화를 걸었다. 변창호는 하남시청 앞에서 대기하고 있었다. 지역마다 연락을 해 두어서 유한이 걸리기만 하도록 기다려도 소식이 없자 가평으로 넘어간 형사들을 기다리느라고 대기하고 있다가 허신일의 전화를 받았다.

"허팀장. 왜?"

"지금 유한의 차가 가평을 지나서 청평 방향으로 가고 있습니다. 지금 우리 앞에 있습니다. 앞에서 막아주시죠."

"뭐야? 빠져 나간 차가 다시 돌아오고 있다고?"

"이유는 모르지만 다시 서울로 가는 중인가 봅니다."

"박재호는 타고 있어?"

"아직 확인 못했습니다."

"우리도 출발할 테니까 먼저 박재호가 타고 있는지 확인해."

"알겠습니다."

"수시로 어디로 가는지 연락하고."

"네."

허신일은 액셀러레이터를 밟았다. 소나타가 다른 차들을 추월하면서 디스커버리 우측으로 붙었다. 조수석에 박재호가 생존해 있는지를 확인하려는 순간 디스커버리는 소나타가 있는 차선으로 넘어와서 소나타 운전석을 치고 나갔다. 깜짝 놀란 허신일은 경광등을 켜고 디스커버리를 쫓았다.

"과장님……."

"얘기해."

"박재호는 살아있는 것 같습니다. 유한이 우리를 발견하고는 차로 박고 도주하고 있습니다."

"그래? 우리는 46번 국도가 끝나는 쪽에 바리게이트를 치고 있을 테니까 잘 몰아봐."

"46번 국도 어디쯤입니까?"

"내려오다 보면 98번 지방도로로 연결되는 곳이야. 우회전을 하면 대성터널을 빠져서 현리로 가는 길인데……. 그 전에 잡아야 해."

"알겠습니다."

유한은 조수석으로 붙는 소나타가 경찰인 줄 알았다. 소나타를 치고 나가자 소나타는 경광들을 켜고 유한을 따라서 일정한 거리를 유지한 채 쫓아왔다. 소나타에 타고 있던 나창진은 애가 탔다. 도망을 갈 수도 없는데 무작정 달리는 유한이 안쓰러웠다.

"허팀장. 마이크 나오지?"

"네."

"마이크 켜 봐."

"어쩌시려고요?"

"유한은 내 친구야. 살려야 할 것 아냐. 마이크 줘 보라니까."

나창진은 유한을 살리고 싶었다. 킬러를 죽였다고는 하나 더 이상의 살인은 막고 싶었다. 나창진은 지난 봄, 룸살롱에서 유한과 술을 마시던 때가 생각났다. 공직에 있으면 고급술을 마시기 힘들다면서 가끔 술자리를 마련해주던 친구, 돌아갈 때에는 서로 이해관계가 전혀 없으면서도 단지 친구라는 이유만으로 용돈을 찔러 넣어주던 배려있는 친구였다. 고등학교 동창이지만 낯선 서울에 그런 동창이 하나 있어서 좋다고 생각했다. 나창진은 그런 친구를 잃고 싶지 않았다. 소나타는 디스커버리를 바짝 쫓으면서 스피커 볼륨을 높였다.

"유한······. 듣고 있나? 나창진이야."

유한을 갑자기 등 뒤로 들리는 스피커 소리에 깜짝 놀랐다. 스피커에서 들리는 소리는 고등학교 동창의 목소리였다. 형사들과 함께 타고 있다는 것이 의아했다. 수사과장은 주로 경제사범만 다루는 직업인데 강력반 형사들과 자신을 따라온다는 것도 이상했다.

"유한. 너 힘든 거 다 들었다. 내가 도와줄 테니까, 그만 차 세워."

유한이 말은 한다고 해도 나창진은 들을 수 없었다. 그래도 어려운 상황에서 친구가 나타나 준 것만 해도 유한은 고마웠다. 마지막 가는 길에 배웅을 해주는 친구가 고마웠다. 유한의 눈에는 눈물이 고여서 운전을 하기도 어려웠다. 나창진은 유한을 따라오면서 마이크로 계속 유한을 설득했다.

"유한. 난 네가 다치는 것 원하지 않아. 제발 내말 좀 들어. 이대로 가면 죽는다고."

어느새 나창진의 목이 잠겼다. 친구를 위한 통한의 절규였고 눈물이었다. 그러나 디스커버리는 나창진의 목소리를 못 들은 채 앞으로만 달려 나갔다. 도로가 수동면으로 들어가는 387번 지방도로를 들어가지 않고 계속 직진을 하자 도로가 한적해졌다. 변창호는 5킬로미터 앞에 바리게이트를 쳐두고 유한이 오기만 기다렸다. 유한은 변창호가 쳐둔 바리게이트와 허신일이 탄 소나타의 중간에 갇혀버렸다.

편도 2차선의 도로가 1차선으로 바뀌었다. 경찰의 통제로 한 차선을 막아버린 것이었다. 유한은 바리게이트가 쳐져있는 200미터 전방에 차를 세웠다. 그 뒤로 소나타는 디스커버리와 50미터 간격을 두고 섰다. 그런 상황을 재호도 알았다.

재호의 얼굴에는 살았구나 하는 안도의 빛이 보였다. 이다혜를 죽이라고 살인을 교사했다면 장기 15년 단기 7년을 살겠지만, 재호는 7년이면 충분히 나오리라 생각했다. 아니, 돈이 있는 사람은 형의 3분의 1만 살면 가석방도 될 수 있었다. 유한의 손에 죽지만 않는다면 어쩌면 3년도 채우지 않고도 자유의 몸이 된다. 앞에는 경찰의 철통같은 바리케이트, 뒤에는 형사들이 있는 상황에서 유한도 어쩔 수 없겠지 생각했다. 생각이 그렇게 미치자 살고자 하는 욕망이 생겼다. 비굴하게 살려달라던 말을 한 것도 까먹어 버렸다.

"유사장…… 그만 자수하지."

"뭐? 자수? 누구 좋으라고? 왜? 넌 아버지가 돈이 많다 이거야?"

유한은 재호의 말에 다시 이성을 잃었다. 총에 맞은 허벅지를 묶어줄 때의 측은한 마음도 사라지고 말았다.

"너라는 놈은 도저히 안 되는 놈이야. 살려달라고 빌 때는 언제고, 뭐 자수하라고?"

유한은 오른손에 들려있던 베레타 개머리판으로 재호의 얼굴을 내리 찍었다. 비명과 함께 관자놀이가 찢어지면서 피가 흘렀다. 호기롭던 재호의 얼굴은 다시 공포로 변했다. 손으로 얼굴을 감싸고 고통스러워했다.

"개새끼. 한 번만 더 입을 놀리면 이 자리에서 쏴 죽일 거야."

마지막으로 다혜의 얼굴이 보고 싶었다. 다혜 앞에서 무릎을 꿇은 재호의 모습도 보고 싶었다. 오로지 한 남자만 죽도록 사랑한 여자였다. 함께 살고 싶다는 그 꿈을 이루지 못하고 비명에 갔다. 유한은 이제 모든 것을 정리해야만 했다. 죽음이 직면했다고 느껴지자 남아있을 정희가 떠올랐다. 자신은 다혜한테 가면 되지만 남겨진 정희가 눈에 아련했다. 유한은 마지막으로 핸드폰을 들었다.

"정희야……."

"오빠. 어디에요?"

"너 통장 계좌번호 불러봐."

"왜요?"

"빨리."

"알았어요. 잠깐만……."

유한은 정희가 불러주는 계좌번호를 말없이 받아 적었다. 자신의 통장에 남아있는 모든 돈을 정희에게 주고 싶었다. 그 돈과 정희가 가진 돈이라면 태어날 아기와 살아갈 수 있다 싶었다. 이제 보살펴 주려고 해도 그럴 수 없었다.

"오빠. 무슨 일 있어요?"

"미안하다. 오빠가 너한테 못갈 것 같구나."

"오빠. 무슨 말이야? 못 온다니?"

정희는 유한이 무엇을 말하는지 알 것 같았다. 정희의 눈에서 하염없는 눈물이 쏟아졌다. 환희가 태어나면 함께 살 그날만 기다렸다. 우리를 위한 보금자리라고 정성을 다해서 집을 꾸몄었다.

"오빠. 안 돼. 제발 그러지 마. 난 오빠 없으면 안 되는 줄 알잖아요."

"미안하다. 정희야."

"안돼요. 제발, 오빠……."

정희는 오열을 했다. 울다가 목소리까지 쉬었다. 정희는 지난 3년 이란 짧은 시간이 주마등처럼 지나갔다. 처음 잠자리를 한 이후 정희의 가슴 속에는 항상 유한이 자리했다. 첫 사랑의 남자이자 생애

첫 남자가 유한이었다. 병원에 있던 5개월은 꿈같은 나날이었다. 보고 싶으면 볼 수 있고, 안기고 싶으면 안길 수 있는 나날이었다. 정희의 생애에 봄날 같은 5개월이었다.

"오빠, 다시 한 번만 생각해봐요. 우리 환희를 생각해서……. 제발……."

"나 없어도 잘 살아야 한다."

"오빠, 제발……. 흑흑흑."

"이제 그만 끊을게. 나한테 남은 시간이 다 되었구나."

"오빠, 잠깐만……."

정희는 울면서 매달렸다. 이것이 마지막이라면 정녕 이것이 마지막이라면 한 마디만 더 듣고 싶었다.

"오빠, 환희 이름만이라도 지어줘요."

유한은 정희가 애원하면서 하는 말에 그만 오열을 했다. 목소리가 메이고 어깨까지 들썩여졌다. 얼굴도 모르는 환희를 상상했다. 정희의 얼굴과 자신의 얼굴이 겹쳐졌다.

"그래. 아들이면 유환희라고 해. 딸이면 유지수라고 하고……. 한문으로는 알 지에…… 빼어날 수로 해."

"네. 오빠……. 흑흑흑……. 사랑해요. 영원히."

"나도 정희 사랑한다. 우리 다음 생에서 만나면 멋지게 살아보자."

유한은 전화를 끊었다. 눈물에 가려 핸드폰을 볼 수가 없어도 정희에게 받은 계좌로 통장에 남은 돈 전부를 이체했다. 날은 어두워서 바리게이트에서 비치는 헤드라이트의 불빛에 눈이 부셨다. 여전히 뒤에 있는 소나타의 스피커에서는 나창진과 박홍식의 목소리가 번갈아 가면서 들렸다. 그러나 형사들은 총을 가지고 있는 유한에게 함부로 접근을 하지 않았다. 스스로 지칠 때까지 기다렸다. 형사들이 볼 때에는 악마 같은 박재호도 인질이었다.

유한은 시동을 걸었다. 액셀러레이터를 몇 번 밟더니 중앙선 분리대를 들이박고 반대편 차선으로 넘어갔다. 바리케이트에서 지켜보던 변창호는 바빠졌다. 많은 차들을 반대편 차선으로 넘어가려면 교통정리가 필요했다. 변창호는 중앙분리대를 기동타격대가 탄 버스를 앞세우고, 모든 차들이 그 버스를 뒤따르도록 했다.

분리대는 금방 무너졌다. 4륜구동의 힘이 있는 디스커버리는 중앙분리대를 들이박고 다시 동쪽으로 달렸다. 그 뒤로 소나타가 따라 붙고 바리케이트에 몰려있던 차들이 경광등과 사이렌을 울리면서 뒤따랐다. 디스커버리는 46번 국도를 타고 올라가다가 청평호 쪽으로 우회전 했다.

75번 국도로 접어든 디스커버리는 청평호가 보이는 높은 언덕에 섰다. 따라오던 차들이 불과 30미터를 남겨두고 뒤에 섰다. 디스커버리의 우측에는 깊은 청평호가 있었다. 따라오던 차들은 유한이 멈추자 같이 멈추었다. 괜히 격동을 시켜서 일이 잘못될까봐 염려를 했다. 그것은 나창진이 있었기 때문에 가능했다. 유한은 박흥식에게 전화를 했다.

"흥식아……."

"네. 형님. 말씀하십시오."

"고맙고, 그리고 미안하다. 넌 좋은 동생이었다. 우리가 이 일로 만나지 않고 다르게 만났더라면 평생을 함께하고 싶은 동생이었다. 너랑 술을 한잔 못한 것이 가슴에 걸리는구나."

"형님……."

"옆에 나창진이 있으면 바꿔줘."

"나. 창진이야."

"창진아. 미안하다. 그리고 고맙다."

"왜 삶을 포기하려고 해? 내가 도와줄게. 날 믿잖아?"

"그래. 널 믿지. 그런데 이제는 세상을 못 믿겠어. 아니, 세상이 싫어졌어."

"유한아. 그러지 말고……."

"친구야. 고마웠다. 넌 내 친구다."

유한은 마지막 전화를 끊었다. 마흔 두 살이 되는 첫날이었다. 41년을 살아오면서 힘들게 산 자신이 대견했다. 대학교 2학년 때 군부독재에 맞서서 운동권에 들어갔고, 서울역 집회에서 연행되어 서대문구치소에서 두 달간 살기도 했었다. 그때 광주에 갔더라면 죽었을 목숨이 20년을 덤으로 산 셈이었다. 한때는 변절자로 찍혀서 친구들과 어울리지도 못하고 결국 공부가 낙이 되어버렸다. 그렇게 공부를 한 것이 유학을 갈 수 있는 계기가 되었고, 그곳에서 재희를 만났다.

14년간 한 여자의 남편으로 살아오면서 때로는 힘들 때도 많았다. 어쩌면 16년 전 한 여자를 만나면서 예견된 운명인지도 모를 일이었다. 기구한 한 남자의 삶은 그렇게 끝나갔다.

유한은 디스커버리의 시동을 걸었다. 힘차게 밟은 액셀러레이터는 높은 고갯길을 차고 오르더니 가던 방향을 되돌려 세웠다. 따라오던 차들은 더 이상 뒤따르지 않았다. 오디오 스피커에는 프랭크 시나트라의 '마이웨이'가 흘러 나왔다. 유한은 노래가 절정에 달할 때 액셀러레이터를 밟았다. 디스커버리는 내리막을 전속력으로 달렸다. 내려오던 차는 왼쪽으로 방향을 틀어 잔잔한 청평호 호수 위로 띄워졌다. 청평호 수면에 떨어지기 전, 두 발의 총성이 울렸다. 유한은 욕망의 가시에 찔려 그렇게 청평호에 잠들었다. 🐟

6개월 후 윤정희는 딸을 낳았고, 2년 후 프로젝트 U 시나리오를 완성하여 〈욕망의 가시〉라는 제목으로 영화를 제작했다.

욕망의 가시 2